Mais crônicas de Avonlea

Mais crônicas de Avonlea

LUCY MAUD MONTGOMERY

Tradução
Livia Koeppl

Ciranda Cultural

© 2020 Ciranda Cultural Editora e Distribuidora Ltda.

Traduzido do original em inglês
Further Chronicles of Avonlea

Texto
Lucy Maud Montgomery

Tradução
Livia Koeppl

Preparação
Karoline Cussolim

Revisão
Mariane Genaro
Fernanda R. Braga Simon

Produção editorial e projeto gráfico
Ciranda Cultural

Ilustração de capa
Beatriz Mayumi

Dados Internacionais de Catalogação na Publicação (CIP) de acordo com ISBD

M787m   Montgomery, Lucy Maud, 1874-1942

Mais crônicas de Avonlea / Lucy Maud Montgomery ; traduzido por Livia Koeppl ; ilustrado por Beatriz Mayumi. - Jandira, SP : Ciranda Cultural, 2020.
224 p. : il. – (Ciranda Jovem)

Tradução de: Further chronicles of Avonlea
Inclui índice.
ISBN: 978-65-5500-381-9

1. Literatura infantojuvenil. 2. Literatura canadense. 3. Crônicas. I. Koeppl, Livia. II. Mayumi, Beatriz. III. Título. IV. Série.

2020-1573

CDD 028.5
CDU 82-93

Elaborado por Vagner Rodolfo da Silva - CRB-8/9410

Índice para catálogo sistemático:
1.   Literatura infantojuvenil 028.5
2.   Literatura infantojuvenil 82-93

1ª edição em 2020
www.cirandacultural.com.br

SUMÁRIO

A gata persa de tia Cynthia 7

A materialização de Cecil 20

Filha de seu pai 33

O bebê de Jane 56

A criança dos sonhos 70

O irmão fracassado 83

O retorno de Hester 94

O livrinho marrom da senhorita Emily 104

As peculiaridades de Sara 113

O filho de sua mãe 124

A educação de Betty 144

Do seu modo altruísta 163

O caso de consciência de David Bell 187

Apenas um sujeito comum 200

Tannis de Flats 210

A gata persa
de tia Cynthia

Max sempre bendiz o animal quando falam dele; e eu não nego que as coisas acabaram dando certo no final. Mas, quando penso na aflição que Ismay e eu passamos por causa daquela gata abominável, não é uma bênção a primeira coisa que me vem à mente.

Eu nunca gostei de gatos, embora reconheça que eles ficam quietos no seu canto e que eu viveria tranquilamente com um bom e velho gato matronal malhado, que sabe cuidar de si e ser de alguma utilidade no mundo. Quanto a Ismay, ela detesta gatos desde sempre.

Mas tia Cynthia, que os adorava, nunca conseguiu entender como alguém podia desgostar deles. Ela acreditava firmemente que, no fundo, Ismay e eu realmente gostávamos de gatos, mas que, em razão de algum desvio perverso de nossa natureza moral, nunca confessaríamos esse fato e continuaríamos a declarar teimosamente o contrário.

De todos os gatos, o que eu mais detestava era aquela gata persa branca de tia Cynthia. E, de fato, como sempre suspeitamos e por fim provamos, a própria tia olhava para a criatura mais com orgulho do que com afeição. Ela teria preferido dez vezes o consolo de um bom bichano comum à presença daquela bela gata mimada. Mas um gato persa com *pedigree* oficial e um valor de mercado de cem dólares atiçou tanto o orgulho de tia Cynthia que ela se forçou a acreditar que o animal era realmente a menina de seus olhos.

A gata lhe fora dada por um sobrinho missionário que a trouxera da Pérsia; e há três anos a casa de tia Cynthia dedicava-se, de corpo e alma, a servir aquela gata. Ela era branca como a neve, com uma mancha cinza-azulada na ponta do rabo; tinha olhos azuis e era surda e delicada. Tia Cynthia estava sempre com medo de que ela pegasse friagem e morresse. Ismay e eu costumávamos torcer para que isso ocorresse, pois estávamos muito cansadas de ouvir falar dela e dos seus caprichos. Mas não dissemos isso para tia Cynthia. Provavelmente ela nunca mais falaria conosco, e não era sensato ofendê-la. Quando se tem uma tia livre e desimpedida, com uma gorda conta bancária, o melhor a fazer é manter boas relações com ela se puder. Além disso, nós realmente gostávamos muito de tia Cynthia, às vezes. Tia Cynthia era uma daquelas pessoas exasperantes que resmungam e criticam até que você começa a achar justificável odiá-las, mas de repente fazem algo tão amável e gentil por você que, em vez disso, você se sente obrigada a amá-la com obediência.

Logo, humildemente nós a ouvíamos discorrer sobre Fátima (o nome da gata era Fátima) e, se naquela época foi maldade de nossa parte desejar que ela morresse, fomos bastante punidas por isso mais tarde.

Certo dia de novembro, tia Cynthia zarpou para Spencervale. Na verdade, ela surgiu num faetonte[1], puxado por um gordo pônei cinza, mas de algum modo tia Cynthia sempre passou a impressão de vir num navio totalmente equipado, avançando galantemente, trazido por um vento favorável.

Foi um dia daqueles para todos nós. Tudo deu errado. Ismay derramou graxa no seu casaco de veludo, o molde da nova blusa que eu estava costurando ficou irremediavelmente torto, o fogão da cozinha soltou fumaça e o pão azedou. Além disso, Huldah Jane Keyson, nossa leal e experiente babá e cozinheira da família, e "mandachuva" em geral,

---

1   Carruagem leve e sem cobertura. (N.R.)

estava com o que ela chamava de uma "torsidura" no ombro; e, embora Huldah Jane fosse a melhor criatura que já viveu neste mundo, quando ela estava com a "torsidura", as outras pessoas da casa queriam ficar bem longe dela e, se não fosse possível, sentiam-se tão à vontade quanto São Lourenço na grelha[2].

E, como se não bastasse tudo isso, recebemos a visita de tia Cynthia, com o seu pedido.

– Minha nossa – disse tia Cynthia, fungando. – Isso é cheiro de fumaça? Vocês, meninas, devem cuidar melhor do seu fogão. O meu nunca solta fumaça. Mas é isso que acontece quando duas meninas tentam manter uma casa sem um homem para ajudar.

– Estamos muito bem sem um homem aqui – eu disse, com altivez. Há quatro dias que Max não aparecia e, embora ninguém quisesse vê-lo, em particular, eu não podia evitar de me perguntar o motivo.
– Homens são um estorvo.

– Ouso dizer que você gosta de fingir que pensa assim – disse tia Cynthia, provocando. – Mas nenhuma mulher pensa realmente assim, sabe? Imagino que aquela bonita Anne Shirley, que está visitando Ella Kimball, não pense assim. Eu a vi passear com o dr. Irving nessa tarde, e ambos pareciam muito satisfeitos um com o outro. Se enrolar por mais tempo, Sue, vai deixar Max escapar pelos seus dedos.

Foi bastante delicado da parte dela dizer isso para *mim*, que recusei Max Irving tantas vezes que até perdi a conta. Fiquei furiosa, logo sorri amavelmente para minha irritante tia.

– Querida tia, como a senhora é engraçada – eu disse com suavidade.
– A senhora fala como se eu quisesse Max.

– Então você o quer – disse tia Cynthia.

– Se eu quisesse, por que o teria recusado tantas vezes? – eu perguntei, sorrindo. Tia Cynthia sabia muito bem disso. Max sempre lhe contava.

---

2 Referência ao diácono Lourenço de Huesca, cuja execução ocorreu em uma grelha sobre um braseiro, no ano de 258, a mando do imperador romano Valeriano. (N.R.)

– Só Deus sabe por quê – disse tia Cynthia. – Mas, se continuar insistindo nisso, um dia vai se ver de mãos abanando. Há algo de muito fascinante nessa Anne Shirley.

– Realmente – eu concordei. – Ela tem os olhos mais adoráveis que eu já vi. Seria a esposa perfeita para Max, e espero que ele se case com ela.

– Humph – suspirou tia Cynthia. – Bem, não vou persuadi-la a dizer mais mentiras. E não vim até aqui, com todo esse vento, para falar racionalmente com você sobre Max. Ficarei em Halifax por dois meses e quero que cuide de Fátima por mim enquanto eu estiver fora.

– Fátima! – eu exclamei.

– Sim. Não ouso deixá-la aos cuidados dos criados. Lembre-se de sempre esquentar o leite antes de entregar a ela, e de forma alguma permita que ela corra para fora de casa.

Eu olhei para Ismay, e Ismay olhou para mim. Sabíamos que estávamos numa enrascada. Recusar o pedido deixaria tia Cynthia mortalmente ofendida. Além disso, se eu demonstrasse qualquer má vontade, sem dúvida tia Cynthia atribuiria o meu mau humor ao que ela me dissera sobre Max e esfregaria isso na minha cara por anos. Mas eu me arrisquei a perguntar:

– E se acontecer algo com ela enquanto a senhora estiver longe?

– É justamente para evitar isso que vou deixá-la com você – disse tia Cynthia. – Simplesmente não deixe que nada aconteça com ela. Ter um pouco de responsabilidade vai lhe fazer bem. E você terá a chance de descobrir que adorável criatura é Fátima. Bem, então está tudo resolvido. Vou mandar Fátima amanhã.

– Cuide sozinha desse animal horrendo – disse Ismay quando tia Cynthia fechou a porta ao sair. – Eu não encosto nela nem com uma régua. Você não tinha o direito de dizer que ficaríamos com ela.

– E eu disse que ficaríamos? – eu quis saber, irritada. – Tia Cynthia presumiu que sim. E você sabe tanto quanto eu que não poderíamos ter recusado. Então de que adianta ficar amuada?

– Se algo acontecer com ela, tia Cynthia vai nos responsabilizar – disse Ismay, com ar sombrio.

– Acha que Anne Shirley está realmente noiva de Gilbert Blythe? – eu perguntei, com curiosidade.

– Ouvi dizer que estava – disse Ismay, distraidamente. – Ela come algo mais, além de leite? Seria bom lhe dar ratos?

– Ah, acho que sim. Mas você acha que Max se apaixonou mesmo por ela?

– Ouso dizer que sim. Seria um alívio para você se isso ocorresse.

– Ah, é claro – eu disse, friamente. – Anne Shirley, ou Anne Qualquer Coisa, será recebida com alegria por Max se ela o quiser. Eu certamente não o quero. Ismay Meade, se esse fogão não parar de soltar fumaça, eu vou enlouquecer. Mas que dia detestável. Eu odeio aquela criatura!

– Ah, você não devia falar assim, pois nem a conhece – protestou Ismay. – Todo mundo diz que Anne Shirley é adorável...

– Eu estava me referindo a Fátima – exclamei, furiosa.

– Ah! – disse Ismay.

Ismay é estúpida às vezes. Achei que o jeito como ela disse "Ah!" foi indesculpavelmente estúpido.

Fátima chegou no dia seguinte. Max a trouxe numa cesta coberta, forrada com um cetim púrpura acolchoado. Ele gosta de gatos e da tia Cynthia. Explicou como deveríamos cuidar de Fátima e, quando Ismay saiu da sala (Ismay sempre saía da sala quando percebia que eu queria que ela ficasse), ele me pediu em casamento de novo. É claro que eu disse não, como de costume, mas fiquei bastante satisfeita. Max vinha me pedindo em casamento a cada dois meses, fazia dois anos. Às vezes, como agora, ele esperava três meses, e, quando isso acontecia, eu sempre me perguntava por quê. Concluí que ele não podia estar realmente interessado em Anne Shirley e fiquei aliviada. Eu não queria me casar com Max, mas era agradável e conveniente tê-lo por perto, e sentiríamos terrivelmente sua falta se outra garota o fisgasse.

Ele era tão útil e estava sempre disposto a fazer qualquer coisa por nós, fosse arrumar uma telha no telhado, levar-nos até a cidade, instalar carpetes, em suma, era um bom ajudante que sempre surgia em momentos difíceis.

Eu apenas sorri quando disse não. Max começou a contar nos dedos. Quando chegou a oito, ele balançou a cabeça e começou a contar de novo.

– O que foi? – eu perguntei.

– Estou tentando contar quantas vezes eu lhe propus casamento – ele disse –, mas não consigo lembrar se eu pedi ou não para você se casar comigo naquele dia em que escavamos o jardim. Se sim, vai ser um total de...

– Não, você não me pediu em casamento nesse dia – eu o interrompi.

– Bem, com isso chegamos a onze – disse Max, pensativamente. – É o limite, não acha? Meu orgulho masculino não me permite propor casamento para a mesma garota mais de doze vezes. Então a próxima vez vai ser a última, querida Sue.

– Ah – eu disse, com a voz levemente inexpressiva. Até esqueci de me ofender por ele me chamar de querida. Eu me perguntei se as coisas não ficariam bastante enfadonhas quando Max desistisse de me pedir em casamento. Era a única emoção que eu tinha. Mas é claro que seria melhor assim, e ele não poderia continuar com isso eternamente. Então, no intuito de mudar graciosamente de assunto, perguntei como era a senhorita Shirley.

– Uma moça muito amável – disse Max. – Você sabe que eu sempre admirei garotas de olhos cinzentos, com aqueles esplêndidos cabelos vermelhos.

Eu tenho cabelos escuros e olhos castanhos. Nesse momento, detestei Max. Levantei-me e disse que iria pegar um pouco de leite para Fátima.

Encontrei Ismay furiosa na cozinha. Ela tinha ido ao sótão e um rato passou correndo pelo pé dela. Ratos sempre davam nos nervos de Ismay.

– Precisamos desesperadamente de um gato – ela disse, irritada. – Mas não de uma coisinha inútil e mimada como Fátima. Esse sótão está literalmente apinhado de ratos. Não vai me ver subir lá de novo.

Fátima não se provou o estorvo que temíamos. Huldah Jane gostava dela, e Ismay, apesar da declaração inicial de que não queria ter nada a ver com ela, cuidava metodicamente do bem-estar da gata. Até acordava no meio da noite para ver se Fátima estava bem aquecida. Max vinha todos os dias e, sempre ao nosso lado, dava bons conselhos.

Então um dia, cerca de três semanas após a partida de tia Cynthia, Fátima simplesmente desapareceu, como se houvesse se dissolvido em pleno ar. Certa tarde, nós a deixamos dormindo aconchegada em sua cesta perto da lareira, aos cuidados de Huldah Jane, enquanto saímos para fazer uma visita. Quando chegamos em casa, Fátima havia sumido.

Huldah Jane chorava como se tivesse sido assolada pelos deuses. Ela jurou que nunca deixara Fátima sair da sua vista, exceto uma vez, por três minutos, quando foi correndo até o sótão buscar um pouco de segurelha. Quando voltou, a porta da cozinha estava escancarada, e Fátima havia desaparecido.

Ismay e eu ficamos consternadas. Corremos como loucas pelo jardim e pelas dependências externas, e pelos bosques atrás da casa, chamando por Fátima, mas foi tudo em vão. Ismay sentou-se na entrada de casa e chorou.

– Ela fugiu, vai pegar friagem e morrer, e tia Cynthia nunca vai nos perdoar.

– Vou buscar Max – eu declarei. E foi o que fiz, atravessando o bosque de abetos e o campo o mais rápido que meus pés permitiram, agradecendo à minha boa estrela por ter alguém como Max a quem recorrer numa situação como essa.

Max veio e fizemos outra busca, mas sem resultado. Os dias passaram, e não encontramos Fátima. Eu certamente teria enlouquecido se não fosse por Max. Ele provou o seu valor durante aquela terrível semana que se seguiu. Não ousamos colocar um anúncio, com medo de que tia

Cynthia o visse, mas perguntamos por toda a parte se alguém tinha visto uma gata persa branca com uma mancha azul na cauda e oferecemos uma recompensa por ela; mas ninguém a tinha visto, embora dia e noite as pessoas continuassem batendo à nossa porta, com todo tipo de gato em cestas, querendo saber se aquele era o gato que havíamos perdido.

– Nunca mais veremos Fátima – eu disse certa tarde para Max e Ismay, sem esperanças. Eu acabara de despachar uma mulher idosa com um grande e amarelo bichano que ela insistiu ser nosso, "porque apareceu lá em casa, madame, uivando que nem louco, madame, e não era de ninguém do nosso pedaço em Grafton, madame".

– Receio que não – disse Max. – Ela deve ter morrido de frio.

– Tia Cynthia nunca vai nos perdoar – disse Ismay, tristemente – Eu tive um mau presságio no momento em que a gata veio a esta casa.

Nunca ouvimos falar desse presságio, mas Ismay é ótima em ter maus presságios depois que as coisas acontecem.

– O que devemos fazer? – eu quis saber, impotente. – Max, consegue achar um modo de nos tirar dessa enrascada?

– Publique um anúncio nos jornais de Charlottetown, dizendo que procura um gato persa branco – sugeriu Max. – Talvez alguém tenha um gato assim para vender. Se sim, você deve comprá-lo e entregá-lo à sua excelente tia, fingindo que é Fátima. Ela é bastante míope, então é muito possível que não perceba a diferença.

– Mas Fátima tem uma mancha azul na cauda – eu disse.

– Peça no anúncio um gato com uma mancha azul na cauda – disse Max.

– Vai nos custar um bom dinheiro – disse Ismay, com tristeza. – Fátima foi avaliada em cem dólares.

– Devemos pegar o dinheiro que economizamos para os novos casacos de pele – eu disse, cheia de pesar. – Não há outra saída. Vai nos custar muito mais se perdermos a confiança de tia Cynthia. Ela é bem capaz de achar que nos livramos deliberadamente de Fátima, com calculada maldade.

E então publicamos o anúncio. Max foi à cidade e inseriu o anúncio no mais importante jornal diário. Pedimos que qualquer um que possuísse e quisesse vender uma gata persa branca, com uma mancha azul na ponta da cauda, entrasse em contato com M. I., aos cuidados do *Enterprise*.

Na verdade, não tínhamos muita esperança de que isso desse certo, de maneira que ficamos surpresas e encantadas com a carta que Max trouxe da cidade, quatro dias depois. Era uma longa missiva datilografada numa máquina de escrever, vinda de Halifax, declarando que o remetente tinha à venda uma gata persa branca que correspondia à nossa descrição. O preço era cento e dez dólares e, se M. I. quisesse ir a Halifax examinar o animal, ele podia ser encontrado na rua Hollis, 110; bastava dizer que desejava ver o "persa".

– Não fiquem tão alegres, meus amigos – disse Ismay, sombria. – Talvez o gato não seja adequado. A mancha azul pode ser muito grande ou muito pequena ou não estar no lugar certo. Eu me recuso decididamente a acreditar que qualquer coisa boa possa surgir dessa situação deplorável.

Nesse exato momento, houve uma batida na porta e eu me apressei em abri-la. O garoto do correio estava lá com um telegrama. Rasguei o envelope, li o que estava escrito e corri de volta ao quarto.

– O que foi agora? – exclamou Ismay, ao ver meu rosto.

Estendi o telegrama. Era de tia Cynthia. Ela havia telegrafado, pedindo que enviássemos imediatamente Fátima para Halifax, pelo trem expresso.

Pela primeira vez, Max não pareceu pronto a dar uma sugestão. Eu fui a primeira a falar.

– Max – eu disse, suplicantemente. – Vai nos ajudar com isso, não vai? Nem eu nem Ismay podemos largar tudo e correr para Halifax. Você precisa partir amanhã, logo cedo. Vá direto para a rua Hollis, 110, e fale que deseja ver o "persa". Se o gato for parecido com Fátima, compre-o e leve-o para tia Cynthia. Se não… Ah, não quero nem pensar nisso! Vai nos ajudar, não vai?

– Depende – disse Max.

Olhei para ele. Isso era tão incomum para Max.

– É uma desagradável missão isso que você me pede – disse ele, com frieza. – Como vou saber se tia Cynthia vai se deixar enganar, afinal de contas, mesmo sendo míope? Há um risco enorme em comprar um gato no escuro. E, se ela perceber o estratagema, estarei numa bela encrenca.

– Ah, Max – eu disse, à beira das lágrimas.

– É claro – disse Max, olhando meditativo para o fogo – que, se eu fosse realmente da família ou tivesse uma chance razoável de vir a ser, eu não me importaria nem um pouco. Seria esperado da minha parte. Mas, do jeito que as coisas estão...

Ismay levantou-se e saiu da sala.

– Ah, Max, por favor – eu disse.

– Quer se casar comigo, Sue? – perguntou Max, severamente. – Se concordar, eu vou para Halifax e entro na jaula do leão sem pestanejar. Se necessário, pego um gato preto de rua e levo para tia Cynthia, jurando solenemente que é a Fátima. Vou livrá-la da enrascada se tiver de provar que Fátima nunca esteve com você, ou que ela está segura sob seus cuidados no momento, ou que nunca existiu um animal chamado Fátima. Vou fazer qualquer coisa, dizer qualquer coisa, mas só se for pela minha futura esposa.

– Nada mais irá satisfazê-lo? – eu perguntei, impotentemente.

– Nada mais.

Eu pensei muito. É claro que Max estava agindo de maneira abominável... Mas, mas... Ele era realmente um rapaz tão querido, era a décima segunda vez que ele me pedia e também havia Anne Shirley! Eu sabia, no fundo da alma, que a vida sem Max por perto seria terrivelmente triste. Além disso, eu teria me casado com ele há muito tempo se tia Cynthia não houvesse bancado a casamenteira de maneira tão descarada quando ele veio a Spencervale.

– Muito bem – eu disse, irritada.

Max partiu para Halifax pela manhã. No dia seguinte, recebemos um telegrama dizendo que estava tudo bem. Na noite do dia seguinte, ele voltou a Spencervale. Ismay e eu o instalamos numa cadeira e olhamos para ele com impaciência.

Max começou a rir sem parar, até ficar azul.

– Estou feliz que esteja se divertindo tanto – disse Ismay, severamente. – Se Sue e eu soubéssemos qual é a graça, poderíamos acompanhá-lo.

– Queridas meninas, tenham paciência comigo – implorou Max. – Se soubessem como foi difícil manter uma cara séria em Halifax, vocês me perdoariam por rir agora.

– Nós o perdoamos, mas, pelo amor de Deus, conte-nos tudo! – eu exclamei.

– Bem, assim que cheguei a Halifax, corri para a rua Hollis, 110, mas... adivinhem só! Vocês não me disseram que o endereço da sua tia era rua Pleasant, 10?

– E continua sendo.

– Não, não. Verifiquem o endereço do telegrama na próxima vez que receberem um. Há uma semana, ela foi visitar uma amiga que mora na rua Hollis, 110.

– Max!

– É verdade. Toquei a campainha e disse à empregada que desejava ver o "persa", e nesse exato momento sua tia Cynthia, em carne e osso, passou pelo corredor e quase pulou em cima de mim.

– "Max", ela disse, "você trouxe Fátima?".

– "Não", eu respondi, tentando pensar rapidamente e me adequar a essa mudança de planos, enquanto ela me puxava para a biblioteca. "Não, eu... Eu... Só vim resolver alguns negócios em Halifax".

– "Santo Deus", disse tia Cynthia, irritada. "Não sei o que essas meninas estão pensando. Eu mandei um telegrama pedindo que enviassem Fátima imediatamente. Ela ainda não chegou, e estou esperando uma pessoa que deseja comprá-la. Ela pode chegar a qualquer momento".

– "Ah!", eu murmurei, cada vez mais ofegante. "Sim", continuou a tia de vocês. "Há um anúncio no *Enterprise* de Charlottetown sobre um gato persa, e eu o respondi. Fátima é, na verdade, um fardo, você sabe. É tão frágil, pode morrer a qualquer momento ou se tornar um peso morto" – será que a sua tia quis fazer um trocadilho, meninas? – e pôs-se a dizer mais coisas do tipo. E então, embora eu tenha uma considerável afeição por ela, decidi interrompê-la. Nesse meio-tempo, eu já tinha retomado minhas forças e prontamente decidi que uma judiciosa mistura de verdade e mentira era justamente o que precisávamos.

– "Bem, mas que curiosa coincidência!", eu exclamei. "Ora, senhorita Ridley, fui eu que coloquei o anúncio pedindo uma gata persa – em nome de Sue. Ela e Ismay decidiram que desejam uma gata exatamente igual à Fátima." Vocês deviam ter visto o sorriso que ela deu. Ela disse que sabia que você sempre gostou de gatos, embora nunca fosse admitir. Pechinchamos um pouco. Eu consegui fazê-la diminuir os cento e dez dólares – ela aceitou o dinheiro sem pestanejar – e agora vocês duas são as coproprietárias de Fátima. Boa sorte com essa aquisição!

– Que velha malvada – fungou Ismay. Ela estava se referindo à tia Cynthia e, lembrando dos nossos casacos de pele surrados, eu não discordei dela.

– Mas Fátima não está aqui – eu disse, incerta. – Como explicaremos isso a tia Cynthia quando ela chegar em casa?

– Bem, sua tia só vai voltar daqui a um mês. Quando voltar, você vai ter que contar que a gata sumiu, mas não precisa dizer *quando* isso ocorreu. De resto, Fátima é sua propriedade agora, então tia Cynthia não pode se queixar. Mas a opinião dela quanto à sua capacidade de administrar uma casa sozinha vai ser pior do que nunca.

Quando Max foi embora, fui à janela para vê-lo descer a trilha. Era realmente um rapaz bonito, e eu tinha orgulho dele. No portão, ele se virou para acenar e, quando o fez, olhou para cima. Mesmo a distância, pude ver seu olhar de espanto. E então ele voltou correndo.

– Ismay, a casa está pegando fogo! – eu gritei, enquanto corria até a porta.

– Sue – exclamou Max –, acabei de ver Fátima, ou o fantasma dela, na janela do sótão!

– Que bobagem! – eu exclamei. Mas Ismay já estava a meio caminho da escada e nós a seguimos. Corremos direto para o sótão. Lá estava Fátima, macia e complacente, tomando sol na janela.

Max riu tanto que as vigas chegaram a estalar.

– Não é possível que ela estava aqui em cima o tempo todo – protestei, quase chorando – Teríamos ouvido o miado.

– Mas não ouviram – disse Max.

– Ela teria morrido de frio – declarou Ismay.

– Mas não morreu – disse Max.

– Ou de fome – eu exclamei.

– O lugar está cheio de ratos – disse Max. – Não, garotas, não há dúvida de que a gata esteve aqui por toda a quinzena. Naquele dia, ela deve ter seguido Huldah Jane sem que ela percebesse. É espantoso que ninguém tenha ouvido os miados dela – se é que ela miou. Mas talvez ela não tenha feito isso, e, é claro, vocês dormem no andar de baixo. E nunca alguém pensou em procurá-la aqui!

– Essa coisa nos custou mais de cem dólares – disse Ismay, com um olhar malévolo para a felpuda Fátima.

– Para mim custou mais – eu disse quando me virei para descer a escada.

Max me segurou por um instante, enquanto Ismay e Fátima desciam.

– Você acha que custou muito, Sue? – ele sussurrou.

Olhei de soslaio para ele. Era realmente um amor. Exalava bondade.

– Não-o-o – eu disse. – Mas, quando nos casarmos, você é que vai cuidar de Fátima, e não eu.

– Querida Fátima – disse Max, com gratidão.

A materialização de Cecil

Nunca me preocupou nem um pouco o fato de que eu não era casada, embora todos em Avonlea tivessem pena de velhas solteironas, mas *me* incomodava, sim, e eu sinceramente confesso que nunca tive a chance de me casar. Até mesmo Nancy, minha antiga babá e criada, sabia disso e sentia pena de mim. Nancy também é uma velha solteirona, mas já recebeu duas propostas de casamento. Ela não aceitou nenhuma delas porque uma viera de um viúvo com sete filhos e outra de um sujeito muito preguiçoso, que não servia para nada; mas, se alguém provocas-se Nancy, referindo-se à sua condição de solteira, ela podia mencionar triunfantemente aquelas duas propostas, que provavam que "ela poderia ter se casado se quisesse". Se eu não tivesse vivido minha vida inteira em Avonlea, poderia receber o benefício da dúvida; mas não era o caso, e todos sabiam tudo sobre mim – ou achavam que sabiam.

Eu de fato me perguntava com frequência o motivo de nunca alguém ter se apaixonado por mim. Eu não era sem graça; na verdade, anos atrás, George Adoniram Maybrick havia escrito um poema endereçado a mim, em que louvava minha beleza de modo bastante extravagante;

isso não significava nada, porque George Adoniram escrevia poemas para todas as meninas bonitas e nunca namorou nenhuma, exceto Flora King, que era vesga e tinha cabelos ruivos, mas isso prova que não foi a minha aparência que me tirou do páreo. Nem o fato de que eu também escrevia poesia, embora nem de longe semelhante à de George Adoniram, pois nunca souberam disso. Quando eu sentia o poema chegando, trancava-me no quarto e o registrava num livrinho branco que eu mantinha trancado. Agora ele está quase inteiramente preenchido, pois escrevi poesia a minha vida inteira. É a única coisa que eu consegui manter em segredo de Nancy. Nancy, de todo modo, não tem uma opinião muito boa sobre a minha capacidade de cuidar de mim mesma, mas eu tremo só de imaginar o que ela pensaria se um dia encontrasse esse livrinho. Estou convencida de que ela mandaria chamar um médico o quanto antes e insistiria em aplicar emplastros de mostarda enquanto o aguardasse.

Contudo, continuei fazendo o que sempre fazia, e estava realmente muito feliz com minhas flores, meus gatos, minhas revistas e meu livrinho. Mas *me irritava* saber que Adella Gilbert, que morava do outro lado da estrada com seu marido bêbado, lamentava a sorte da "pobre Charlotte", que ninguém quis. Realmente, pobre Charlotte! Se eu tivesse me jogado nos braços de um homem, como Adella Gilbert fez... mas preciso me acalmar e impedir que esses pensamentos me perturbem. Devo ser caridosa.

O Círculo de Costura reuniu-se na casa de Mary Gillespie no meu quadragésimo aniversário. Eu havia desistido de mencionar meus aniversários, embora esse pequeno esquema não adiantasse muito em Avonlea, onde todos sabiam sua idade ou, se cometiam um erro, este nunca era a favor da sua juventude. Mas Nancy, que se acostumara a celebrar meus aniversários desde que eu era uma garotinha, jamais perdeu esse hábito, e eu não tento curá-la, porque, afinal, é bom ser paparicada por alguém. Ela me trouxe o desjejum na cama, uma concessão à minha preguiça que Nancy desprezaria em qualquer outro dia do ano. Ela preparou todas as minhas comidas favoritas e enfeitou a bandeja com rosas do jardim e samambaias do bosque atrás de casa. Apreciei cada porção daquele desjejum e então me levantei e me vesti, colocando meu segundo melhor vestido de musselina. Eu teria usado o mais bonito se não temesse a reação de Nancy, mas eu sabia que ela nunca aprovaria *isso*, nem mesmo num aniversário. Reguei minhas flores e alimentei meus gatos, e então me tranquei no quarto e escrevi um poema sobre o mês de junho. Eu havia desistido de escrever odes de aniversário quando fiz trinta anos.

À tarde, fui ao Círculo de Costura. Quando estava pronta para sair, olhei para o espelho e me perguntei se realmente estava com quarenta anos. Eu estava certa de que não aparentava essa idade. Meu cabelo era castanho e ondulado, minhas bochechas eram rosadas e mal se viam rugas no meu rosto, embora provavelmente isso ocorresse por causa da luz fraca. Sempre deixo meu espelho pendurado no canto mais escuro do quarto. Nancy não conseguia imaginar o motivo. Eu sei que as rugas existem, é claro, mas, como elas não aparecem muito, esqueço que elas estão ali.

Tínhamos um grande Círculo de Costura, cujos membros eram mulheres jovens e velhas. Eu realmente não posso dizer que apreciava as reuniões, pelo menos não até aquele momento, embora as tenha frequentado religiosamente porque achava que era meu dever participar. As mulheres casadas falavam muito sobre seus maridos e filhos, e é claro que eu tinha de me calar quanto a esses temas; e as moças ficavam agrupadas nos cantos, conversando sobre seus pretendentes, e paravam de falar quando eu me juntava a elas, como se estivessem certas de que uma velha solteirona que nunca teve um namorado fosse incapaz de entender o que elas falavam. Quanto às outras velhas solteironas, elas só faziam fofoca de todo mundo, e eu também não gostava disso. Sabia que, no minuto em que virasse as costas, elas se voltariam contra mim, insinuando que eu pintava o cabelo e declarando que era perfeitamente ridículo que uma mulher de cinquenta anos usasse um vestido de musselina rosa com babados e laços.

Houve pleno comparecimento naquele dia, pois estávamos nos preparando para realizar um bazar de roupas para ajudar no reparo do presbitério. As moças estavam mais alegres e barulhentas do que o usual. Wilhelmina Mercer estava lá e colaborava com a euforia. Os Mercers eram novos em Avonlea; tinham se mudado havia apenas dois meses.

Eu estava sentada perto da janela, e Wilhelmina Mercer, Maggie Henderson, Susette Cross e Georgie Hall estavam reunidas num pequeno grupo logo atrás de mim. Eu não estava prestando atenção na conversa, mas em algum momento Georgie exclamou, provocando:

– A senhorita Charlotte está rindo de nós. Suponho que ela ache que somos muito tolas por falar de pretendentes.

A verdade é que eu estava sorrindo por causa de uns pensamentos bonitos que tinham me ocorrido sobre as rosas que subiam até o peitoril da janela de Mary Gillespie. Eu pretendia registrá-los no livrinho branco quando voltasse para casa. A fala de Georgie me trouxe bruscamente de volta à dura realidade. Fiquei magoada, como sempre ficava com essas palavras.

– Você nunca teve um pretendente, senhorita Holmes? – perguntou Wilhelmina, em tom de brincadeira.

Subitamente, um silêncio caiu sobre a sala por um momento, e todos emudeceram com a pergunta de Wilhelmina.

Eu não sei o que deu em mim e me possuiu naquele momento. Nunca fui capaz de justificar o que eu disse e fiz, porque sou naturalmente uma pessoa sincera, que detesta fingimentos. Pareceu-me que eu não podia apenas dizer "não" a Wilhelmina naquela sala repleta de mulheres. Era humilhante *demais*. Suponho que todas as alfinetadas, provocações e injúrias que eu suportava há quinze anos por nunca ter tido um pretendente causaram o que os novos médicos chamam de "efeito cumulativo" e vieram à tona de uma só vez.

– Sim, eu já tive um pretendente, minha querida – eu disse, calmamente. Pela primeira vez na vida, eu causei uma grande sensação. Todas as mulheres na sala pararam de costurar e olharam para mim. Vi que a maior parte delas não acreditou em mim, mas Wilhelmina, sim. Seu belo rosto se iluminou de interesse.

– Ah, por favor, conte-nos tudo sobre ele, senhorita Holmes – ela implorou. – Por que não se casou com ele?

– Isso mesmo, senhorita Mercer – disse Josephine Cameron, com uma risadinha desagradável. – Faça-a contar. Estamos todas interessadas. Para nós é novidade que Charlotte tenha tido um pretendente.

Se Josephine não tivesse dito isso, talvez eu não insistisse na história. Mas foi o que ela disse e, além disso, flagrei Mary Gillespie e Adella Gilbert trocando sorrisos significativos. Foi o bastante para me convencer e me fazer agir de modo inconsequente. "Agora que já comecei, vou até o fim", eu pensei, e então eu disse, com um sorriso pensativo:

– Ninguém aqui o conheceu, e foi há muito, muito tempo.

– Qual era o nome dele? – perguntou Wilhelmina.

– Cecil Fenwick – eu respondi, prontamente. Cecil sempre foi meu nome masculino preferido; ele figurava com bastante frequência no livro branco. Quanto ao sobrenome Fenwick, naquele momento eu estava medindo uma bainha com um recorte de jornal, e nele havia um anúncio que dizia "Experimente o emplastro poroso Fenwick", de maneira que eu simplesmente juntei os dois num súbito e irrevogável matrimônio.

– Onde você o conheceu? – perguntou Georgie.

Eu revi meu passado rapidamente. Havia apenas um lugar para situar Cecil Fenwick. A única vez em que estive longe o bastante de Avonlea durante a minha vida foi quando eu tinha dezoito anos e fora visitar uma tia em New Brunswick.

– Em Blakely, New Brunswick – eu disse, quase acreditando que aquilo realmente tinha acontecido, ao ver que todas aceitavam meu relato sem suspeitar – Eu tinha apenas dezoito anos e ele vinte e três.

– Como ele era? – Susette quis saber.

– Ah, ele era muito bonito – e comecei loquazmente a esboçar o meu ideal de homem. Para dizer a verdade, a terrível verdade, eu estava me divertindo; eu podia ver o respeito surgir nos olhos das garotas e soube que havia me livrado para sempre daquele martírio. Dali por diante, eu seria uma mulher com um passado romântico, fiel ao único amor de sua vida – algo muito, muito diferente de uma velha solteirona que nunca tivera um namorado.

Eu continuei:

– Ele era alto e moreno, com adoráveis cabelos negros encaracolados e olhos brilhantes e penetrantes. Tinha um queixo esplêndido, um belo nariz e um sorriso fascinante!

– O que ele fazia? – Maggie perguntou.

– Ele era um jovem advogado – eu disse. Minha escolha de profissão foi decidida por um grande retrato a pastel do falecido irmão de Mary Gillespie, disposto num cavalete à minha frente. Ele havia sido advogado.

– Por que não se casou com ele? – inquiriu Susette.

– Nós brigamos – eu respondi, com tristeza. – Foi uma briga muito feia. Ah, éramos tão jovens e tão tolos. A culpa foi minha. Eu irritei Cecil flertando com outro homem, só isso! E ele ficou furioso e enciumado. Foi embora para o Oeste e nunca mais voltou. Nunca mais o vi e nem sei se ele está vivo ou morto. Mas... mas... eu nunca mais consegui amar outro homem.

– Ah, que interessante! – suspirou Wilhelmina. – Eu gosto tanto de histórias de amor tristes. Mas talvez um dia ele volte, senhorita Holmes.

– Ah, não, nunca mais – eu disse, balançando a cabeça. – Ele me esqueceu, ouso dizer. Ou, se não me esqueceu, jamais me perdoou.

Naquele momento, Susan Jane, filha de Mary Gillespie, anunciou o chá, e eu fiquei muito grata por isso, pois minha imaginação estava se esgotando e eu não sabia qual seria a próxima pergunta que as moças fariam. Mas eu já sentia uma mudança na atmosfera mental à minha volta e, durante toda a ceia, fiquei entusiasmada, sentindo uma secreta exultação. Arrependida? Envergonhada? Nem um pouco! Eu faria tudo novamente, e só me arrependia de não ter feito isso tempos atrás.

Quando cheguei em casa, naquela noite, Nancy olhou para mim, pensativa, e disse:

– Você parece uma mocinha nesta noite, senhorita Charlotte.

– Eu me sinto uma – eu disse, rindo, e corri até meu quarto para fazer algo que nunca tinha feito antes: escrever um segundo poema no mesmo dia. Eu precisava dar alguma vazão aos meus sentimentos. Eu o intitulei de "Nos Dias de Verão de Tempos Atrás" e nele coloquei as rosas de Mary Gillespie, que guardavam os olhos de Cecil Fenwick, e ele era tão triste, evocativo e melodioso que me senti perfeitamente feliz.

Nos dois meses seguintes, tudo correu satisfatoriamente bem. Ninguém mais falou de Cecil Fenwick, mas as garotas passaram a conversar livremente comigo sobre seus pequenos casos amorosos, e eu me tornei uma espécie de confidente para elas. Isso fez com que eu me sentisse bem e comecei a apreciar bastante o Círculo de Costura. Ganhei um monte de vestidos bonitos e um chapéu adorável, fui a todos os lugares para os quais me chamavam e me diverti.

Mas tenha absoluta certeza de uma coisa: se fizer algo errado, vai ser punido em algum momento, de algum modo e em algum lugar. Minha punição foi adiada por dois meses, mas depois caiu sobre a minha cabeça, e eu fui aniquilada e reduzida a pó.

Outra nova família, além dos Mercer, havia chegado a Avonlea na primavera, eram os Maxwells. Havia apenas o senhor e a senhora Maxwell; eles eram um rico casal de meia-idade. O senhor Maxwell comprara a serraria, e eles moravam na antiga residência dos Spencer, que sempre fora "a melhor casa" de Avonlea. Viviam uma vida sossegada, e a senhora Maxwell quase nunca ia a lugar algum porque tinha uma saúde frágil. Ela estava fora da cidade quando fui visitá-la, e eu estava fora quando ela retribuiu a visita, de maneira que nunca nos conhecemos pessoalmente.

Era o dia do Círculo de Costura novamente, dessa vez ele ocorreria na casa de Sarah Gardiner. Eu me atrasei; todo mundo já estava lá quando cheguei, e, no minuto em que entrei na sala, soube que algo tinha acontecido, embora não fizesse a menor ideia do quê. Todas olharam para mim de modo muito estranho. É claro que Wilhelmina Mercer foi a primeira a soltar a língua:

– Ah, senhorita Holmes, você já o viu? – ela exclamou.

– Vi quem? – perguntei, sem entusiasmo, pegando meu dedal e os moldes.

– Ora, Cecil Fenwick. Ele está aqui, em Avonlea, visitando sua irmã, a senhora Maxwell.

Suponho que fiz o que elas esperavam que eu fizesse. Larguei tudo que estava segurando, e Josephine Cameron disse depois que Charlotte Holmes só ficaria tão pálida quando estivesse em seu caixão. Se elas soubessem por que eu tinha empalidecido!

– É impossível! – eu disse, sem expressão.

– Juro que é verdade – disse Wilhelmina, encantada com o desenrolar, como ela supunha, do meu romance. – Eu fui visitar a senhora Maxwell ontem à noite e o conheci.

– Não pode ser o mesmo Cecil Fenwick – eu disse, debilmente, só porque precisava dizer alguma coisa.

– Ah, sim, é ele mesmo. Ele é de Blakely, New Brunswick, é advogado e esteve no Oeste vinte e dois anos atrás. Ele é... Ah! Tão bonito como você o descreveu, exceto pelo cabelo, que está bastante grisalho. Ele nunca se casou – fiz questão de perguntar à senhora Maxwell –, então é claro que ele jamais a esqueceu, senhorita Holmes. E, ah, eu acredito que tudo vai dar certo.

Eu não podia exatamente compartilhar de sua entusiasmada convicção. Para mim, tudo parecia estar dando terrivelmente errado. Eu estava tão confusa que não sabia o que fazer ou dizer. Senti como se estivesse num pesadelo (tinha que ser um sonho), não poderia realmente existir um Cecil Fenwick! Meus sentimentos eram simplesmente in-descritíveis. Felizmente, todas atribuíram minha agitação a uma causa diferente e foram muito gentis em me deixar sozinha para me recuperar. Nunca vou me esquecer daquela tarde horrível. Logo após o chá, pedi licença e fui para casa o mais rápido que pude. Lá eu me tranquei no meu quarto, mas *não* para escrever poesia no meu livro branco. Não mesmo! Eu não estava no clima para escrever poesia.

Tentei encarar os fatos. Havia um Cecil Fenwick, por mais extraordinária que fosse essa coincidência, e ele estava aqui em Avonlea. Todos os meus amigos (e inimigos) acreditavam que ele era o amor perdido de minha juventude. Se ele ficasse muito tempo em Avonlea, duas coisas iriam acontecer: ou ele ouviria a história que eu havia contado sobre ele e a negaria, e eu sentiria vergonha e seria motivo de chacota pelo resto de minha vida; ou ele simplesmente iria embora em completa ignorância e todos pensariam que Cecil Fenwick havia me esquecido e sentiriam pena de mim, o que seria enlouquecedor. A segunda possibilidade já era ruim o bastante, mas não podia ser comparada à anterior; e ah, como eu orei, sim, eu *realmente* fiz isso, para que ele fosse embora imediatamente. No entanto, a providência tinha outros planos para mim.

Cecil Fenwick não foi embora. Ele continuou em Avonlea, e os Maxwells floresceram socialmente para honrá-lo e tentar fazer com que ele se divertisse. A senhora Maxwell deu uma festa em sua homenagem. Eu recebi o convite, mas obviamente não compareci, embora Nancy achasse que eu estivesse louca. Então todo mundo resolveu dar uma festa em homenagem ao senhor Fenwick e me convidou, mas eu não compareci a nenhuma dessas festas. Wilhelmina Mercer veio à minha casa, implorou e me repreendeu e disse que, se eu continuasse evitando o senhor Fenwick desse modo, ele pensaria que eu ainda guardava rancor e não faria nenhuma tentativa de se reconciliar comigo. Wilhelmina tinha boas intenções, mas não era muito esperta.

Cecil Fenwick parecia ser o grande favorito de todos, jovens e velhos. Ele era muito rico também, e Wilhelmina declarou que metade das moças queria fisgá-lo.

– Se não fosse por você, senhorita Holmes, creio que até eu tentaria fisgá-lo, apesar do cabelo grisalho e pavio curto, pois a senhora Maxwell diz que ele fica nervoso com facilidade, embora não demore a se recompor – disse Wilhelmina, gracejando com total sinceridade.

Quanto a mim, desisti de sair de casa, sequer ia à igreja. Eu me afligi, lamentei e perdi o apetite, e não escrevi uma só linha no meu livro branco. Nancy ficou meio louca de preocupação e insistiu em administrar em mim suas pílulas patenteadas favoritas. Engoli-as sem reclamar, pois é um desperdício de tempo e energia se opor a Nancy, mas é claro que elas não me ajudaram. Meu problema era grande demais para ser curado por remédios. Se algum dia houve uma mulher punida por mentir, essa mulher era eu. Cancelei minha assinatura de *Weekly Advocate* porque ele ainda exibia aquele odioso anúncio de emplastro poroso e eu não suportava vê-lo. Se não fosse por ele, eu nunca teria pensado no sobrenome Fenwick, e toda essa confusão teria sido evitada.

Certo dia, eu estava amuada no meu quarto quando Nancy apareceu.

– Há um cavalheiro na sala de visitas que gostaria de vê-la, senhorita Charlotte.

Meu coração disparou violentamente.

– Que... tipo de cavalheiro, Nancy? – eu balbuciei.

– Acho que é aquele Fenwick de quem tanto falam – disse Nancy, que não conhecia minhas aventuras imaginárias. – E parece louco de raiva por algum motivo, pois nunca vi uma carranca assim.

– Diga a ele que vou descer imediatamente, Nancy – eu disse, com calma.

Assim que Nancy desceu as escadas outra vez, vesti meu fichu de renda e coloquei dois lenços no meu cinto, pois imaginei que provavelmente precisaria de mais de um. Procurei, então, um velho exemplar de *Advocate* como prova e fui para a sala de visitas. Eu sabia exatamente como um criminoso indo para a execução devia se sentir e passei a ser contra a pena de morte desde então.

Abri a porta da sala e entrei, fechando-a com cuidado atrás de mim, pois Nancy tem o hábito deplorável de ficar escutando no corredor. Então minhas pernas fraquejaram completamente, e eu não teria conseguido dar mais um passo, nem que fosse para salvar minha vida. Fiquei ali, com a mão na maçaneta, tremendo como uma folha ao vento.

Um homem estava parado, olhando pela janela que dava para o sul; ele se virou quando eu entrei e, como Nancy disse, estava carrancudo e com o rosto zangado. Ele era muito bonito, e seus cabelos grisalhos lhe davam um ar bastante distinto. Eu me lembrei disso depois, mas, naquele momento, evidentemente, isso não me passou pela cabeça.

Então, de repente, aconteceu uma coisa estranha. A carranca se desfez, e a irritação abandonou seus olhos. Ele pareceu surpreso e depois confuso. Eu vi a cor aflorar em suas bochechas. Quanto a mim, continuei no mesmo lugar, olhando para ele, incapaz de dizer uma única palavra.

– Senhorita Holmes, eu presumo – ele disse por fim, com voz profunda e penetrante. – Eu... eu... Ah, com mil diabos! Eu vim vê-la. Ouvi algumas histórias tolas e resolvi, por impulso, vir até aqui. Fui um tolo. Agora eu sei que elas não eram verdadeiras. Faça o favor de me desculpar e eu irei embora, censurando-me por ter sido tão equivocado.

– Não – eu disse, encontrando minha voz com um suspiro. – O senhor não deve ir embora sem ouvir a verdade. E ela é terrível, mas não tão terrível quanto você possa imaginar. Essas... essas histórias... Eu tenho uma confissão a fazer. Eu realmente inventei uma história, mas não sabia que existia uma pessoa chamada Cecil Fenwick.

Ele pareceu intrigado, como era de se esperar. Então sorriu, pegou minha mão e guiou-me para longe da porta, da maçaneta à qual eu ainda me agarrava com todas as minhas forças, até o sofá.

– Vamos sentar e conversar sobre isso de modo mais confortável – disse ele.

Eu apenas confessei a vergonhosa história. Foi terrivelmente humilhante, mas eu mereci. Eu lhe contei como as pessoas estavam sempre me provocando por nunca ter tido um pretendente e como eu acabei mentindo, afirmando o contrário; e então eu mostrei o anúncio do emplastro poroso.

Ele me ouviu atentamente, sem dizer uma palavra, e então jogou sua grande e encaracolada cabeça grisalha para trás e gargalhou.

– Isso esclarece muitas insinuações misteriosas que tenho recebido desde que vim a Avonlea – disse ele. – Até que finalmente, nessa tarde, uma tal de senhora Gilbert veio à casa de minha irmã com uma longa e intrincada teia de bobagens sobre o caso amoroso que eu tinha tido com uma certa Charlotte Holmes daqui. Ela declarou que ouvira isso da boca da senhorita. Confesso que fiquei nervoso. Eu sou um sujeito irascível e pensei... pensei... Ah, maldição, vou falar de uma vez: pensei que a senhorita fosse uma solteirona velha e murcha que estava se divertindo contando histórias ridículas a meu respeito. Quando a senhorita entrou na sala, eu soube que, se houvesse algum culpado nessa história, certamente não seria você.

– Mas a culpa foi minha – eu disse, com tristeza. – Não foi certo da minha parte contar uma história dessas e foi também uma grande tolice. Mas quem poderia imaginar que haveria um verdadeiro Cecil Fenwick que havia morado em Blakely? Eu nunca ouvi falar de tamanha coincidência.

– É mais do que coincidência – disse o senhor Fenwick, decididamente. – É o destino; é isso que é. E agora vamos esquecer tudo isso e falar de outra coisa.

Conversamos sobre outras coisas, ou pelo menos o senhor Fenwick falou, pois eu estava muito envergonhada para abrir a boca, e a conversa durou tanto tempo que Nancy ficou inquieta e começou a enfiar a cabeça na sala a cada cinco minutos, mas o senhor Fenwick não percebeu a indireta. Quando finalmente foi embora, ele perguntou se poderia me visitar de novo.

– Está na hora de fazermos as pazes – ele disse, rindo.

E eu, uma velha solteirona de quarenta anos, flagrei-me corando como uma menina. E eu me sentia como uma menina, pois era um alívio resolver de vez a questão. Sequer consegui ficar com raiva de Adella Gilbert. Ela sempre gostou de fazer intrigas, e, quando uma mulher nasce desse jeito, é mais digna de pena do que de censura. Escrevi um poema no livro branco antes de dormir – eu não escrevia nada fazia um mês, e era maravilhoso finalmente voltar a fazê-lo.

O senhor Fenwick voltou novamente – na noite seguinte e outras vezes também. Ele passou a me visitar com tanta frequência que até Nancy se acostumou com ele. Um dia, eu precisei confessar uma coisa a ela. Eu me encolhi ao fazê-lo, pois temia que ela não gostasse do que iria ouvir.

– Ah, eu já esperava isso – ela disse, soturnamente. – No minuto em que aquele homem entrou em casa, eu senti que ele nos traria problemas. Bem, senhorita Charlotte, desejo-lhe felicidades. Não sei como vou reagir ao clima da Califórnia, mas suponho que terei de aturá-lo.

– Mas, Nancy – eu disse –, não espero que você vá para tão longe comigo. É pedir demais.

– E aonde mais eu iria? – quis saber Nancy, com genuíno espanto. – Como vai conseguir manter uma casa sem mim, no meio do mato? Não vou deixar a senhorita à mercê de um chinês com rabo de porco. Aonde a senhorita Charlotte for, eu vou e ponto final.

Fiquei muito contente, pois detestava a ideia de me separar de Nancy, mesmo que fosse para ficar com Cecil. Quanto ao livro branco, ainda não contei a meu marido, mas pretendo fazê-lo algum dia. E voltei a assinar o *Weekly Advocate*.

Filha de seu pai

– Devemos convidar sua tia Jane, é claro – disse a senhora Spencer.

Rachel fez um movimento de protesto com suas mãos grandes, brancas e bem-feitas – mãos tão diferentes das entrelaçadas na mesa à frente, com dedos magros, morenos e angulosos. A diferença não se devia ao trabalho árduo ou à falta dele; Rachel trabalhara arduamente a vida inteira. Era uma diferença de temperamento. Os Spencers, não importava como ou o quanto trabalhassem, sempre tinham mãos rechonchudas, brancas e macias, com dedos firmes e flexíveis; os Chiswicks, mesmo aqueles que não trabalhavam ou teciam, tinham mãos calejadas, nodosas e aduncas. Além disso, era um contraste mais interno que externo, enredado nas fibras mais recônditas da vida, do pensamento e da razão.

– Não vejo por que devemos convidar tia Jane – disse Rachel, com o máximo de impaciência que sua voz suave e rouca podia expressar. – Tia Jane não gosta de mim e eu não gosto dela.

– Realmente não consigo entender o motivo de sua antipatia – disse a senhora Spencer. – É ingratidão da sua parte. Ela sempre foi muito gentil com você.

– Ela sempre demonstrou sua gentileza com a mão – sorriu Rachel. – Eu me lembro da primeira vez que vi tia Jane. Eu tinha seis anos.

Ela me deu uma pequena alfineteira de veludo com miçangas. E porque na minha timidez eu não agradeci tão prontamente quanto deveria, ela bateu na minha cabeça com um dedal, a fim de me "ensinar boas maneiras". Doeu muito. Eu sempre tive uma cabeça sensível. E esse tem sido o modo como tia Jane me trata desde então. Quando fiquei grande demais para ser punida com o dedal, ela passou a usar sua língua – e isso doía ainda mais. E você sabe, mãe, como ela costumava falar do meu noivado. Ela é capaz de estragar o casamento se estiver de mau humor. Eu não a quero aqui.

– Precisamos convidá-la. As pessoas vão falar se ela não for convidada.

– Não vejo por que falariam. Ela é apenas minha tia-avó por casamento. Não me importarei nem um pouco se as pessoas falarem. Eles vão falar de qualquer maneira. Você sabe disso, mãe.

– Ah, nós devemos convidá-la – disse a senhora Spencer, com a indiferente determinação que sinalizava todas as suas palavras e decisões e contra a qual raramente valia a pena lutar. As pessoas que a conheciam poucas vezes tentavam; estranhos por vezes o faziam, iludidos pela sua aparência.

Isabella Spencer era uma mulher pequenina, com um rosto pálido e bonito, olhos acinzentados, de um tom incerto, cílios longos e uma grande massa de cabelos castanho-escuros, macios e sedosos. Ela possuía delicados traços aquilinos e uma pequena e infantil boca vermelha. Parecia alguém que seria levada facilmente pelo vento. A verdade é que sequer um tornado podia fazê-la desviar um centímetro do caminho que ela escolhia.

Por um momento, Rachel pareceu se rebelar; mas então cedeu, como geralmente fazia quando tinha uma opinião diferente da opinião da mãe. Não valia a pena discutir sobre um assunto que, em comparação, parecia tão sem importância, como o convite de tia Jane. Uma briga seria inevitável mais tarde; Rachel queria salvar todos os seus recursos para isso. Ela deu de ombros e escreveu o nome de tia Jane na lista de casamento, com sua letra grande, um pouco desleixada, era uma letra que sempre parecia irritar a mãe. Rachel nunca conseguiu entender essa irritação. Ela jamais imaginaria que era porque sua escrita se parecia muitíssimo com a de um certo pacote de cartas desbotadas que a senhora Spencer mantinha no fundo de um velho baú revestido de crina de cavalo que guardava em seu quarto. Elas tinham sido carimbadas em portos marítimos do mundo inteiro. A senhora Spencer nunca as lia ou olhava para elas, mas lembrava de cada traço e curva da caligrafia.

Isabella Spencer havia superado muitas coisas na sua vida por pura persistência e força de vontade. Mas não conseguiu levar a melhor sobre a hereditariedade. Rachel era filha de seu pai em todos os aspectos, e Isabella Spencer escapou de odiá-la apenas por amá-la ainda mais ferozmente por causa disso. Ainda assim, houve muitas ocasiões em que ela precisou desviar seu olhar do rosto de Rachel, por causa da súbita emoção que lembranças mais sutis provocavam; e nunca, desde que sua filha havia nascido, Isabella Spencer conseguiu contemplar a criança adormecida.

Rachel iria se casar com Frank Bell em duas semanas. A senhora Spencer estava satisfeita com a união. Ela gostava muito de Frank, e a fazenda dele era tão perto que ela não perderia Rachel por completo. Rachel acreditava afetuosamente que sua mãe não a perderia de modo algum, mas Isabella Spencer, com a sabedoria que a experiência lhe dera, sabia o que o casamento da filha significava para ela e preparou seu coração para suportá-lo com a coragem que conseguiu reunir.

Elas estavam na sala de estar, decidindo os convidados do casamento e outros detalhes. O sol de setembro penetrava pelos galhos tremulantes da macieira que crescia perto da janela baixa. Os raios de luz bruxuleavam no rosto de Rachel, que era branco como um lírio, com apenas um leve toque de rosa nas bochechas. Ela usava seu cabelo dourado e lustroso preso no topo da cabeça, de modo singular. A fronte era muito larga e branca. Ela era jovem, vibrante e esperançosa. Seu coração de mãe se contraiu num espasmo de dor quando ela olhou para a filha. A garota era tão, tão e tão parecida com os Spencers! Aqueles traços afáveis, curvos, aqueles grandes e alegres olhos azuis, aquele queixo delicadamente modulado! Isabella Spencer cerrou os lábios com firmeza e reprimiu algumas lembranças espontâneas, indesejáveis.

– Ao todo, teremos cerca de sessenta convidados – ela disse, como se isso fosse a única coisa que ocupasse seus pensamentos. – Devemos tirar os móveis desta sala e pôr a mesa de jantar aqui. A sala de jantar é muito pequena. Devemos pedir emprestados os garfos e as colheres da senhora Bell. Ela os ofereceu. Eu jamais teria pensado em pedir para ela. As toalhas de mesa de damasco com fitas devem ser lavadas e branqueadas amanhã. Ninguém mais em Avonlea possui toalhas de mesa como essas. E colocaremos a mesinha da sala de jantar no patamar do corredor, no andar de cima, para os presentes.

Rachel não pensava nos presentes nem nos detalhes econômicos do casamento. Sua respiração se acelerou, e o leve rubor em suas bochechas macias transformou-se num profundo carmesim. Ela sabia que o momento crítico se aproximava. Com a mão firme, escreveu o último nome em sua lista e desenhou uma linha embaixo.

– Bem, já terminou? – perguntou sua mãe, impaciente. – Dê-me isso e deixe-me verificar se você não deixou alguém importante de fora.

Rachel, em silêncio, entregou o papel por cima da mesa. O quarto lhe pareceu ficar muito quieto. Ela podia ouvir as moscas zumbir nas vidraças, o suave ronronar do vento sobre os beirais baixos e por entre os galhos da macieira, as batidas convulsivas do seu próprio coração. Estava assustada e nervosa, mas resoluta.

A senhora Spencer olhou a lista, murmurando os nomes em voz alta e assentindo em aprovação a cada um. Mas, quando chegou ao último nome, ela emudeceu. Lançou um olhar furioso para Rachel, e faíscas brotaram das profundezas dos olhos claros. Na sua face se misturavam raiva, espanto e, acima de tudo, incredulidade.

O nome final na lista de convidados do casamento era David Spencer. David Spencer morava sozinho num pequeno chalé na baía. Ele era uma combinação de marinheiro e pescador. Também era o marido de Isabella Spencer e o pai de Rachel.

– Rachel Spencer, você perdeu o juízo? O que pretende com esse absurdo?

– Simplesmente convidar meu pai para o meu casamento – respondeu Rachel, calmamente.

– Não na minha casa – exclamou a senhora Spencer, com os lábios lívidos, como se seu tom ardente os houvesse fulminado.

Rachel inclinou-se para a frente, cruzou deliberadamente sobre a mesa as mãos grandes e habilidosas e olhou com firmeza para o rosto amargo da mãe. Seu medo e nervosismo tinham desaparecido. Agora que o conflito finalmente se deflagrara, ela descobriu que estava gostando daquilo. Pensou um pouco e concluiu que devia ser uma pessoa má. Ela não era dada a autoanálises, ou poderia ter concluído que o que ela achava tão agradável era a repentina afirmação de sua própria personalidade, há tanto tempo dominada pela mãe.

– Então não haverá casamento, mãe – disse ela. – Frank e eu simplesmente iremos ao presbitério, nos casaremos e voltaremos para casa. Se eu não posso convidar meu próprio pai para me ver casar, não quero convidar ninguém.

Os lábios dela se estreitaram com força. Pela primeira vez na vida, Isabella Spencer viu um reflexo de si no rosto da filha, uma estranha, indefinível semelhança que era mais de alma e espírito que de carne e sangue. Apesar da raiva, seu coração se emocionou. Como nunca antes, ela percebeu que a garota era filha sua e do marido, um vínculo vivo entre eles, no qual suas naturezas conflitantes se misturavam e reconciliavam. Ela percebeu, também, que Rachel, que há tanto tempo se comportava de maneira docemente submissa e obediente, pretendia fazer as coisas do seu jeito, nesse caso e o faria.

– Devo dizer que não consigo entender por que você está tão decidida a ter seu pai no casamento – ela disse, com amargo sarcasmo. – Ele nunca se lembrou de que é seu pai. Não se importa com você e nunca se importou.

Rachel não percebeu essa provocação. Ela não tinha o poder de machucá-la, pois seu veneno tinha sido neutralizado por uma informação secreta que ela possuía, da qual sua mãe não tinha conhecimento.

– Ou convidamos meu pai para o casamento ou não haverá casamento – ela repetiu firmemente, adotando as mesmas e eficazes táticas de repetição de sua mãe, que não se deixava distrair por argumentos.

– Convide-o, então – retrucou a senhora Spencer, com a deselegante irritação de uma mulher que há tempos estava acostumada a fazer as coisas do seu jeito e que era obrigada, pela primeira vez, a ceder. – Vai ser como colocar batatas fritas no mingau, de qualquer modo – não é bom, mas também não faz mal. Ele não virá.

Rachel não respondeu. Agora que a batalha terminara e ela fora alçada à condição de vencedora, via-se muito trêmula, à beira das lágrimas. Ela se levantou rapidamente e subiu as escadas, em direção a seu quarto, um pequeno e escuro aposento sombreado pelas bétulas brancas que cresciam densamente do lado de fora – um quarto virginal, feito sob medida para uma donzela. Ela deitou-se na colcha de retalhos azul e branca que cobria sua cama e chorou baixinho, com amargor.

Seu coração, nesse momento crucial da sua vida, ansiava pelo pai, que era quase um estranho para ela. Ela sabia que sua mãe provavelmente falara a verdade quando disse que ele não viria. Mas Rachel sentia que faltaria uma inexplicável sacralidade a seus votos de casamento se o pai não estivesse lá presente para ouvi-los.

Vinte e cinco anos antes, David Spencer e Isabella Chiswick tinham se casado. As más línguas disseram que não havia dúvida de que Isabella se casara com David por amor, já que ele não possuía terras nem dinheiro para atraí-la a uma união de barganha e venda. David era um rapaz bonito, com o sangue de uma raça de navegantes correndo nas veias.

Ele era marinheiro, assim como seu pai e avô, mas, quando se casou com Isabella, ela o convenceu a desistir do mar e se estabelecer com ela numa confortável fazenda que seu pai havia lhe deixado. Isabella gostava de cultivar a terra e amava seus acres férteis e pomares opulentos. Ela abominava o mar e tudo o que ele representava, menos por medo dos perigos do que por uma convicção congênita de que os marinheiros eram criaturas "baixas" na escala social, uma espécie de vagabundos necessários. A seus olhos, havia uma mancha de desonra em tal vocação. David deveria ser transformado num respeitável e eterno lavrador de vastas terras.

Durante cinco anos, tudo correu muito bem. Se, por vezes, o desejo de David pelo mar o acometia, ele o sufocava e ignorava sua voz sedutora. Ele e Isabella eram muito felizes; o único empecilho em sua felicidade jazia no lamentável fato de ainda não terem filhos.

E então, no sexto ano, houve uma desavença e tudo mudou. O capitão Barrett, um velho camarada de David, queria que ele o acompanhasse numa viagem, como imediato. Ao ouvir a proposta, o desejo pelas vastas águas azuis do oceano, pelo vento assobiando entre os mastros, com seu hálito salgado de espuma do mar, desejos há tempos sufocados, eclodiram com uma paixão ainda mais avassaladora, justamente por causa dessa repressão. Ele precisava embarcar nessa viagem com James Barrett, *precisava*! Depois disso, ficaria satisfeito novamente, mas precisava ir. Dentro dele, sua alma lutava como uma criatura acorrentada.

Isabella se opôs ao plano veementemente, com insensatez, sarcasmo mordaz e acusações injustas. A obstinação latente do caráter de David veio ao encontro do seu anseio, um anseio que Isabella, com o amor pela terra de cinco gerações de ancestrais lavradores, jamais conseguiria entender.

Ele estava determinado a ir e disse isso a Isabella.

– Estou cansado de arar e ordenhar vacas – disse, exaltado.

– Ou seja, está cansado de uma vida respeitável – zombou Isabella.

– Talvez – disse David, dando de ombros com desdém. – Enfim, de qualquer maneira, eu vou.

– Se for nessa viagem, David Spencer, não precisa mais voltar – disse Isabella, resoluta.

David foi; não acreditou que ela estivesse falando sério. Isabella entendeu que ele não se importava se ela falava a sério ou não. A mulher que David Spencer deixou para trás aparentava calma, mas por dentro era um vulcão raivoso, em ebulição, cujo orgulho tinha sido ferido e a vontade contrariada.

Ele encontrou precisamente a mesma mulher quando voltou para casa, bronzeado, alegre, domado por algum tempo do seu anseio de viajar e pronto, com genuína afeição, para voltar aos campos da fazenda e ao curral.

Isabella o esperava na porta, sem sorrir, com os olhos frios e os lábios contraídos.

– O que você faz aqui? – ela disse, no tom que costumava usar com vagabundos e mascates sírios.

– O que eu quero? – A surpresa de David o deixou sem palavras. – O que eu quero? Ora, eu... eu... quero a minha esposa. Voltei para casa.

– Esta não é sua casa. Eu não sou sua esposa. Você fez a sua escolha quando foi embora – replicou Isabella. E então entrou, bateu a porta na cara dele e a trancou.

David permaneceu no mesmo lugar por alguns minutos, como um homem atordoado. Por fim, virou-se e foi embora, seguindo o caminho entre as bétulas. Ele não disse nada – naquele momento ou em algum outro. Daquele dia em diante, nenhuma menção à esposa ou a seus interesses jamais passou por seus lábios.

Foi diretamente para o porto e embarcou com o capitão Barrett em outra viagem. Quando voltou, um mês depois, comprou uma casinha e a rebocou até a "baía", uma enseada solitária na qual não havia mais nenhuma outra habitação humana. Entre suas viagens ao mar, ele vivia ali a vida de um recluso; pescar e tocar violino eram suas únicas ocupações. Ele não ia a lugar algum e não recebia visitas.

Isabella Spencer também adotara a tática do silêncio. Quando os escandalizados Chiswicks, encabeçados por tia Jane, tentaram incentivar a reconciliação com argumentos e súplicas, Isabella recebeu-os rigidamente, como uma estátua de pedra, parecendo surda a seus apelos e não respondendo a nenhuma pergunta. Ela os derrotou categoricamente. Tia Jane disse, com desgosto: "O que se pode fazer com uma mulher que sequer *fala*?".

Cinco meses após David Spencer ser rejeitado na porta de casa por sua esposa, Rachel nasceu. Talvez, se David a tivesse procurado, com a devida penitência e humildade, o coração de Isabella, suavizado pela dor e alegria de sua longa e ardentemente desejada maternidade, poderia ter expulsado a peçonha raivosa de ressentimento que o envenenara e aceitasse o marido de volta. Mas David não veio; ele não deu sinal algum de que sabia que sua tão desejada filha havia nascido ou que se importava com ela.

Quando Isabella foi novamente capaz de cuidar de seus afazeres, seu rosto pálido estava mais duro do que nunca; e, se houvesse alguém a seu lado com algum discernimento, seria possível notar que uma sutil mudança se operara em sua conduta e suas maneiras. Aquela expectativa nervosa, aquela inquietação palpitante a tinha abandonado. Isabella deixou de esperar secretamente que o marido voltasse. Nas profundezas de sua alma, achava que ele voltaria e pretendia perdoá-lo quando o tivesse humilhado suficientemente e ele se rebaixasse, como achou que ele faria. Mas agora ela sabia que ele não pretendia suplicar o seu perdão, e o ódio que brotou do seu antigo amor era um tumor que crescia de modo rápido e persistente.

Rachel, desde suas mais tenras lembranças, tinha uma vaga consciência da diferença entre sua vida e a de seus colegas. Por muito tempo, isso foi um enigma para seu cérebro infantil. Finalmente, ela concluiu que a diferença consistia no fato de que eles tinham um pai, e ela, Rachel Spencer, não, sequer no cemitério, como Carrie Bell e

Lilian Boulter. E por quê? Rachel foi até a mãe, pôs uma mãozinha rechonchuda e cheia de covinhas no joelho de Isabella Spencer, olhou para cima com seus grandes e curiosos olhos azuis e perguntou gravemente:

– Mãe, por que eu não tenho um pai como as outras meninas?

Isabella Spencer deixou de lado sua costura, pôs a criança de sete anos no colo e contou para ela a história toda em poucas, diretas e amargas palavras, que logo ficaram marcadas indelevelmente na memória de Rachel. Ela compreendeu claramente, desesperadamente, que nunca poderia ter um pai, que sempre seria diferente das outras pessoas nesse quesito.

– Seu pai não se importa com você – disse Isabella Spencer finalmente. – Nunca se importou. Não deve mais falar dele com ninguém.

Rachel deslizou silenciosamente do joelho da mãe e correu para o jardim de primavera com o coração pesado. Lá, ela chorou copiosamente as últimas palavras de sua mãe. Pareceu-lhe uma coisa terrível seu pai não amá-la e uma crueldade pedir que ela nunca falasse dele.

Um fato curioso é que a solidariedade de Rachel estava inteiramente com o pai, na medida em que ela compreendia a antiga briga. Ela não sonhava em desobedecer à mãe e de fato não o fazia. A criança nunca mais mencionou o pai, mas Isabella não a tinha proibido de pensar nele, e desde então Rachel passou a pensar nele constantemente, tão constantemente que, de um jeito estranho, ele parecia se tornar uma parte misteriosa de sua vida interior, era um companheiro invisível e sempre presente em todas as suas experiências.

Ela era uma criança imaginativa e, nas suas fantasias, havia conhecido o pai. Ela nunca o vira antes, mas ele era mais real para ela do que a maioria das pessoas que ela conhecia. Ele brincava e conversava com ela como sua mãe jamais fizera; caminhava com ela pelo pomar, pelos campos e pelo jardim; sentava-se ao lado dela, no mesmo travesseiro, para assistir ao entardecer; para o pai, ela sussurrava segredos que jamais havia contado a ninguém.

Certa vez, sua mãe lhe perguntou impacientemente por que ela falava tanto sozinha.

– Não estou falando sozinha. Estou falando com um amigo muito querido – respondeu Rachel, solenemente.

– Criança tola – riu sua mãe, em parte com indulgência, em parte com reprovação.

Dois anos depois, algo maravilhoso aconteceu com Rachel. Numa tarde de verão, ela foi ao porto com várias de suas amiguinhas. Tal excursão foi um raro presente para a criança, pois Isabella Spencer quase nunca permitia que ela saísse de casa com outra pessoa que não ela. E Isabella não era uma companhia divertida. Rachel nunca gostou particularmente de passear com a mãe.

As crianças caminharam bastante ao longo da costa; por fim, chegaram a um lugar que Rachel nunca tinha visto antes. Era uma enseada rasa onde as águas vibravam na areia amarela. Além disso, as ondas riam, exibindo-se vaidosas e sedutoras como uma bela e coquete mulher. Ao ar livre, o vento era barulhento e animado; lá era reverente e gentil. Havia um barco branco, preso pelas defensas, e uma casinha esquisita perto da areia, como uma grande concha lançada pelo mar. Rachel olhou para tudo isso com um secreto deleite; ela também amava lugares solitários no mar e na costa, assim como o pai. Quis ficar um pouco nesse lugar adorável e deleitar-se com ele.

– Estou cansada, meninas – ela anunciou. – Vou ficar aqui e descansar um pouco. Não quero ir a Gull Point. Podem ir sem mim. Vou esperá-las aqui.

– Sozinha? – Carrie Bell perguntou, espantada.

– Não tenho tanto medo de ficar sozinha – disse Rachel, com dignidade.

As outras garotas foram embora, deixando Rachel sentada nas defensas, à sombra do grande barco branco. Ela ficou ali sentada por um tempo, sonhando alegremente, com os olhos azuis fixos no distante e perolado horizonte e a cabeça dourada recostada contra o barco.

De repente, ouviu passos atrás dela. Quando virou a cabeça, havia um homem parado a seu lado, olhando para ela com grandes e alegres olhos azuis. Rachel tinha certeza de que nunca o vira antes; ainda assim, aqueles olhos lhe pareciam estranhamente familiares. Ela gostava dele. Não sentiu a vergonha ou timidez que geralmente a afligiam na presença de estranhos.

Ele era um homem alto, robusto, que vestia uma roupa rústica de pescador e trazia um boné de oleado na cabeça. Seu cabelo era muito basto, encaracolado e louro; suas bochechas eram bronzeadas e vermelhas; seus dentes, quando ele sorria, eram muito uniformes e brancos. Rachel achou que ele devia ser muito velho, pois havia um monte de fios prateados misturados aos cabelos louros.

– Está observando as sereias? – ele perguntou.

Rachel assentiu bastante séria. Ela teria escondido escrupulosamente essa informação de qualquer outra pessoa.

– Sim, eu estou – disse ela. – Mamãe diz que sereias não existem, mas eu gosto de pensar que elas existem. Você já viu uma?

O grandalhão sentou-se num tronco descorado de madeira flutuante e sorriu para ela.

– Não, sinto dizer que não. Mas eu já vi muitas outras coisas maravilhosas. Posso lhe contar algumas dessas histórias se você vier até aqui e se sentar a meu lado.

Rachel foi sem hesitar. Quando o alcançou, ele a colocou sentada nos seus joelhos, e ela gostou.

– Que barquinho lindo você é – ele disse. – Será que agora você pode me dar um beijo?

Via de regra, Rachel odiava beijar. Era difícil conseguir persuadi-la a beijar até mesmo seus tios que sabiam disso e gostavam de provocá-la com beijos até que a irritaram tanto que ela lhes disse que não suportava homens. Mas, nesse momento, ela prontamente colocou os braços em volta do pescoço do estranho e lhe deu um beijo caloroso.

– Eu gosto de você ela disse, com franqueza.

Ela sentiu os braços dele a enlaçar com força. Os olhos azuis que fitavam os dela ficaram embaçados e muito ternos. Então, de repente, Rachel soube quem ele era. Ele era o seu pai. Ela não disse nada, mas encostou a cabeça encaracolada no ombro dele e sentiu uma imensa felicidade, como de alguém que havia chegado a um muito esperado porto seguro.

Se David Spencer percebeu que ela havia compreendido, não disse nada. Em vez disso, começou a contar histórias fascinantes de terras longínquas que tinha visitado e coisas estranhas que tinha visto. Rachel ouviu, arrebatada, como se escutasse um conto de fadas. Sim, ele era exatamente como ela havia sonhado. Ela sempre teve certeza de que ele poderia contar belas histórias.

– Vamos até minha casa e vou lhe mostrar algumas coisas bonitas – ele disse, por fim.

Seguiu-se, então, uma hora maravilhosa. A pequena sala de teto baixo, com sua janela quadrada, onde ele a levou, estava apinhada de destroços e restos de naufrágios de sua vida errante – coisas bonitas, estranhas e misteriosas, além de qualquer compreensão. Os objetos de que Rachel mais gostou foram duas enormes conchas no parapeito da chaminé – pálidas conchas cor-de-rosa com grandes manchas carmesins e roxas.

– Ah, eu não sabia que existiam coisas tão bonitas no mundo – ela exclamou.

– Se você quiser – começou o grandalhão; então parou por um momento –, eu vou lhe mostrar algo ainda mais bonito.

Rachel sentiu vagamente que ele pretendia dizer outra coisa quando começou a falar, mas se esqueceu de perguntar o que era quando viu o que ele trouxe de um pequeno armário no canto da sala. Era um bule de porcelana roxa reluzente, incrustado de dragões dourados com garras e escamas folheadas a ouro. A tampa parecia uma linda flor dourada, e o cabo era a cauda enrolada de um dragão. Rachel sentou-se e o fitou, enlevada.

– Essa é a única coisa de valor que eu tenho no mundo agora – ele disse.

Rachel notou algo de muito triste em seus olhos e em sua voz. Ela ansiava em beijá-lo novamente e consolá-lo. Mas de repente ele começou a rir, e então vasculhou a sala, em busca de guloseimas para ela comer, as mais deliciosas iguarias com que ela jamais sonhara. Enquanto ela as mordiscava, ele pegou um velho violino e tocou uma música que a fez querer dançar e cantar. Rachel estava perfeitamente feliz. Ela desejou poder ficar para sempre naquela sala escura de teto baixo, com todos os seus tesouros.

– Vejo que seus amiguinhos estão chegando – disse ele, por fim. – Suponho que você tenha que ir. Ponha o resto das guloseimas no bolso.

Ele a tomou nos braços e a apertou firmemente contra o peito por um momento. Ela sentiu que ele beijava seus cabelos.

– Pronto, agora vá, garotinha. Adeus – disse ele, gentilmente.

– Por que não me pede para voltar aqui? – exclamou Rachel, quase em prantos. – Eu vou voltar, *de qualquer modo*.

– Se puder vir, *venha* – ele disse. – Se não vier, eu saberei que é porque não foi possível, e isso já basta. Estou muito, muito, MUITO feliz, menina, que tenha vindo hoje.

Rachel estava sentada modestamente nas defensas quando seus colegas voltaram. Eles não a tinham visto sair da casa e ela não lhes disse uma única palavra sobre sua experiência. Apenas sorriu misteriosamente quando lhe perguntaram se tinha se sentido sozinha.

Naquela noite, pela primeira vez, ela mencionou o nome do pai em suas orações. Nunca mais se esqueceu de fazer isso. Sempre dizia: "abençoe a mãe – e o pai" com uma pausa instintiva entre os dois nomes, que indicava uma nova percepção da tragédia que os tinha separado. E o tom com que dizia "pai" era mais suave e terno do que aquele com que dizia "mãe".

Rachel nunca mais visitou a baía. Isabella Spencer descobriu que as crianças estiveram lá e, embora não soubesse nada do encontro de Rachel com seu pai, disse à filha que ela nunca mais deveria voltar àquela parte da costa.

Rachel derramou, em segredo, muitas lágrimas amargas por causa dessa ordem, mas lhe obedeceu. Desde então, não houve nenhuma comunicação entre ela e o pai, salvo as mensagens inexpressas de alma para alma através do que quer que as estivesse separando.

O convite de David Spencer para o casamento da filha foi enviado com os outros, e os dias restantes de solteira de Rachel passaram rapidamente, num turbilhão de preparativos e de agitação que muito agradou sua mãe, mas que a moça não gostou.

O dia do casamento chegou, por fim, rompendo suave e brandamente sobre o grande mar com um brilho de prata, pérola e rosa, um dia de setembro, ameno e bonito como junho.

A cerimônia seria realizada às oito horas da noite. Às sete, Rachel estava em seu quarto, completamente vestida e sozinha. Ela não tinha damas de honra e havia pedido aos primos que a deixassem sozinha nesta última e solene hora de mocidade. Ela estava muito bela e encantadora à luz do entardecer que banhava as bétulas. Seu vestido de casamento era de fino e excelente organdi, simples e delicado. Nas ondas soltas dos brilhantes cabelos, ela trazia as flores do noivo, rosas tão brancas como o sonho de uma virgem. Ela estava muito feliz, mas sua felicidade se misturava levemente à inseparável tristeza de todas as mudanças.

Dali a pouco, sua mãe entrou, carregando uma pequena cesta.

– Chegou uma coisa para você, Rachel. Um dos garotos do porto veio trazer. Ele quis entregá-la em suas mãos, disse que tinha recebido ordens. Eu simplesmente a peguei e mandei que saísse e disse a ele que entregaria imediatamente a você, que isso já bastava.

Ela falou com frieza. Sabia muito bem quem havia enviado a cesta e se ressentia, mas sua mágoa não era forte o bastante para superar a curiosidade. Ela aguardou em silêncio enquanto Rachel desembrulhava a cesta.

As mãos de Rachel tremeram quando ela tirou o pano. Duas enormes conchas com manchas cor-de-rosa surgiram primeiro. Ela se lembrava tão bem delas! No fundo da cesta, embalado com cuidado num quadrado de seda de origem estrangeira, estranhamente perfumado, estava o bule de chá de dragão. Ela o segurou nas mãos e o fitou com os olhos cheios de grossas lágrimas.

– Seu pai enviou isso – disse Isabella Spencer, com um curioso tom de voz. – Eu me lembro bem. Estava entre as coisas que eu empacotei e enviei para ele. O pai dele trouxe isso da China cinquenta anos atrás, então ele o estimava mais do que tudo. Eles costumavam dizer que valia muito dinheiro.

– Mãe, por favor, me deixe sozinha por um tempo – Rachel disse, suplicantemente. Ela tinha avistado um pequeno bilhete no fundo da cesta e sentiu que não o conseguiria ler com os olhos da mãe pousados nela.

A senhora Spencer saiu com inabitual aquiescência, e Rachel foi rapidamente até a janela, onde leu o recado com a tênue luz do crepúsculo. A nota era muito breve, exibindo a caligrafia de alguém que, pelo visto, não costumava escrever com frequência.

"Minha querida garotinha", dizia a carta, "desculpe-me por não poder ir ao seu casamento. É bem do seu feitio me convidar, pois eu sei que isso é coisa sua. Gostaria de poder vê-la casada, mas não posso entrar na casa da qual fui expulso. Espero que você seja muito feliz. Estou lhe enviando as conchas e o bule que tanto lhe agradaram. Você se lembra do maravilhoso dia que passamos juntos? Gostaria de vê-la novamente antes do seu casamento, mas não é para ser.

> *Do pai que a ama,*
> *David Spencer"*

Rachel piscou decididamente, a fim de afastar as lágrimas que afloraram em seus olhos. Um desejo feroz pelo pai brotou em seu coração, uma fome insistente que não podia ser aplacada. Ela *precisava* ver o pai; ela *precisava* receber a bênção dele em sua nova vida. Uma súbita determinação dominou todo o seu ser, uma determinação para que ela ignorasse todas as convencionalidades e objeções, como se estas não tivessem a menor importância.

Estava quase escuro. Os convidados ainda demorariam cerca de meia hora para chegar. Era uma caminhada de apenas quinze minutos da colina até a baía. Rachel se embrulhou apressadamente em sua nova capa de chuva e protegeu o rosto jovial com um capuz escuro. Abriu a porta e deslizou silenciosamente escada abaixo. A senhora Spencer e seus ajudantes estavam todos ocupados na parte de trás da casa. Num instante, Rachel estava no jardim coberto de orvalho. Ela iria direto pelos campos. Ninguém a veria.

Estava muito escuro quando ela chegou à baía. Acima dela, no céu límpido, estrelas piscavam. Flocos voadores de espuma corriam sobre a areia como criaturas élficas. Um vento suave soprava sobre os beirais da casinha cinzenta onde David Spencer estava sentado, sozinho no crepúsculo, com seu violino sobre os joelhos. Ele havia tentado tocar, sem sucesso. Seu coração ansiava pela filha, sim, e pela noiva distante de sua juventude. Seu amor pelo mar tinha sido saciado para sempre, mas o amor pela esposa e filha ainda ecoava, soterrado em sua antiga raiva e teimosia.

A porta se abriu subitamente, e a mesma Rachel com quem ele esteve sonhando entrou de repente, arrancando a capa e mostrando sua beleza juvenil e seus adornos nupciais, uma esplêndida criatura, que quase iluminava a escuridão com seu resplendor.

– Pai – ela exclamou, em prantos, e os braços ansiosos de seu pai a envolveram.

De volta à casa que ela havia deixado, os convidados chegavam ao casamento. Havia gracejos, risadas e cumprimentos amigáveis. O noivo também chegou, um rapaz magro, de olhos escuros, que subiu a escada na ponta dos pés e se esgueirou timidamente até o quarto de hóspedes, do qual emergiu para falar com a senhora Spencer no patamar.

– Quero ver Rachel antes de descermos – ele disse, corando.

A senhora Spencer depositou um presente de casamento, um jogo de cama, na mesa já abarrotada de presentes, abriu a porta do quarto de Rachel e a chamou. Não houve resposta; o quarto estava em silêncio e às escuras. Com súbito alarme, Isabella Spencer pegou a lamparina da mesa do corredor e iluminou o aposento. O quartinho branco estava vazio. Ele não abrigava uma noiva ruborizada, vestida de branco. Mas a carta de David Spencer jazia no parapeito. Ela a pegou e leu.

– Rachel não está aqui – ela ofegou. Uma súbita intuição lhe disse aonde a garota tinha ido e por quê.

– Não está aqui! – repetiu Frank, empalidecendo. Seu lívido espanto fez com que a senhora Spencer voltasse a si. Ela deu uma risada feia e amarga.

– Ah, não precisa ficar tão assustado, Frank. Ela não fugiu de você. Silêncio; venha aqui. Feche a porta. Ninguém deve saber disso. Que bela fofoca daria! Aquela tolinha foi até a baía vê-lo: o pai dela. Tenho certeza disso. É bem do feitio dela. Ele lhe enviou aqueles presentes... Aqui, veja... e essa carta. Leia-a. Ela foi convencê-lo a vir aqui para vê-la se casar. Estava obcecada com essa ideia. E o pastor já está aqui, pois são sete e meia. Ela vai estragar o vestido e os sapatos na poeira e no orvalho. E se alguém a vir? Já viu uma moça tão tola?

A presença de espírito de Frank voltou. Ele sabia tudo sobre Rachel e seu pai. Ela tinha lhe contado tudo.

– Vou buscá-la – ele disse, gentilmente. – Pegue meu chapéu e o casaco. Vou escapulir pela escada dos fundos e descer até a baía.

– É melhor que saia pela janela da despensa, então – disse a senhora Spencer, firmemente, com seu habitual ar tragicômico. – A cozinha está lotada de mulheres. Não quero que elas saibam e fiquem falando, se eu puder evitar isso.

O noivo, que era muito sábio para a sua idade e sabia que, em se tratando de mulheres, era melhor ceder nas pequenas coisas, escapuliu obedientemente pela janela da despensa e disparou através do bosque de bétulas. A senhora Spencer, trêmula de ansiedade, ficou de guarda até vê-lo desaparecer.

Então Rachel tinha ido até seu pai! Ela havia rompido os grilhões dos anos e fugido para encontrar seu semelhante.

"Não adianta muito lutar contra a natureza, creio eu", ela pensou, sombriamente. "Fui derrotada. Ele deve ter pensado um pouco nela, afinal, quando mandou aquele bule e a carta. E o que ele quis dizer com aquele 'maravilhoso dia que passamos juntos'? Bem, isso significa que ela já o viu antes, em algum momento, creio eu, e não me contou nada."

A senhora Spencer fechou a janela da despensa com um violento estrondo.

"Se ela vier com Frank sem fazer alarde, a tempo de impedir o falatório, eu a perdoarei", ela disse, quando se virou para a cozinha.

Rachel estava sentada nos joelhos do pai, com os braços brancos em volta do pescoço dele, quando Frank chegou. Ela levantou-se, num sobressalto, com o belo rosto afogueado e os olhos brilhantes e molhados de lágrimas. Frank pensou que jamais a vira tão adorável.

– Oh, Frank, está muito tarde? Você está zangado? – ela exclamou, timidamente.

– Não, não, querida. É claro que não estou zangado. Mas não acha que é melhor voltar agora? É quase oito e todo mundo está esperando.

– Estou tentando convencer meu pai a subir e me ver casar – disse Rachel. – Ajude-me, Frank.

– Por favor, venha conosco, senhor – disse Frank, cordialmente. – Faço tanta questão quanto Rachel.

David Spencer balançou teimosamente a cabeça.

– Não, não posso entrar naquela casa. Eu fui expulso de lá. Não liguem para mim. Já tive minha cota de felicidade nessa meia hora com minha garotinha. Gostaria de vê-la se casar, mas não é para ser.

– Sim, é para ser, e será – disse Rachel, decidida. – Você *vai* me ver casar. Frank, quero que o casamento seja aqui na casa do meu pai! É o lugar perfeito para uma garota se casar. Volte, informe os convidados e os traga para cá.

Frank pareceu bastante consternado. David Spencer disse, com desaprovação:

– Garotinha, não acha que isso vai ser...

– Dessa vez, as coisas vão ser do meu jeito – disse Rachel, com uma doce determinação. – Vá, Frank. Eu vou lhe obedecer por toda a minha vida, mas antes você deve fazer isso por mim. Tente entender – ela acrescentou, suplicante.

– Ah, eu entendo – Frank a tranquilizou. – Também acho que você está certa, mas eu estava pensando em sua mãe. Ela não virá.

– Então diga-lhe que, se ela não vier, não vou me casar – disse Rachel. Ela estava transparecendo uma inesperada habilidade de manipular as pessoas. Sabia que esse ultimato o faria colocar todo o seu empenho na tarefa.

Para grande consternação da senhora Spencer, quando voltou, Frank veio marchando audaciosamente até a porta da frente. Ela o agarrou e o levou rapidamente até a sala de jantar.

– Onde está Rachel? Por que veio por esse caminho? Todo mundo viu você!

– Não faz diferença. Todos terão de saber, de qualquer maneira. Rachel diz que o casamento deve ser na casa do pai dela, ou não haverá casamento. Voltei para lhe dizer isso.

O rosto de Isabella ficou rubro.

– Rachel está louca. Eu lavo as minhas mãos. Faça o que quiser. Leve os convidados e a ceia também, se conseguir carregá-la.

– Voltaremos aqui para jantar – disse Frank, ignorando o sarcasmo. – Vamos, senhora Spencer, recomendo lidar com isso da melhor maneira possível.

– Acha que eu vou entrar na casa de David Spencer? – disse Isabella Spencer, violentamente.

– Ah, a senhora *precisa* vir, senhora Spencer – exclamou desesperadamente o pobre Frank. Ele começou a achar que perderia sua noiva, após se ver completamente enredado nesse triplo labirinto de teimosia. – Rachel diz que não vai se casar se a senhora não vier também. Pense no falatório que isso vai causar. A senhora sabe que ela vai manter a palavra.

Isabella Spencer sabia disso. Por mais furiosa e revoltada que estivesse, havia em sua alma um forte desejo de não causar um escândalo ainda maior. Esse desejo a conteve e a subjugou, pois não havia nada mais que ela pudesse fazer.

– Eu irei, já que sou obrigada – disse ela, com frieza. – O que não pode ser curado deve ser suportado. Vá e conte a eles.

Cinco minutos depois, os sessenta convidados caminhavam pelos campos, em direção à baía, com o pastor e o noivo à frente da procissão.

Eles também estavam atônitos e mudos com o estranho acontecimento. Isabella Spencer vinha atrás, ferozmente sozinha.

Todos se amontoaram na salinha da casa da baía, e houve, então, um solene silêncio, quebrado apenas pelo murmúrio do vento no mar e pelo som das ondas na costa. David Spencer entregou a filha, mas, quando a cerimônia terminou, Isabella foi a primeira a tomar a garota em seus braços. Ela a abraçou e a beijou, com lágrimas escorrendo pelo rosto pálido, e toda a sua natureza foi dissolvida em ternura materna.

– Rachel! Rachel! Minha filha, espero e rezo para que você seja feliz – disse ela, com a fala entrecortada.

Na onda da súbita e alegre multidão de convidados que se formou em volta da noiva e do noivo, desejando cumprimentá-los, Isabella foi jogada até um canto escuro, atrás de uma pilha de velas e cordas. Erguendo os olhos, ela se viu prensada contra David Spencer. Pela primeira vez, em vinte anos, os olhos do marido e da esposa se encontraram. Uma estranha emoção acometeu o coração de Isabella; ela sabia que estava tremendo.

– Isabella – disse David em seu ouvido, com a voz cheia de ternura e súplica, a voz do jovem que a cortejara em sua mocidade. – É tarde demais para lhe pedir perdão? Eu fui um tolo teimoso, mas não houve uma única hora, em todos esses anos, em que eu não estivesse pensando em você, em nosso bebê, em que eu não a desejasse ardentemente.

Isabella Spencer havia odiado esse homem; no entanto, seu ódio não passara de um parasita que crescera num tronco mais nobre, sem raízes duradouras. Ele murchou àquelas palavras, e o velho amor, claro, forte e bonito como sempre, brotou de novo.

– Ah... David... A culpa foi minha – ela murmurou, chorando.

Mas as palavras se perderam nos lábios do marido.

Quando o burburinho dos apertos de mão e votos de parabéns diminuiu, Isabella Spencer surgiu diante de todos. Ela também parecia uma mocinha, uma jovem noiva, com as bochechas coradas e os olhos brilhantes.

– É hora de voltar para cear e agir de modo sensato – disse ela, categórica. – Rachel, seu pai também vem. Dessa vez, para *ficar* – disse ela, com um olhar desafiador aos que os rodeavam. – Venham, todos.

Com risadas e brincadeiras, eles voltaram pelos tranquilos campos de outono, agora levemente prateados pela lua que se erguia sobre as colinas. Os jovens noivos ficaram para trás; estavam muito felizes, mas não tão felizes, afinal, como os velhos noivos que andavam rapidamente na frente. A mão de Isabella segurava a do marido, e por vezes ela não conseguia distinguir as colinas banhadas em luar, pois uma névoa de gloriosas lágrimas lhe toldava a visão.

– David – ela sussurrou, enquanto ele a ajudava a passar pela cerca – Você pode me perdoar?

– Não há nada a perdoar – disse ele. – Somos recém-casados. E quem já ouviu falar de noivos pedindo perdão? Tudo está começando do zero para nós, minha querida.

O bebê de Jane

A senhorita Rosetta Ellis, com os cachos da frente presos em papelotes e os de trás envoltos num pano xadrez, estava em seu arejado pátio sob os pinheiros, batendo os tapetes da sala para tirar o pó, quando o senhor Nathan Patterson chegou. A senhorita Rosetta o vira descer a longa colina avermelhada, mas não imaginou que ele fosse aparecer tão cedo, de modo que não se apressou. A senhorita Rosetta sempre corria se surgisse alguma visita e ela estivesse com os papelotes; e, mesmo se a incumbência do referido visitante fosse uma questão de vida ou morte, ele ou ela teria de esperar até que ela arrancasse os papelotes. Todo mundo em Avonlea sabia disso, porque todo mundo em Avonlea sabia tudo sobre todo mundo.

Mas o senhor Patterson seguiu pela estradinha de maneira tão rápida e inesperada que a senhorita Rosetta não teve tempo de correr; então, arrancando o pano xadrez, ela manteve-se firme, com o máximo de calma que pôde reunir, tendo a desagradável consciência da presença dos papelotes nos cabelos.

– Bom dia, senhorita Ellis – disse Patterson, tão soturnamente que a senhorita Rosetta de imediato sentiu que ele era o portador de más notícias. Geralmente, o rosto do senhor Patterson era tão amplo e luminoso quanto uma lua cheia. No entanto, sua expressão estava bastante melancólica, e sua voz, sepulcral.

– Bom dia – respondeu a senhorita Rosetta, com entusiasmo e alegria. De modo algum ela aceitaria que estragassem seu dia sem saber a razão. – Está um belo dia.

– Um dia muito bom – concordou o senhor Patterson, solenemente. – Acabei de vir da residência dos Wheelers, senhorita Ellis, e lamento dizer...

– Charlotte está doente! – exclamou a senhorita Rosetta, rapidamente. – Charlotte está com outra doença do coração! Eu sabia! Estava esperando ouvir isso! Qualquer mulher que viaja tanto quanto ela pode desenvolver doenças cardíacas a qualquer momento. Eu nunca passo do meu portão, mas sempre a encontro vagando por aí. Sabe Deus quem é que cuida da casa dela. Eu é que não confiaria tanto num empregado como ela. Bem, é muito gentil da sua parte, senhor Patterson, dar-se ao trabalho de vir até aqui me dizer que Charlotte está doente, mas realmente não entendo por que o senhor se incomodou; realmente não entendo. Para mim, não interessa se Charlotte está doente ou não. O senhor sabe perfeitamente bem, senhor Patterson, mais do que ninguém. Quando Charlotte fugiu para se casar em segredo com aquele inútil do Jacob Wheeler...

– A senhora Wheeler está muito bem – interrompeu o senhor Patterson, desesperado. – Muito bem. Não há nada de errado com ela, na verdade. Eu apenas...

– Então o que o senhor pretende vindo até aqui para me dizer que ela estava doente e me matar de susto? – perguntou a senhorita Rosetta, indignada. – Meu próprio coração não é lá muito forte. É coisa de família, e meu médico me alertou para evitar sustos e exaltações. Não quero ficar exaltada, senhor Patterson. E não vou me exaltar, nem se Charlotte tiver outra doença. É perfeitamente inútil o senhor tentar me exaltar, senhor Patterson.

– Valha-me Deus, mulher, não estou tentando exaltar ninguém! – declarou o senhor Patterson, exasperado. – Eu vim até aqui simplesmente para lhe dizer que...

– Para me dizer o *quê*? – disse a senhorita Rosetta. – Por quanto tempo o senhor pretende manter o suspense, senhor Patterson? Sem dúvida, o senhor tem tempo livre em abundância, mas eu... NÃO.

– ... que sua irmã, a senhora Wheeler, recebeu uma carta de uma prima de vocês, que mora em Charlottetown. Senhora Roberts, creio que esse é o nome dela...

– Jane Roberts – interrompeu a senhorita Rosetta. Era Jane Ellis antes de se casar. O que ela escreveu para Charlotte? Não que eu queira saber, é claro. Deus sabe que não estou interessada na correspondência de Charlotte. Mas, se Jane tivesse qualquer coisa em particular para escrever sobre ela, deveria ter escrito para mim. Eu sou a mais velha. Charlotte não tinha que receber uma carta de Jane Roberts sem me consultar. É bem típico dela, foi a mesma coisa com seus segredinhos. Ela se casou dessa mesma maneira. Nunca me disse uma palavra, mas fugiu com aquele imoral do Jacob Wheeler...

– A senhora Roberts está muito doente, pelo que ouvi – continuou o senhor Patterson, nobremente decidido a cumprir o que ele tinha vindo fazer. – Morrendo, de fato, e...

– Jane doente! Jane morrendo! – exclamou Rosetta. – Ora, ela é a garota mais saudável que eu já vi! Mas depois eu nunca mais a vi, nem ouvi falar dela, desde que ela se casou, quinze anos atrás. Ouso dizer que seu marido era um bruto e a negligenciou, e que ela foi se consumindo devagar. Não tenho fé alguma em maridos. Veja só Charlotte! Todo mundo sabe como Jacob Wheeler a usou. De fato, ela mereceu, mas...

– O marido da senhora Roberts morreu – disse o senhor Patterson. – Morreu cerca de dois meses atrás, pelo que soube, e ela tem um bebezinho de seis meses e pensou que talvez a senhora Wheeler aceitaria tomar conta dele, em nome dos velhos tempos...

– Charlotte pediu para o senhor vir até aqui me contar isso? – quis saber a senhorita Rosetta, ansiosamente.

– Não. Ela só me disse o que estava na carta. Ela não mencionou a senhorita, mas eu pensei que talvez fosse bom informá-la...

– Eu sabia – disse a senhorita Rosetta, num tom de amarga convicção. – Eu mesma poderia ter lhe dito isso. Charlotte sequer me deixaria saber que Jane estava doente. Charlotte teria medo de que eu quisesse ficar com o bebê, sabendo que Jane e eu éramos tão amigas, tempos atrás. E quem teria mais direito a ele do que eu? Eu gostaria de saber. Não sou a mais velha? E não sou experiente em criar bebês? Charlotte não precisa achar que vai comandar os assuntos da nossa família só porque ela se casou. Jacob Wheeler...

– Preciso ir – disse o senhor Patterson, felizmente retomando seu autocontrole.

– Estou muito grata ao senhor por ter vindo aqui me contar sobre Jane – disse a senhorita Rosetta –, mesmo tendo me feito perder um tempo precioso até finalmente me revelar. Se não fosse pelo senhor, suponho que eu jamais saberia de algo. Sendo assim, devo partir para a cidade o mais rápido possível.

– A senhorita terá de se apressar se quiser chegar antes da senhora Wheeler – aconselhou o senhor Patterson. – Ela está preparando o baú para embarcar amanhã no primeiro trem.

– Pois eu vou arrumar a mala e pegar o trem nesta tarde – replicou a senhorita Rosetta, triunfante. – Vou mostrar a Charlotte que ela não manda na família Ellis. Quando se casou com Wheeler, ela abriu mão disso. Que cuide de sua própria família agora. Jacob Wheeler era o mais...

Mas o senhor Patterson tinha ido embora. Ele sentiu que havia cumprido seu dever mesmo diante das temíveis possibilidades, e não queria mais ouvir falar de Jacob Wheeler.

Rosetta Ellis e Charlotte Wheeler não trocavam uma palavra há dez anos. Antes disso, eram muito devotadas uma à outra e moravam juntas no pequeno chalé da família Ellis, na estrada de White Sands, desde a morte de seus pais. O problema começou quando Jacob Wheeler passou a prestar atenção em Charlotte, a mais jovem e bonita das duas mulheres, que há tempos tinham deixado de ser muito jovens ou muito bonitas. Rosetta se opôs amargamente à união desde o início. Ela jurou que não via serventia alguma em Jacob Wheeler. Não faltaram pessoas maliciosas para sugerir que ela pensava assim porque o referido Jacob Wheeler havia escolhido a irmã errada a quem entregar seu afeto. De todo modo, a senhorita Rosetta sem dúvida continuou interpretando o avanço do cortejo de Jacob Wheeler como excessivamente grosseiro e turbulento. A contenda chegou ao fim quando, certa manhã, Charlotte foi embora em silêncio e casou-se com Jacob Wheeler sem avisar a senhorita Rosetta. A senhorita Rosetta nunca a perdoou por isso, e Charlotte nunca perdoou as coisas que Rosetta lhe disse quando ela e Jacob voltaram para o chalé dos Ellis. Desde então, as irmãs tornaram-se inimigas declaradas, com a diferença de que a senhorita Rosetta expressava suas queixas publicamente, em época e fora de época, enquanto Charlotte jamais mencionava o nome de Rosetta. Mesmo a morte de Jacob Wheeler, cinco anos após o casamento, não curou essa ferida.

A senhorita Rosetta arrancou seus papelotes, preparou a mala e pegou o trem vespertino para Charlottetown, como ameaçara fazer. Durante todo o trajeto, ela ficou sentada rigidamente, muito ereta em seu assento, e manteve com a irmã diálogos imaginários em sua mente, que eram mais ou menos assim:

"Não, Charlotte Wheeler, você não vai ficar com o bebê de Jane e está muitíssimo enganada se pensa o contrário. Ah, muito bem, então veremos! Você não sabe nada de bebês, mesmo tendo sido casada. Eu sei. Pois não cuidei do bebê de William Ellis quando sua esposa morreu? Diga-me, Charlotte Wheeler! E aquela coisinha não se desenvolveu com os meus cuidados e cresceu forte e saudável? Sim, até você precisa admitir que sim, Charlotte Wheeler. E, ainda assim, tem a audácia de pensar que deve ficar com o bebê de Jane! Sim, é audácia, Charlotte Wheeler. E, quando William Ellis se casou novamente e levou o bebê, a criança não se agarrou a mim e chorou como se eu fosse sua verdadeira mãe? Você sabe que sim, Charlotte Wheeler. Vou pegar o bebê de Jane e cuidar dele, apesar de você, Charlotte Wheeler, e quero ver você tentar me impedir, você, que foi embora, casou-se e sequer informou sua própria irmã! Se eu tivesse me casado dessa maneira, Charlotte Wheeler, eu teria vergonha de olhar as pessoas no rosto pelo resto da minha vida!"

Rosetta estava tão interessada em mostrar a Charlotte quem é que mandava e planejar a futura vida do bebê de Jane que não achou a viagem para Charlottetown tão longa ou tediosa como era de esperar, considerando sua pressa. Ela logo encontrou o caminho para a casa onde morava sua prima. Lá, para seu desespero e sua genuína tristeza, ela soube que a senhora Roberts havia morrido às quatro horas daquela mesma tarde.

– Ela parecia terrivelmente ansiosa para viver até receber notícias de algum parente de Avonlea – disse a mulher que forneceu a informação à senhorita Rosetta. – Ela escreveu a eles a respeito de sua filhinha. Ela era minha cunhada e morava comigo desde a morte do marido. Eu fiz tudo o que pude por ela, mas minha família já é grande demais e não tenho condições de manter a criança. A pobre Jane aguardou e ansiou que alguém viesse de Avonlea, mas não conseguiu aguentar. Era uma criatura paciente e sofredora!

– Eu sou prima dela – disse a senhorita Rosetta, enxugando os olhos. – E vim buscar o bebê. Vou levá-lo para casa comigo logo após funeral; e, por gentileza, senhora Gordon, deixe-me vê-lo imediatamente, para que ele possa se acostumar comigo. Pobre Jane! Gostaria de ter chegado a tempo de vê-la, eu e ela éramos muito amigas antigamente. Éramos muito chegadas e íntimas, mais do que ela e Charlotte jamais foram. Charlotte também sabe disso!

O vigor com que a senhorita Rosetta vociferou essa frase surpreendeu a senhora Gordon, que não entendeu nada. Mas ela levou a senhorita Rosetta para o quarto onde o bebê dormia.

– Ah, que gracinha – exclamou a senhorita Rosetta, com toda sua esquisitice e seu ar de velha solteirona desaparecendo, e sua inata e negada maternidade resplandecendo em sua face, com transformadora iluminação. – Ah, que coisinha mais doce, querida e bonita!

O bebê era uma graça: aos seis meses, tinha uma beleza clássica, com cachinhos dourados pendendo e brilhando em volta da cabeça minúscula. Quando a senhorita Rosetta se debruçou sobre a criança, esta abriu os olhos e estendeu as minúsculas mãos para ela, com um balbucio de confiança.

– Ah, você é um amor! – disse a senhorita Rosetta, em êxtase, pegando-a nos braços. – Você pertence a mim, querida. Jamais, jamais vai ficar com aquela dissimulada da Charlotte! Qual é o nome dela, senhora Gordon?

– Ainda não tem nome – disse a senhora Gordon. – Creio que a senhora mesma terá de nomeá-la.

– Camilla Jane – disse a senhorita Rosetta, sem um momento de hesitação. – Jane por causa da mãe, é claro; e Camilla porque sempre achei esse nome o mais bonito do mundo. Charlotte certamente lhe daria algum nome perfeitamente pagão. Não tenho dúvidas de que ela chamaria a pobre criatura inocente de Mehetabel.

A senhorita Rosetta decidiu ficar em Charlottetown até o funeral. Naquela noite, ela se deitou com o bebê nos braços, escutando, feliz, sua suave respiração. Ela não dormiu nem desejava dormir. Quando estava acordada, suas fantasias eram mais atraentes do que qualquer visão de sonho. Além disso, ela dava certo tempero a elas esbravejando ocasionalmente alguma frase maldosa direcionada a Charlotte.

No dia seguinte, a senhorita Rosetta esperou Charlotte a manhã inteira e se preparou para brigar, mas Charlotte não apareceu. A noite chegou e nada de Charlotte. Na manhã seguinte, não havia sombra de Charlotte. A senhorita Rosetta ficou extremamente intrigada. O que teria acontecido? Ah, céus, será que Charlotte sofreu um ataque do coração ao saber que ela, Rosetta, fora para Charlottetown na sua frente? Era bastante provável. Nunca se sabe o que esperar de uma mulher que se casa com alguém como Jacob Wheeler!

A verdade era que, na mesma tarde em que a senhorita Rosetta deixou Avonlea, o empregado da senhora Jacob Wheeler quebrou a perna e teve de ser levado num colchão de penas até sua casa, que era muito longe, pelo vagão expresso. A senhora Wheeler não pôde sair de casa até conseguir outro empregado. Consequentemente, foi na noite seguinte ao funeral que a senhora Wheeler subiu correndo os degraus da residência dos Gordons e viu a senhorita Rosetta sair com um grande pacote branco nos braços.

Os olhos das duas mulheres se encontraram desafiadoramente. O rosto da senhorita Rosetta exibia um ar de triunfo, castigado pela lembrança do funeral. O rosto da senhora Wheeler, exceto pelos olhos, era tão inexpressivo quanto costumava ser. Diferentemente da alta, clara e gorda senhorita Rosetta, a senhora Wheeler era pequena, morena e magra, com um rosto ansioso e preocupado.

– Como está Jane? – ela perguntou, abruptamente, quebrando um silêncio de dez anos ao dizer isso.

– Jane está morta e enterrada, pobrezinha – disse a senhorita Rosetta, calmamente. – Estou levando o bebê dela, a pequena Camilla Jane, para minha casa.

– O bebê pertence a mim – exclamou ardentemente a senhora Wheeler. – Jane escreveu para mim. Jane queria que eu ficasse com ela. Eu vim buscá-la.

– Vai voltar sem ela, então – disse a senhorita Rosetta, serena, ciente de que a menina estava em seus braços. – A criança é minha e vai continuar minha. Pode se conformar com isso, Charlotte Wheeler.

Uma mulher que fugiu para se casar não tem condições de cuidar de um bebê, de qualquer maneira. Jacob Wheeler...

Mas a senhora Wheeler entrou correndo na casa. A senhorita Rosetta chamou calmamente um coche e dirigiu-se até a estação. Ela conseguiu conter seu júbilo até que bem, e, sob esse triunfo, havia uma sutil e estranha sugestão de satisfação com o fato de que Charlotte finalmente falara com ela. A senhorita Rosetta não analisaria essa satisfação, ou a nomearia, mas lá estava ela.

A senhorita Rosetta voltou em segurança com Camilla Jane para Avonlea, e em dez horas, todo mundo no vilarejo conhecia a história completa e toda mulher que conseguisse ficar em pé foi até o chalé Ellis ver o bebê. A senhora Wheeler chegou em casa vinte e quatro horas depois e silenciosamente se recolheu à sua fazenda. Quando seus vizinhos de Avonlea expressaram solidariedade com sua decepção, ela não disse nada, mas pareceu ainda mais sombria e determinada. Como se não bastasse, uma semana depois, o senhor William J. Blair, o lojista de Carmody, o vilarejo vizinho, contou uma história esquisita. A senhora Wheeler tinha ido até a loja e comprado muitos rolos de excelente flanela, musselina e valenciana. Agora, o que a senhora Wheeler poderia querer com essas coisas? O senhor William J. Blair não conseguiu entender patavina, e isso o preocupou. Ele estava tão acostumado a saber o que todo mundo comprava e por qual motivo, que esse mistério o deixou bastante perturbado.

Em posse da pequena Camilla Jane há um mês, a senhorita Rosetta estava tão feliz e exultante que praticamente desistiu de investir contra Charlotte. Suas conversas, em vez do assunto de sempre, que era Jacob Wheeler, agora abordavam Camilla Jane; e isso já era um progresso, pensavam as pessoas.

Certa tarde, tendo deixado Camilla Jane dormindo confortavelmente em seu berço na cozinha, a senhorita Rosetta escapuliu até o fundo do jardim para colher groselhas. Ela não conseguia ver a casa, que estava oculta por um bosque de cerejeiras, mas tinha deixado a janela da cozinha aberta para escutar a bebê, caso ela acordasse e chorasse. A senhorita Rosetta cantarolava alegremente, enquanto colhia suas groselhas. Pela primeira vez desde que Charlotte se casara com Jacob, a senhorita Rosetta se sentia realmente feliz – tão feliz que não havia espaço em seu coração para amargura. Ela ansiava pelos anos vindouros, e, em sua imaginação, via Camilla Jane crescendo bela e amável, da infância à mocidade.

"Ela será linda", refletiu a senhorita Rosetta, complacentemente. "Jane era uma garota bonita. Sempre a vestirei da melhor maneira possível, vou lhe arranjar um órgão e pagar aulas de pintura e música. E ela terá festas também! Vou lhe dar uma verdadeira festa de debutante quando ela fizer dezoito anos e o vestido mais bonito que eu conseguir encontrar. Céus, mal posso esperar para vê-la crescida, embora ela seja tão adorável como bebê que qualquer um desejaria que ela fosse pequena para sempre."

Quando a senhorita Rosetta voltou à cozinha, encontrou o berço vazio. Camilla Jane havia desaparecido!

A senhorita Rosetta gritou assim que compreendeu o que havia acontecido. Bebês de seis meses não saem de seus berços e desaparecem através de portas fechadas sem ajuda.

"Charlotte esteve aqui", pensou a senhorita Rosetta, ofegante. "Charlotte roubou Camilla Jane! Eu já devia esperar isso. Devia ter imaginado quando ouvi falar que ela tinha comprado musselina e flanela. É bem do feitio de Charlotte fazer algo assim, por baixo dos panos. Mas eu vou atrás dela! Ela vai ver só! Terá de lidar com Rosetta Ellis e não Wheeler!"

Como uma criatura desvairada e esquecendo completamente que seus cabelos estavam enrolados em papelotes, a senhorita Rosetta correu morro acima e desceu a estrada costeira até chegar à fazenda Wheeler – um lugar que ela nunca tinha visitado em toda a sua vida.

O vento soprava em direção ao mar, provocando longas ondulações prateadas na baía e enviando sombras lustrosas, que passavam voando pelos promontórios e rochedos como asas transparentes.

A casinha cinzenta, situada tão perto das ondas sussurrantes que recebia borrifos na porta da frente durante as tempestades, parecia deserta. A senhorita Rosetta bateu com força na porta da frente. Sem obter resultados, marchou até a porta dos fundos e bateu. Não houve resposta. Ela tentou abrir a porta. Estava trancada.

– Consciência pesada – fungou a senhorita Rosetta. – Bem, vou ficar aqui até que a traiçoeira da Charlotte apareça, nem que eu tenha de acampar no quintal a noite inteira.

Ela era perfeitamente capaz disso, mas foi poupada da necessidade, pois, caminhando audaciosamente até a janela da cozinha e olhando através dela, ela sentiu seu coração se encher de raiva ao ver Charlotte sentada calmamente à mesa, com Camilla Jane no colo. Ao lado dela, havia um berço caótico e desordenado, e numa cadeira jazia as roupas com que a senhorita Rosetta vestira a bebê. A criança estava com uma roupa totalmente nova, e parecia bastante à vontade com sua nova dona. Estava rindo e arrulhando, dando pequenas palmadas em Charlotte com as mãos gordinhas.

– Charlotte Wheeler – gritou a senhorita Rosetta, batendo com força na vidraça. – Eu vim buscar a criança! Devolva-a imediatamente! Imediatamente, estou dizendo! Como ousa ir até minha casa e roubar um bebê? Você não é melhor que um reles ladrão. Me entregue Camilla Jane agora!

Charlotte foi até a janela com o bebê nos braços e os olhos brilhantes de triunfo.

– Aqui não há nenhuma Camilla Jane – disse ela. – Esta é Barbara Jane. Ela pertence a mim.

E com isso, a senhora Wheeler fechou a cortina.

A senhorita Rosetta teve de ir embora. Não havia nada que ela pudesse fazer. No caminho para casa, encontrou o senhor Patterson e lhe contou em detalhes a injustiça sofrida. Ao anoitecer, todo mundo em Avonlea já sabia o que havia acontecido, e a história gerou uma grande comoção. Há tempos, Avonlea não tinha uma fofoca tão saborosa.

A senhora Wheeler rejubilou-se com a posse de Barbara Jane por seis semanas, período no qual a senhorita Rosetta sofreu com a solidão e a saudade e elaborou inúteis planos de recuperar a bebê. Não adiantava pensar em roubá-la de volta, ou ela teria tentado. O empregado da residência Wheeler relatou que a senhora Wheeler nunca saía de casa por um único momento, fosse noite ou dia. Ela levava a criança consigo até quando ia ordenhar as vacas.

– Mas a minha vez vai chegar – disse a senhorita Rosetta, sombriamente. – Camilla Jane é minha, e, mesmo que a chamem de Barbara por um século, nada mudará esse fato! Ora essa, Barbara! Por que não a chamou logo de Matusalém?

Numa tarde de outubro, quando a senhorita Rosetta colhia maçãs e pensava com tristeza na perda de Camilla Jane, viu uma mulher descer correndo o morro, esbaforida, e ir até o pátio. A senhorita Rosetta soltou uma exclamação de espanto e deixou cair sua cesta de maçãs. Ora, ora, mas quem diria! A mulher era Charlotte – Charlotte, que não pisava no chalé Ellis desde o seu casamento, dez anos atrás, Charlotte, aflita, sem chapéu, com os olhos desvairados, torcendo as mãos e soluçando.

A senhorita Rosetta correu até ela.

– Escaldou Camilla Jane até a morte! – ela exclamou. – Eu sempre soube que você faria algo assim, sempre soube!

– Ah, pelo amor de Deus, venha rápido, Rosetta! – arquejou Charlotte. – Barbara Jane está tendo convulsões e não sei o que fazer. O empregado foi buscar o médico. Você mora mais perto, então vim chamá-la. Jenny White estava lá quando aconteceu, então deixei a menina com ela e vim correndo. Ó Rosetta, venha, venha, se houver um pingo de humanidade em você! Você sabe como tratar convulsões. Salvou o bebê Ellis quando ele as teve. Ah, venha e salve Barbara Jane!

– Você se refere a Camilla Jane? – perguntou a senhorita Rosetta com firmeza, apesar da sua agitação.

Por um segundo, Charlotte Wheeler hesitou. Ela disse, com ardor:

– Sim, sim, Camilla Jane, o nome que você desejar! Apenas venha comigo.

A senhorita Rosetta foi e sem demora. O médico morava a treze quilômetros dali, e a bebê estava muito mal. As duas mulheres e Jenny White cuidaram dela por horas. Somente ao anoitecer, quando a bebê estava dormindo profundamente e o médico tinha ido embora, após dizer à senhorita Rosetta que ela havia salvo a vida da criança, que elas conseguiram analisar a situação.

– Bem... – disse a senhorita Rosetta, caindo numa poltrona com um longo suspiro de exaustão. – Creio que agora você terá de admitir, Charlotte Wheeler, que não é a pessoa mais adequada para cuidar de uma bebê, mesmo tendo ido até minha casa para roubá-la de mim. Eu pensei que isso pesaria em sua consciência; isto é, considerando que uma mulher que se casa com Jacob Wheeler de maneira tão ardilosa possui uma...

– Eu... eu queria a criança – soluçou Charlotte, trêmula. – Eu me sentia tão sozinha aqui. Não achei que fosse errado levá-la, pois Jane a confiou a mim em sua carta. Mas você salvou a vida dela, Rosetta, e você... e você pode ficar com ela, embora eu a entregue com o coração em pedaços. Mas, ah, Rosetta, será que não pode me deixar visitá-la de vez em quando? Eu a amo tanto que não consigo suportar a ideia de nunca mais vê-la.

– Charlotte – disse a senhorita Rosetta, firmemente –, a coisa mais sensata a fazer é você e o bebê voltarem comigo. Você sofre terrivelmente para administrar essa fazenda, com a dívida que Jacob

Wheeler lhe deixou. Venda-a e volte para casa comigo. E então nós duas criaremos a bebê.

– Ah, Rosetta, eu adoraria – balbuciou Charlotte. – Eu... eu queria tanto voltar a ser sua amiga. Mas você foi tão dura e rancorosa que achei que jamais aceitaria fazer as pazes.

– Talvez eu tenha me excedido – admitiu a senhorita Rosetta. – Mas achei que me conhecesse bem o bastante para saber que eu não quis dizer nada daquilo. O que mais me enervou foi o seu silêncio, independentemente do que eu dissesse. Mas esqueça o passado e volte para casa, Charlotte.

– Eu vou – disse Charlotte, resoluta, enxugando as lágrimas. – Estou cansada de morar aqui e aturar empregados. Ficarei realmente muito feliz em voltar para casa, Rosetta, essa é a verdade. Já sofri bastante. Suponho que você dirá que eu mereci; mas o fato é que eu gostava de Jacob e...

– Claro, claro. E por que não gostaria? – disse a senhorita Rosetta, bruscamente. – Tenho certeza de que Jacob Wheeler era uma boa alma, mesmo sendo um pouco molenga. Gostaria de ouvir alguém dizer uma palavra contra ele na minha presença. Veja que criança abençoada, Charlotte. Não é uma criatura adorável? Estou incrivelmente feliz por você voltar para casa, Charlotte. Nunca fui capaz de preparar uma conserva decente de picles com mostarda desde a sua partida, e você sempre foi tão boa nisso! Seremos unha e carne novamente; eu, você e a pequena Camilla Barbara Jane.

A criança
dos sonhos

O coração de um homem, sim, e da mulher também, devem estar leve na primavera. O espírito da ressurreição está por toda a parte, tirando a vida do mundo de seu túmulo invernal, batendo com dedos radiantes nos portões de seu túmulo. A estação mexe com os corações humanos e os deixa felizes com a velha alegria primeva que sentiram na infância. Desperta as almas humanas, que ficam, se assim o desejarem, tão perto de Deus que conseguem até apertar as mãos Dele. É tempo de fascínio, renovação da vida e de grande êxtase externo e interno, como quando um jovem anjo, com suavidade, bate palmas de alegria pela criação. Pelo menos, deveria ser assim; e sempre foi comigo até aquela primavera em que o tão sonhado filho chegou em nossa vida.

Naquele ano, eu odiei a primavera, eu que sempre a amara tanto. Eu a amava quando garoto, mas também como homem. Toda a felicidade que eu já senti, e não foi pouca, desabrochou na primavera. Foi na primavera que Josephine e eu soubemos, pela primeira vez, que nos amávamos, ou pelo menos compreendemos claramente que estávamos amando. Creio que já nos amávamos desde sempre, e a cada primavera acrescentávamos uma palavra na revelação desse amor, que só seria compreendido até que, na plenitude dos tempos, escrevêssemos a frase inteira na mais bela de todas as belas primaveras.

Como foi lindo! E como ela era linda! Imagino que todo namorado pense isso de sua amada; caso contrário, ele não é um namorado muito bom. Mas não eram apenas os meus olhos apaixonados que tornavam a minha eleita tão adorável. Ela era esbelta como uma jovem bétula de tronco branco, seus cabelos eram como uma nuvem macia e escura, e seus olhos eram tão azuis quanto o porto de Avonlea num belo crepúsculo, quando o céu inteiro florescia sobre ele. Ela tinha cílios escuros e uma boquinha vermelha que tremia quando ela estava muito triste ou muito feliz, ou quando ela amava demais – estremecia como uma rosa rubra que o vento sacudia com brutalidade. Nesses momentos, o que um homem pode fazer, a não ser beijá-la?

Nós nos casamos na primavera seguinte, e eu a levei para casa, para a minha velha propriedade cinzenta, situada na costa cinza do velho porto. Um lugar solitário para uma jovem noiva, diziam os moradores de Avonlea. Mas não, não foi assim. Ela foi feliz aqui, mesmo na minha ausência. Ela amava o grande e inquieto porto e o vasto e nebuloso mar além dele; amava as ondas, que sempre mantinham seus encontros amorosos com a praia, tão velhos quanto o mundo, as gaivotas, a canção das ondas e o chamado do vento nos bosques de pinheiros ao meio dia e à noite; amava o nascer da lua e o pôr do sol, e as noites calmas e claras, quando as estrelas pareciam ter caído na água e ficado um pouco zonzas com a queda. Ela amava essas coisas, assim como eu. Não, ela nunca ficava sozinha aqui.

A terceira primavera chegou, e nosso filho nasceu. Achamos que éramos felizes antes disso, mas então soubemos que tinha sido apenas um agradável sonho de felicidade e que havíamos despertado para uma maravilhosa realidade. Achamos que nos amávamos antes, mas naquele momento, quando eu via o rosto pálido de minha esposa, lívido com seu batismo de dor, e encontrava a expressão alegre de seus olhos azuis, radiantes com a santa paixão da maternidade, eu sabia que tínhamos apenas imaginado o que era o amor. Tinha sido doce imaginar isso, assim como é doce pensar numa rosa em botão; contudo, como a rosa do pensamento, o amor ainda não tinha florescido plenamente.

– Todos os meus pensamentos são poesia desde que o bebê chegou – disse minha esposa, certa vez, extasiada. Nosso filho viveu por vinte meses. Era um menino robusto, tão arteiro, cheio de vida e alegria que, quando morreu, certo dia, após uma hora doente, parecia um absurdo que ele estivesse morto, algo que teria me feito rir se a veracidade do fato não surgisse forçosamente, marcando minha alma como um ferro em brasa.

Creio que chorei a morte do meu filho tão profunda e sinceramente quanto qualquer homem. Mas o coração do pai não é o coração da mãe. O tempo não trouxe alívio para Josephine; ela se afligia e lamentava; suas bochechas perderam o belo formato oval, e a boca vermelha estava sempre descorada e caída.

Eu esperava que a primavera operasse seu milagre nela. Quando os botões incharam, a velha terra ficou verde ao sol e as gaivotas voltaram ao porto cinzento, cujo tom plúmbeo passou a ser dourado e jovial, pensei que a veria sorrir novamente. Mas, quando a primavera chegou, trouxe com ela a criança dos sonhos, e o medo de que ela viesse a ser minha companheira, na cama e a bordo, do nascer ao pôr do sol.

Certa noite, eu acordei e percebi, no momento do despertar, que estava sozinho. Tentei ouvir os movimentos da minha esposa pela casa. Nada escutei além de pequenos respingos de ondas na praia e dos gemidos baixos do oceano, a distância.

Eu me levantei e a procurei pela casa. Ela não estava lá. Eu não sabia onde procurá-la; contudo, sem pensar, comecei ao longo da praia.

Havia um pálido e fraco luar. O ancoradouro parecia um porto fantasma, e a noite estava tão quieta, fria e calma como o rosto de um morto. Por fim, vi minha esposa caminhar em minha direção ao longo da costa. Quando a vi, soube que era o que eu temia e o quão grande tinha sido meu medo.

Quando ela se aproximou, percebi que havia chorado; seu rosto estava manchado de lágrimas, e os cabelos escuros caíam sobre os ombros em pequenos e brilhantes cachos infantis. Ela parecia estar muito cansada e torcia constantemente as pequenas mãos.

Ela não demonstrou surpresa quando me viu; apenas estendeu as mãos, como se estivesse feliz em me ver.

– Eu o segui, mas não consegui alcançá-lo – disse ela, com um soluço. – Eu fiz o possível... Corri tanto, mas ele estava sempre à minha frente. E depois eu o perdi e então resolvi voltar. Mas eu fiz o possível, realmente fiz. Ah, eu estou tão cansada!

– Josie, querida, o que quer dizer com isso e onde esteve? – eu perguntei, trazendo-a para perto de mim. – Por que você saiu... sozinha, no meio da noite?

Ela olhou para mim, pensativa.

– E como eu poderia evitar, David? Ele me chamou. Eu tive que ir.

– *Quem* chamou você?

– A criança – ela respondeu, num sussurro. – Nosso filho, David, nosso menino bonito. Eu acordei na escuridão e o ouvi me chamar na praia. Era um chorinho tão triste, David, como se ele estivesse sozinho e com frio e quisesse sua mãe. Eu corri até ele, mas não consegui encontrá-lo. Eu só consegui escutar o chamado e eu o segui, sempre em frente, pela praia. Ah, eu tentei tanto alcançá-lo, mas não consegui. Consegui ver, num momento, uma mãozinha branca acenar para mim, bem à frente, sob o luar. Mas, ainda assim, não consegui ir rápido o bastante. E então o choro cessou, e eu me vi completamente sozinha naquela praia terrível, fria e cinzenta. Eu estava tão cansada que voltei para casa. Mas queria tê-lo encontrado. Talvez ele não saiba que eu tentei encontrá-lo. Talvez ele pense que sua mãe não ouviu o chamado. Ah, eu não queria que ele pensasse isso.

– Você teve um pesadelo, querida – eu disse. Tentei dizê-lo naturalmente, mas é difícil um homem falar de maneira natural quando sente
um arrepio intolerável e um medo mortal atingindo seus pontos vitais.

– Não foi um sonho – ela respondeu, com reprovação. – Eu lhe digo
que ouvi ele me chamar, a mim, sua mãe. O que mais eu poderia fazer,
senão ir até ele? Você não entende, você é apenas o pai. Não foi você que
o pariu. Não foi você quem pagou com dor o preço de sua vida querida.
Ele não chamou você. Ele queria a mãe.

Levei-a de volta para casa e para a cama, onde ela se deitou obedientemente e logo caiu no sono, de pura exaustão. Mas eu não consegui
mais dormir naquela noite. Mantive, assustado, uma vigília sombria.

Quando me casei com Josephine, um daqueles parentes intrometi-
dos que gostam de tagarelar sobre o casamento alheio me disse que a
avó dela tinha enlouquecido no fim da vida. Ela chorou a morte de seu
filho favorito até perder a cabeça, e o primeiro indício disso tinha sido
sua insistência em procurar à noite uma criança branca que ela via em
sonho, que sempre a chamava, segundo ela, e a levava para longe com
uma mãozinha pálida e convidativa.

Na época, a história me fez sorrir. O que aquele velho e sombrio
passado tinha a ver com a primavera, o amor e Josephine? Mas aquela história me veio à mente, então, de mãos dadas com o meu medo.
Esse seria o destino da minha querida esposa? Eu não podia acreditar,
era horrível demais. Ela era tão jovem, tão bonita, tão doce, essa minha
esposa-menina. Tinha sido apenas um pesadelo, somado a uma assus-
tadora e confusa caminhada. Tentei me consolar com isso.

Quando ela acordou, na manhã seguinte, não mencionou o que havia acontecido, e eu também não ousei fazê-lo. Ela parecia mais alegre
naquele dia do que de costume e pôs-se a efetuar suas tarefas domésticas
com rapidez e habilidade. Meu medo aumentou. Agora eu tinha certeza
de que ela tinha apenas sonhado. E continuei firme e esperançoso nessa
crença quando duas noites se passaram sem ocorrências.

Então, na terceira noite, a criança do sonho a chamou de novo. No entanto, eu acordei de um sono conturbado e a vi se vestir com uma pressa febril.

– Ele está me chamando – ela exclamou. – Ah, não está ouvindo? Não consegue ouvi-lo? Ouça, ouça: esse chorinho solitário! Sim, sim, meu precioso, mamãe está indo. Espere por mim. Mamãe está indo, meu menino bonito!

Eu segurei sua mão e a deixei me guiar. De mãos dadas, seguimos a criança do sonho pela praia do porto sob aquele luar nublado e fantasmagórico. Ela disse que o chorinho sempre a precedia. Ela pediu que a criança do sonho a esperasse; ela chorou, implorou e disse coisas ternas, de mãe. Mas, por fim, ela parou de ouvir o choro; e então, chorando, exausta, ela me deixou levá-la de volta para casa.

Que horror pairou sobre aquela primavera – aquela primavera tão bela! Era uma época de fascínios e maravilhas; do toque suave da chuva prateada nos campos verdejantes; da incrível delicadeza das jovens folhas; da flor na terra e da flor no pôr do sol. O mundo inteiro floresceu num rubor e tremor que tinha a graça de uma donzela, num impulso com todo o charme fugaz e evasivo da primavera, mocidade e jovem manhã. E, em quase todas as noites dessa época maravilhosa, a criança dos sonhos chamou sua mãe, e nós vagamos pela praia para procurá-la.

De dia, ela era ela mesma, mas, quando a noite caía, ficava agitada e inquieta até ouvir o chamado. E então ela o seguia, mesmo através da tempestade e da escuridão. Ela disse que era quando o grito soava mais alto e mais perto, como se o seu menino bonito estivesse com medo da tempestade. Que terríveis e desvairadas caminhadas foram aquelas, ela na minha frente, ansiosa para alcançar a criança do sonho; eu, infeliz, seguindo, guiando e protegendo minha esposa da melhor maneira possível; e depois levando-a gentilmente para casa, arrasada porque não tinha conseguido alcançar a criança.

Eu carreguei meu fardo em silêncio, decidido a não deixar que fizessem fofoca sobre a condição da minha esposa, enquanto eu pudesse evitar. Não tínhamos parentes próximos, ninguém com o direito de saber dos problemas familiares, e quem quer que aceite o amor humano deve atá-lo à sua alma com dor.

Pensei, no entanto, que devia procurar orientação médica e fiz confidências a nosso velho médico. Ele pareceu sério quando ouviu minha história. Não gostei da sua expressão nem de seus poucos e cuidadosos comentários. Ele disse que achava que não adiantava muito tentar ajudá-la, que talvez ela ficasse bem com o tempo; que eu precisava ser condescendente com ela, tanto quanto possível, vigiá-la, protegê-la. Ele nem precisava ter me dito isso.

A primavera passou e o verão chegou – e o horror ficou ainda mais profundo e sombrio. Eu sabia que suspeitas eram sussurradas, boca a boca. Alguém tinha presenciado nossas missões noturnas. Homens e mulheres começaram a olhar para nós com pena quando íamos até a cidade.

Certo dia, numa tarde monótona e sonolenta, a criança do sonho chamou. Eu soube, então, que o fim estava próximo; foi o mesmo no caso da velha avó, sessenta anos antes, quando a criança do sonho chamou durante o dia. O médico pareceu mais sério do que nunca quando contei a ele e disse que chegara o momento de aceitar ajuda em minha tarefa. Eu não conseguiria cuidar dela dia e noite. A menos que alguém me ajudasse, eu teria um colapso.

Eu não pensava assim. O amor é mais forte do que qualquer coisa. E eu estava determinado quanto a uma coisa: eles jamais tirariam minha esposa de mim. Nada mais firme do que a mão amorosa do marido deveria ser imposta a ela, minha linda e comovente esposa.

Eu nunca falei com ela sobre a criança do sonho. O médico me desaconselhou. Segundo ele, isso só serviria para aprofundar a ilusão. Quando ele sugeriu um hospício, eu lhe dei um olhar que, para outro homem, teria sido uma palavra feroz. Ele jamais sugeriu isso novamente.

Numa noite de agosto, tivemos um poente opaco e tenebroso, após um dia morto, abafado e quente, sem um único vento soprando. O mar não estava azul como deveria, mas rosado – inteiramente rosado –, de um rosa horripilante, inerte, artificial. Eu permaneci na praia do porto até escurecer. Os sinos noturnos badalaram fraca e tristemente numa igreja do outro lado do porto. Atrás de mim, na cozinha, ouvi minha esposa cantar. Às vezes, periodicamente, ela se animava, e então entoava velhas canções de sua infância. Mas mesmo em seu canto havia algo estranho, como se um lamento sobrenatural o atravessasse. Nada nela era mais triste do que aquela estranha canção.

Quando voltei para casa, a chuva estava começando a cair; mas não havia vento ou som algum no ar – apenas aquela deprimente quietude, como se o mundo estivesse prendendo a respiração na expectativa de uma calamidade.

Josie estava de pé junto à janela, observando e escutando. Tentei convencê-la a ir para a cama, mas ela apenas balançou a cabeça.

– Posso adormecer e não ouvir quando ele chamar – ela disse. – Agora eu sempre tenho medo de dormir, por medo de que ele chame e sua mãe não o atenda.

Sabendo que não adiantava implorar, sentei-me à mesa e tentei ler. Três horas se passaram. Quando o relógio bateu meia-noite, ela se levantou, com uma luz selvagem em seus olhos azuis de náufraga.

– Ele está chamando! – ela exclamou. – Chamando lá fora, na tempestade. Sim, sim, meu amor, estou chegando!

Ela abriu a porta e correu pelo caminho até a praia. Peguei uma lamparina pendurada na parede, acendi-a e fui atrás dela. Foi a noite mais negra em que saímos, escura como a escuridão da morte. Caía uma chuva pesada e grossa. Eu alcancei Josie, peguei sua mão e segui em seu encalço, aos tropeços, pois ela corria com a velocidade e a imprudência de uma mulher perturbada. Avançamos no pequeno círculo de luz irradiado pela lamparina. Tudo acima de nós e à nossa volta estava imerso numa silenciosa e horrível escuridão, que a luz amiga, de certo modo, afastava.

– Se eu pudesse apenas alcançá-lo uma vez – gemeu Josie. – Se eu pudesse beijá-lo apenas uma vez e apertá-lo em meu peito dolorido. Essa dor, que nunca me abandona, iria embora, então. Ah, meu menino bonito, espere a mamãe! Estou indo buscá-lo. Ouça, David; ele está chorando – está chorando de modo tão triste; ouça! Consegue ouvir?

Eu *estava* ouvindo! Claro e distinto, brotando da escuridão mortal diante de nós, surgiu um fraco grito de lamento. O que seria aquilo? Será que eu também estava enlouquecendo ou realmente *havia* alguma coisa ali, pois algo chorava e gemia, ansiando por amor humano, mas sempre fugindo dos passos? Não sou um homem supersticioso; mas meus nervos tinham sido abalados com a longa provação, e eu estava mais fraco do que imaginava. Um terror se apossou de mim, era um terror inominável. Todos os meus membros tremiam; um suor pegajoso escorria da minha testa; fui tomado por um violento impulso de voltar e fugir, para qualquer lugar, longe daquele choro sobrenatural. Mas a mão fria de Josephine agarrou firmemente a minha e me guiou. Aquele estranho choro ainda ecoava nos meus ouvidos. Mas não diminuía; parecia ainda mais nítido e forte; era um lamento; mas um lamento alto, insistente; estava mais perto e mais perto; estava na escuridão bem à nossa frente.

E então encontramos o que procurávamos: uma pequena canoa encalhada nas pedras e deixada lá pela maré vazante. Havia uma criança nela, era um menino com cerca de dois anos, agachado no fundo da canoa, com água até a cintura, seus grandes olhos azuis arregalados de terror e o rosto pálido manchado de lágrimas. Ele chorou de novo quando nos viu e estendeu as mãozinhas.

Meu horror dissipou-se imediatamente. *Aquela* criança estava viva. Como havia chegado lá, vinda de onde e por quê, eu não sabia e, no meu estado mental, não questionei. Não foi um grito de alma penada o que eu ouvi e para mim já bastava.

– Ó, pobrezinho! – gritou minha esposa.

Ela se debruçou sobre a canoa e tomou o bebê nos braços. Seus longos e belos cachos caíram no ombro dela; ela pressionou seu rosto no dele e o envolveu em seu xale.

– Deixe-me levá-lo, querida – eu disse. – Ele está muito molhado e é pesado demais para você.

– Não, não, eu vou carregá-lo. Meus braços estavam tão vazios e agora estão cheios. Ah, David, a dor no meu coração se foi. Ele veio até mim para ocupar o lugar do meu filho. Deus o enviou a mim pelo mar. Ele está molhado, com frio e cansado. Calma, meu amor, estamos indo para casa.

Silenciosamente, eu a segui até em casa. O vento havia aumentado e agora soprava em súbitas e raivosas rajadas; a tempestade estava quase chegando, mas conseguimos abrigo antes que ela eclodisse. Tão logo fechei a porta atrás de nós, ela fustigou a casa com o rugido de um animal desnorteado. Agradeci a Deus por não estarmos ao relento, seguindo a criança dos sonhos.

– Você está ensopada, Josie – eu disse. – Vá logo vestir roupas secas.

– Primeiro vamos cuidar da criança – ela disse, com firmeza. – Veja como está gelado e exausto o pobrezinho. Acenda a lareira, David, rápido, enquanto eu pego roupas secas para ele.

Deixei que ela fizesse o que achasse melhor. Ela trouxe as roupas do nosso filho e as vestiu na criança abandonada, esfregando os membros gélidos e escovando os cabelos molhados, conversando alegremente com ele, cuidando dele como se fosse sua própria mãe. Ela parecia ter voltado a ser o que era.

De minha parte, eu estava confuso. Todas as perguntas que eu não tinha feito antes pulul<!-- -->aram na minha mente. De quem era essa criança? De onde ela viera? Qual era o significado daquilo tudo?

Ele era um bebê bonito, adorável, roliço e rosado. Depois de seco e alimentado, ele caiu no sono nos braços de Josie. Ela pairava sobre ele com um entusiasmo encantador. Foi com dificuldade que a convenci a deixá-lo apenas para tirar sua roupa molhada. Ela nunca perguntou de quem ele poderia ser ou de onde teria vindo. Para ela, tinha sido o mar que lhe enviara o bebê; a criança dos sonhos a guiara até ele; era nisso que ela acreditava, e eu não ousei lançar alguma dúvida nessa crença. Naquela noite, ela dormiu com o bebê nos braços e, no sono, sua face era a face de uma moça no auge da juventude, imperturbável e não corrompida.

Eu esperava que no dia seguinte aparecesse alguém procurando o bebê. Cheguei à conclusão de que ele devia vir da "baía" do outro lado do porto, onde ficava o povoado pesqueiro; e durante o dia inteiro, enquanto Josie ria e brincava com ele, eu aguardei os passos daqueles que viriam buscá-lo. Mas eles não vieram. Passaram-se dias, e ainda assim eles não vieram.

Eu estava num estado de perplexidade. O que eu deveria fazer? Eu me encolhia com o pensamento do menino sendo tirado de nós. Desde que o tínhamos encontrado, a criança dos sonhos nunca a chamou. Minha esposa parecia ter voltado da fronteira sombria, de onde seus pés se desviaram para trilhar novamente comigo nossos simples caminhos. Dia e noite, ela era a mesma pessoa luminosa, feliz e serena com a nova maternidade que havia chegado até ela. A única coisa estranha era sua calma aceitação do acontecimento. Ela nunca se perguntou quem ou de quem a criança era filho, nunca pareceu temer que ele fosse tirado dela; e deu a ele o nome da nossa criança dos sonhos.

Por fim, quando uma semana inteira havia se passado, eu fui, com a minha perplexidade, consultar nosso velho médico.

– Que coisa extraordinária – ele disse, pensativo. – A criança, como você diz, deve ser do povoado da baía Spruce. No entanto, é quase inacreditável que não tenha ocorrido uma busca ou investigação por ela. Provavelmente, no entanto, deve haver uma explicação simples desse mistério. Eu o aconselho a ir até a baía e perguntar. Quando encontrar os pais ou os responsáveis pela criança, peça que o deixem ficar com ela por um tempo. Isso pode ser a salvação da sua esposa. Eu conheço esses casos. Evidentemente, naquela noite a crise do transtorno mental atingiu o auge. Qualquer coisinha seria suficiente para levá-la a qualquer um desses lados, de volta à razão e à sanidade, ou a trevas mais profundas. Acredito que o primeiro já tenha ocorrido, e que, se a deixarmos cuidar tranquilamente da criança por um tempo, ela vai se recuperar completamente.

Eu fui até o porto naquele dia com o coração mais leve do que esperava um dia voltar a ter. Quando cheguei à baía Spruce, a primeira pessoa que encontrei foi o velho Abel Blair. Eu lhe perguntei se havia sumido alguma criança na baía ou ao longo da praia. Ele me olhou surpreso, balançou a cabeça e disse que não ouvira nada semelhante. Eu lhe contei somente o necessário, deixando-o pensar que minha esposa e eu havíamos encontrado a canoa e seu pequeno passageiro durante uma simples caminhada ao longo da costa.

– Uma canoa verde! – ele exclamou. – A velha canoa verde de Ben Forbes sumiu há uma semana, mas estava tão podre e esburacada que ele nem se deu ao trabalho de procurá-la. Mas essa criança, senhor, não faço a menor ideia de quem ela seja. Como ela é?

Eu descrevi a criança da maneira mais detalhada possível.

– Parece o pequeno Harry Martin – disse Abel, atônito – Mas, senhor, não pode ser. Ou, se for, alguém fez alguma maldade. A esposa de James Martin morreu no inverno passado, senhor, e ele morreu no mês seguinte. Eles deixaram um bebê, e não muito mais que isso. Não havia ninguém para ficar com a criança, exceto a meia-irmã de Jim, Maggie Fleming. Ela morava aqui na baía, e, lamento dizer, senhor, que sua reputação não era das melhores. Ela não queria cuidar do bebê, e dizem que o negligenciava escandalosamente. Bem, na primavera passada ela começou a falar que ia para os Estados Unidos. Disse que um amigo dela tinha conseguido um bom lugar em Boston e que ela ia também, com o pequeno Harry. Imaginamos que estava tudo certo. E no último sábado ela foi embora, senhor. Ela iria a pé até a estação, e a última vez que a viram ela estava caminhando penosamente pela estrada, carregando o bebê. Ninguém mais pensou nela desde então. O senhor acha que ela deixou aquela criança inocente à deriva na velha canoa furada para morrer? Eu sabia que Maggie não era coisa boa, mas não acredito que tenha sido tão cruel.

– Venha comigo e veja se consegue identificar a criança – eu disse. – Se for Harry Martin, pretendo ficar com ele. Minha esposa tem se sentido muito só desde que nosso bebê morreu, e ela se afeiçoou ao rapazinho.

Quando chegamos em casa, o velho Abel reconheceu a criança como Harry Martin.

Ele ainda está conosco. Suas mãos de bebê guiaram minha querida esposa de volta à saúde e felicidade. Outros filhos vieram, e ela ama a todos com ternura, mas o garoto que traz o nome do seu filho morto é para ela, sim, e para mim também, tão querido como se ela o houvesse gerado. Ele veio do mar, e, com a sua chegada, a fantasmagórica criança dos sonhos desapareceu e nunca mais atraiu minha esposa para longe de mim com seu choro comovente. Dessa maneira, eu o considero e amo como se ele fosse meu primogênito.

O irmão fracassado

A família Monroe estava realizando uma reunião de Natal na velha residência de White Sands, na Ilha do Príncipe Edward. Era a primeira vez que estavam juntos sob o mesmo teto desde a morte da matriarca, trinta anos antes. A ideia da reunião de natal tinha ocorrido a Edith Monroe na primavera anterior, durante sua monótona convalescença de um ataque de pneumonia entre estranhos, numa cidade americana, onde ela não foi capaz de honrar seus compromissos em concertos e teve bastante tempo livre, sentindo a fisgada dos velhos laços e saudades de casa, do seu próprio povo, mais do que ela havia sentido em anos. Como resultado, quando ela se recuperou, escreveu para seu segundo irmão, James Monroe, que morava na casa da família; e a consequência foi a reunião do Monroe sob o velho teto. Ralph Monroe deixou de lado suas ferrovias e seus milhões, obtidos de maneira enganosa, em Toronto, e fez a longa e tão adiada viagem de volta à terra natal. Malcolm Monroe viajou do extremo oeste, onde ficava a universidade da qual era reitor. Edith também veio, corada com o triunfo de sua última e mais bem-sucedida temporada de concertos. A senhora Woodburn, que tinha sido Margaret Monroe, veio de Nova Escócia, onde vivia uma vida feliz e ocupada como esposa de um jovem advogado em ascensão. James, próspero e afetuoso, recebeu-os calorosamente na antiga fazenda, cujos acres férteis haviam dado frutos com sua hábil administração.

Eles formavam um grupo animado, deixando de lado seus cuidados e a idade, e voltando mais uma vez a ser alegres meninos e meninas. James tinha uma família de rapazes e moças rosados; Margaret trouxe suas duas menininhas de olhos azuis; o filho moreno e inteligente de Ralph o acompanhou, e Malcolm trouxe o dele, um jovem de rosto resoluto, muito menos brincalhão que o pai, e os olhos penetrantes, talvez inflexíveis, de um negociador. Os dois primos tinham quase a mesma idade, com a diferença de um dia, e os Monroes costumavam brincar entre si, dizendo que a cegonha devia ter trocado os bebês, já que o filho de Ralph era parecido com Malcolm em rosto e cérebro, enquanto o filho de Malcolm era uma cópia do seu tio Ralph.

Para coroar a festa, tia Isabel também veio, era uma loquaz, inteligente e astuta velha senhora, tão jovem aos oitenta e cinco anos como aos trinta, que considerava a família Monroe a melhor de todas e tinha muito orgulho de seus sobrinhos e sobrinhas, que haviam saído daquela pequena e humilde fazenda para traçar destinos tão magníficos e influentes no mundo lá fora.

Esqueci de mencionar Robert. Robert Monroe estava fadado a ser esquecido. Embora ele fosse o mais velho da família, o povo de White Sands, ao nomear os vários membros da família Monroe, costumava acrescentar "e Robert", com um tom de surpresa, ao se lembrar da sua existência.

Ele morava numa pequena e pobre fazenda arenosa perto da costa, mas tinha chegado à casa de James na noite em que os convidados chegaram; todos o cumprimentaram calorosamente, com alegria, e não pensaram mais nele enquanto riam e conversavam. Robert sentou-se num canto e ficou ouvindo com um sorriso, mas não disse nada. Depois escapuliu silenciosamente e foi para casa, e ninguém percebeu que ele tinha ido embora. Todos estavam alegremente ocupados em relembrar os velhos tempos e contar o que havia acontecido nos novos.

Edith narrou os sucessos de suas turnês de concertos; Malcolm expatriou orgulhosamente os planos de expansão de sua amada universidade; Ralph descreveu o país através de sua nova linha ferroviária e as dificuldades que teve de superar com as conexões. James, à parte, discutiu sobre o pomar e suas colheitas com Margaret, que não estava longe o suficiente da fazenda para perder o contato com seus interesses. Tia Isabel tricotava e sorria com cortesia para todos, conversando ora com um, ora com outro, secretamente orgulhosa de que ela, uma velha de oitenta e cinco anos que raras vezes saíra de White Sands em toda a sua vida, conseguisse discutir em pé de igualdade finanças com Ralph e ensino superior com Malcolm e sustentar seus argumentos com James numa discussão sobre drenagem.

A professora da escola de White Sands, uma garota de olhos brejeiros e boca vermelha, uma Bell de Avonlea, que havia embarcado com James Monroe e seus filhos, brincou com os meninos. Todos tinham se divertido imensamente, logo não era de se espantar que ninguém tenha sentido falta de Robert, que voltou para casa mais cedo porque sua velha governanta ficava nervosa se a deixassem sozinha à noite.

Ele voltou na tarde seguinte. James, que estava no curral, disse-lhe que Malcolm e Ralph haviam ido até o porto, que Margaret e a senhora James tinham ido visitar amigos em Avonlea e que Edith saíra para caminhar em algum lugar na floresta da colina. Não havia ninguém na casa, exceto tia Isabel e a professora.

– É melhor você esperar até a noite – disse James, com indiferença. – Logo todos estarão de volta.

Robert atravessou o pátio e sentou-se no banco rústico da varanda. Era uma bela tarde de dezembro, tão amena quanto as de outono; não havia neve, e os extensos campos nas encostas da fazenda eram marrons e aráveis. Um estranho e onírico silêncio caíra sobre a terra púrpura, a floresta sem vento, os vales chuvosos, os prados secos. A natureza parecia ter cruzado os braços, satisfeita, para descansar, sabendo que seu sono longo, invernal, estava chegando. No mar, um fraco e vermelho entardecer desvanecia-se em nuvens sombrias, e a voz incessante de muitas águas vinha da praia dourada.

Robert apoiou o queixo na mão e olhou através dos vales e das colinas, onde o cinza emplumado das faias desfolhadas misturava-se ao verde forte e constante das coníferas. Ele era um homem alto e curvado, com cabelos finos e grisalhos, um rosto encovado e cheio de rugas, com meigos olhos castanhos, que transmitiam arrebatamento, se alguém conseguisse enxergar através da dor.

Ele estava muito feliz. Amava com ternura a sua família e se alegrava com o fato de que todos estavam novamente perto dele. Ele sentia orgulho do sucesso e da fama deles. Estava contente que James havia prosperado tanto nos últimos anos. Não havia um indício de inveja ou descontentamento em sua alma.

Ele ouviu, distraído, vozes indistintas pela janela aberta do salão sobre a varanda, onde tia Isabel conversava com Kathleen Bell. Em algum momento, tia Isabel se aproximou da janela, e suas palavras chegaram até Robert com surpreendente clareza.

– Sim, posso lhe garantir, senhorita Bell, que estou realmente orgulhosa de meus sobrinhos e sobrinhas. Eles são uma família de pessoas inteligentes. Quase todos se saíram bem, embora não tivessem grandes posses. Ralph não tinha absolutamente nada e hoje é milionário. O pai deles enfrentou tantos problemas, com sua saúde debilitada e a falência do banco, que não pôde ajudar nenhum deles. Mas todos foram bem-sucedidos, exceto o pobre Robert, e devo admitir que ele é um fracasso total.

– Ah, não, não – disse a professorinha, com reprovação.

– Um fracasso total! – tia Isabel repetiu enfaticamente as palavras. Ela não aceitaria ser contrariada por ninguém, muito menos por uma Bell de Avonlea. – Ele é um fracasso desde que nasceu. Ele é o primeiro Monroe a desonrar a família dessa maneira. Estou certa de que seus irmãos e irmãs devem estar terrivelmente envergonhados dele. Ele viveu sessenta anos e não fez nada que tenha valido a pena. Mal consegue fazer sua fazenda render. O máximo que conseguiu fazer é ficar longe de dívidas.

– Alguns homens nem isso conseguem – murmurou a professorinha. Entretanto, ela estava tão amedrontada com a astuta e imperiosa tia Isabel que foi positivamente um heroísmo de sua parte arriscar-se com esse leve protesto.

– Espera-se mais de um Monroe – disse tia Isabel, majestosamente.

– Robert Monroe é um fracasso, e essa é a única coisa que ele é.

Robert Monroe levantou-se, zonzo, e com um passo incerto saiu de baixo da janela. Tia Isabel estava falando dele! Ele, Robert, era um fracasso, uma vergonha para seu próprio sangue, era alguém de quem seus entes mais próximos e queridos tinham vergonha! Sim, era verdade; ele nunca tinha percebido isso antes; ele sabia que jamais granjearia poder ou acumularia riquezas, mas não tinha imaginado que isso era tão importante. Agora, através dos olhos desdenhosos da tia Isabel, ele se via como o mundo o via, como seus irmãos e suas irmãs deviam vê-lo. *Isso* é que o atormentava. O que o mundo pensava dele não importava, mas saber que seus próprios irmãos o consideravam um fracasso, uma desonra, o deixava agoniado. Ele gemeu enquanto começava a atravessar o pátio, ansioso para esconder sua dor e vergonha de toda visão humana, e em seus olhos estava o olhar de um animal gentil que fora atingido por um cruel e inesperado golpe.

Edith Monroe, que, sem saber da proximidade de Robert, estivera de pé do outro lado da varanda, viu aquele olhar enquanto ele passava correndo por ela, sem vê-la. Um momento antes, seus olhos escuros haviam cintilado de raiva ao ouvir as palavras da tia Isabel; agora essa raiva se afogava numa súbita enxurrada de lágrimas.

Ela pôs-se a correr rapidamente atrás de Robert, mas conteve o ímpeto. Aquela ferida mortal não podia ser curada naquele momento, e não apenas por ela. Além disso, Robert nunca deveria suspeitar de que ela sabia o motivo de sua angústia. Ela se levantou e o observou por entre as lágrimas, enquanto ele se afastava, correndo pelos terrenos baixos da praia, a fim de esconder o coração ferido sob seu próprio e humilde teto. Ela ansiava por correr atrás dele e confortá-lo, mas sabia que conforto não era o que Robert precisava nesse momento. A justiça, e somente a justiça, poderia arrancar o veneno que, de outra maneira, o magoaria até a morte.

Ralph e Malcolm estavam atravessando o pátio. Edith foi até eles.

– Rapazes – ela disse, resolutamente –, quero falar com vocês.

O jantar de Natal na antiga fazenda foi alegre. A senhora James havia preparado um banquete digno dos salões de Lúculo. Risos, brincadeiras e tiradas espirituosas voaram de um lábio para o outro. Ninguém pareceu notar que Robert havia comido pouco e ficado em silêncio, sentado timidamente com seu melhor e surrado "traje de domingo", a cabeça grisalha mais inclinada do que o habitual, como se desejasse evitar a todo custo ser observado. Quando os outros lhe dirigiam a palavra, ele respondia depreciativamente e se encolhia ainda mais.

Finalmente, após terem comido tudo o que podiam e o resto do pudim de ameixa ser tirado da mesa, Robert deu um suspiro baixo de alívio. Estava quase acabando. Em breve, poderia escapar e esconder sua figura e vergonha dos olhos alegres desses homens e mulheres que haviam conquistado o direito de rir de um mundo cujo sucesso lhes dava poder e influência. Ele e, somente ele, era um fracasso.

Ele se perguntou impacientemente por que a senhora James não havia se levantado. A senhora James estava simplesmente recostada de maneira confortável contra sua cadeira, com a exata expressão de alguém que cumprira seu dever para com o paladar do próximo, e olhava para Malcolm.

Malcolm se levantou no lugar dela. O silêncio caiu sobre a mesa; todo mundo pareceu subitamente alerta, na expectativa, exceto Robert. Ele ainda estava sentado de cabeça baixa, envolto em sua própria amargura.

– Disseram-me que eu deveria começar – disse Malcolm –, por supostamente possuir o dom da palavra. Mas, se eu o fizer, não vou usar nenhum efeito retórico. Palavras simples e sinceras vão expressar os sentimentos mais profundos que trago em meu coração e farão justiça a quem merece. Irmãos e irmãs, nós nos encontramos hoje sob nosso próprio teto, cercados pelas bênçãos dos anos passados. Talvez haja convidados invisíveis aqui, os espíritos daqueles que fundaram esta casa e cujo trabalho na terra terminou há muito tempo. Não é errado torcer para que isso seja verdade e nosso círculo familiar esteja completo. Cada um de nós que está aqui presente, em carne e osso, falhou de alguma maneira em obter sucesso; apenas um de nós foi extremamente bem-sucedido nas únicas coisas que realmente importam, as coisas que contam para a eternidade, bem como para o tempo: piedade, altruísmo e abnegação.

– Contarei minha história em benefício daqueles que não a ouviram. Quando eu fiz dezesseis anos, comecei a planejar minha educação. Alguns de vocês vão se lembrar de que o velho senhor Blair, de Avonlea, me ofereceu emprego em sua loja durante o verão, com um salário que nem de longe pagaria minhas despesas na academia, no inverno seguinte. Comecei a trabalhar, ávido e esperançoso. Durante o verão inteiro, tentei fazer o melhor que podia pelo meu patrão. Em setembro, aconteceu o desastre. Sumiu uma quantia em dinheiro do caixa do senhor Blair. Fui considerado suspeito e demitido em desgraça. Todos os meus vizinhos acharam que eu era culpado; até parte da minha família me olhou com desconfiança, e eu nem podia culpá-los, pois havia fortes evidências contra mim.

Ralph e James pareceram envergonhados; Edith e Margaret, que ainda não tinham nascido naquela época, ergueram inocentemente o rosto. Robert não se mexeu ou olhou para cima. Ele sequer parecia escutar o que o irmão dizia.

– Fiquei devastado, aflito de vergonha e desespero – continuou Malcolm. – Achei que minha carreira estava arruinada. Estava propenso a deixar todas as minhas ambições para trás e ir para o Oeste, para algum lugar em que ninguém me conhecesse ou soubesse de minha desgraça. Mas houve uma pessoa que acreditou na minha inocência, que me disse: "Não desista. Não se comporte como se você fosse culpado. Você é inocente e com o tempo sua inocência será provada. Enquanto isso, seja homem. Você já tem quase o suficiente para pagar seu próximo inverno na academia. Eu tenho um pouco também, posso ajudá-lo. Não desista. Nunca desista quando não fez nada de errado".

– Eu ouvi e segui o conselho dele. Fui para a academia. Minha história também chegou até lá, e me vi desprezado e evitado. Muitas vezes eu pensei em desistir, de tanto desespero, se não fosse o incentivo do meu conselheiro. Ele me deu firmeza de caráter. Eu estava determinado a justificar sua fé em mim. Estudei com afinco e fui o primeiro da turma. Então pensei que não havia chance de conseguir algum dinheiro naquele verão. Mas um fazendeiro em Newbridge, que não se importava com o caráter dos seus ajudantes se estes trabalhassem duro, ofereceu-se para me contratar. A perspectiva não era agradável, porém, encorajado pelo único homem que acreditava em mim, aceitei o emprego e suportei as privações. Passei outro inverno solitário na academia. Ganhei a bolsa de estudos Farrell no último ano em que ela foi oferecida, e isso me rendeu um curso de artes. Fui para o Redmond College. Minha história não era abertamente conhecida, mas alguma coisa chegou até lá, o suficiente para manchar minha vida universitária. Mas, no ano em que me formei, o sobrinho do senhor Blair, que, como vocês sabem, era o verdadeiro ladrão, confessou sua culpa, e fui absolvido perante o mundo. Desde então, minha carreira tem sido o que chamam de "brilhante". Porém – e então Malcolm virou-se e pôs a mão no ombro fino de Robert –, devo todo o meu sucesso a meu irmão Robert. O sucesso é dele, não meu, e hoje, já que concordamos falar o que frequentemente deixamos para dizer sobre a tampa de um caixão, eu lhe agradeço por tudo o que fez por mim e lhe digo que não há nada que me dê mais orgulho e gratidão do que ter um irmão como ele.

Robert finalmente ergueu os olhos, surpreso, confuso, incrédulo. Seu rosto ficou vermelho quando Malcolm se sentou. Mas agora era a vez de Ralph se levantar.

– Não sou um orador como Malcolm – ele disse, alegremente. – Mas também tenho uma história para contar, que apenas um de vocês conhece. Quarenta anos atrás, quando comecei minha vida de homem de negócios, o dinheiro não era tão farto como hoje, e eu precisava desesperadamente de dinheiro. Surgiu uma oportunidade de ganhar rios dele. Ela não era, digamos, muito lícita. Era infame. Parecia honesta por fora, mas era pura trapaça e patifaria. Na época, eu não tinha essa percepção, contudo fui tolo de pensar que era uma boa oportunidade. Eu disse a Robert o que pretendia fazer. E Robert viu claramente, através do falso exterior, o verdadeiro e horrível significado daquilo tudo. Ele me mostrou a verdadeira face do negócio e me deu um sermão sobre as tradições da família Monroe quanto à verdade e à honra. Por causa dele, soube o que estava prestes a fazer, assim como todos os homens bons e verdadeiros devem saber. E jurei ali mesmo que jamais embarcaria em nenhum negócio que não fosse justo, correto e lícito. Eu mantive esse juramento. Sou um homem rico, e nem um dólar do meu dinheiro é "sujo". Mas não fui eu que o ganhou. Foi Robert quem, na realidade, ganhou cada centavo do meu dinheiro. Se não fosse por ele, hoje eu seria um homem pobre ou estaria atrás das grades, como aqueles que mergulharam de cabeça naquele negócio que eu recusei. Meu filho está aqui. Espero que ele seja tão esperto quanto seu tio Malcolm; mas espero, ainda mais sinceramente, que ele seja um homem tão bom e honrado quanto seu tio Robert.

A essa altura, Robert estava novamente de cabeça baixa, com o rosto enterrado nas mãos.

– Minha vez – disse James. – Não tenho muito a dizer, apenas uma coisa. Quando mamãe morreu, eu peguei febre tifoide. Fiquei aqui sozinho, sem ninguém para tomar conta de mim. Robert veio e cuidou de mim. Ele foi o enfermeiro mais leal, terno e gentil que um homem já teve. O médico disse que Robert salvou a minha vida. Suponho que nenhum de nós aqui possa dizer que salvou uma vida.

Edith enxugou as lágrimas e ergueu-se impulsivamente.

– Anos atrás – disse ela –, havia uma garota pobre e ambiciosa com uma bela voz. Ela queria estudar música e, aparentemente, a única chance de consegui-lo era tendo um certificado de professora e ganhando dinheiro suficiente para exercitar a voz. Ela estudou com afinco, mas seu cérebro, pelo menos matematicamente, não era tão bom quanto sua voz, e o tempo era curto. Ela falhou. Ela entregou-se à decepção e ao desespero, pois era o último ano em que poderia obter um certificado de professora sem frequentar a Queen's Academy, e ela não tinha como pagar. Então seu irmão a procurou e disse que arranjaria o dinheiro necessário para enviá-la ao conservatório de música em Halifax por um ano. Ele a obrigou a aceitar. Ela nunca soube, até pouco tempo atrás, que ele havia vendido o belo cavalo que amava como se fosse seu semelhante para conseguir o dinheiro. Ela foi para o conservatório de Halifax. Ganhou uma bolsa de estudos de música. Ela teve uma vida feliz e uma carreira de sucesso. E deve tudo a seu irmão Robert...

Mas Edith não conseguiu ir além. Sua voz falhou e ela sentou-se, em prantos. Margaret não tentou se levantar.

– Eu tinha apenas cinco anos quando minha mãe morreu – ela soluçou. – Robert foi um pai e uma mãe para mim. Jamais uma criança ou menina teve um guardião tão sábio e amoroso como ele. Eu nunca esqueci as lições que ele me ensinou. Se existe algo de bom na minha vida ou no meu caráter, eu devo a ele. Eu era quase sempre teimosa e obstinada, mas ele nunca perdia a paciência comigo. Eu devo tudo a Robert.

De repente, a professorinha se levantou com os olhos úmidos e as bochechas vermelhas.

– Eu também tenho algo a dizer – disse ela, resoluta. – Vocês falaram por vocês mesmos. Eu falo pelo povo de White Sands. Há um homem nesse vilarejo que todos amam. Vou lhe contar algumas coisas que ele fez.

– No outono passado, numa tempestade de outubro, o farol do porto exibiu uma bandeira em sinal de problemas. Somente um homem foi corajoso o bastante para enfrentar o perigo de navegar até lá e descobrir o que estava acontecendo. Esse homem foi Robert Monroe. Ele encontrou o faroleiro sozinho, com a perna quebrada; voltou navegando e obrigou... sim, *obrigou* o relutante e aterrorizado médico a ir com ele para o farol. Eu estava lá quando ele disse ao médico que devia ir; e digo a vocês que nenhum homem vivo conseguiria contrariar Robert Monroe naquele momento.

– Quatro anos atrás, a velha Sara Cooper seria levada para o asilo dos pobres. Ela estava arrasada. Um homem levou a pobre e rabugenta criatura acamada para sua própria casa, pagou pela assistência médica e cuidou dela pessoalmente, quando sua governanta não pôde mais aguentar as birras e o temperamento dela. Sara Cooper morreu dois anos depois, e suas últimas palavras foram uma bênção para Robert Monroe: o melhor homem que Deus já fez.

– Oito anos atrás, Jack Blewitt queria um emprego. Ninguém ousava contratá-lo, porque seu pai estivera na prisão e algumas pessoas achavam que Jack também seguiria seus passos. Robert Monroe o contratou, ajudou-o, manteve-o na linha e fez com que começasse com o pé direito, e hoje em dia Jack Blewitt é um jovem trabalhador e respeitado, com todos os prospectos de uma vida útil e honrada. Não há homem, mulher ou criança em White Sands que não deva algo a Robert Monroe!

Quando Kathleen Bell se sentou, Malcolm levantou-se e estendeu as mãos.

– Vamos todos nos levantar e cantar Auld Lang Syne – ele bradou.

Todos se levantaram e deram as mãos, mas apenas uma pessoa não cantava. Robert Monroe permaneceu de pé, com o rosto radiante e os olhos brilhantes. Sua vergonha havia se dissipado; ele foi coroado entre seus parentes com a beleza e a bênção dos sagrados dias passados.

Quando a cantoria cessou, o filho de rosto severo de Malcolm foi até Robert apertar sua mão.

– Tio Rob – disse ele, cordialmente –, espero ser tão bem-sucedido quanto você quando eu tiver sessenta anos.

– Creio – disse tia Isabel para a professorinha, à parte, enquanto enxugava as lágrimas de seus velhos e penetrantes olhos – que há um tipo de fracasso que é o melhor sucesso.

O retorno
de Hester

Naquela noite, assim que escureceu, eu subi as escadas e coloquei meu vestido de musselina. Fiquei ocupada o dia inteiro cuidando das conservas de morango, pois não podia confiar em Mary Sloane para resolver isso e estava um pouco cansada, de maneira que achei que não valia a pena mudar de vestido, especialmente porque não havia alguém para vê-lo ou se importar comigo desde que Hester se fora. Mary Sloane não contava.

Mas troquei de roupa porque Hester teria gostado disso se estivesse aqui. Ela sempre gostava de me ver arrumada e elegante. Então, apesar de estar cansada e triste, coloquei meu vestido de musselina azul-claro e penteei o cabelo.

No começo, penteei o cabelo de um jeito que sempre gostei, mas raramente usava, pois Hester desaprovava. Ficou bem a meu gosto, no entanto subitamente senti como se isso fosse desleal para com ela, então soltei os cachos novamente e arrumei o cabelo da maneira simples e antiquada de que ela gostava. Meu cabelo, embora tivesse muitos fios grisalhos, era grosso e comprido, e ainda castanho, mas isso não importava, nada importava desde que Hester morreu e eu mandei Hugh Blair embora pela segunda vez.

Todo mundo em Newsbridge se perguntou por que eu não vesti luto por Hester. Eu não lhes contei que era porque Hester me pediu para não fazer isso. Hester nunca aprovou o luto; ela disse que, se o coração não lamentasse, uma faixa de crepe não resolveria o problema; e, se o fizesse, não havia necessidade de adornos externos de pesar. Ela me disse calmamente, na noite antes de morrer, para continuar usando meus vestidos bonitos como eu costumava fazer e não mudar minha vida exterior por causa dela.

– Eu sei que fará diferença em sua vida interior – ela disse, melancolicamente.

Ah, e fez mesmo! Mas às vezes eu me perguntava, inquieta, com a consciência quase pesada, se me sentia assim porque Hester havia me deixado ou se não era em parte porque, pela segunda vez, eu havia fechado a porta do meu coração diante do amor, a pedido dela.

Após me vestir, desci as escadas até a porta da frente e sentei-me nos degraus de arenito sob o arco da trepadeira da Virgínia. Eu estava totalmente sozinha, pois Mary Sloane tinha ido para Avonlea.

Era uma noite linda; a lua cheia nascia sobre as colinas arborizadas e sua luz caía sobre os álamos no jardim à minha frente. Por um espaço aberto no lado oeste, eu via o céu azul-prateado à luz do poente. O jardim estava muito bonito naquele momento, pois era época de rosas, e as nossas estavam todas floridas, havia tantas, imensas, cor-de-rosa, vermelhas, brancas e amarelas.

Hester amava rosas e jamais se cansava delas. Sua roseira favorita crescera sobre os degraus, todos enaltecidos pelas flores – brancas, com o núcleo rosa-claro. Eu colhi um ramalhete e o prendi frouxamente no meu peito. Mas meus olhos se encheram de lágrimas ao fazê-lo, e eu me senti muito, muito desolada.

Eu estava completamente sozinha, e isso era doloroso. As rosas, por mais que eu as amasse, não podiam me dar a companhia de que eu precisava. Eu queria sentir o aperto de uma mão humana e ver a luz do amor em olhos humanos. E então, sem conseguir evitar, comecei a pensar em Hugh.

Eu sempre vivi sozinha com Hester. Não me lembrava dos nossos pais, que morreram na minha infância. Hester era quinze anos mais velha do que eu e sempre pareceu mais uma mãe do que uma irmã. Ela foi muito boa comigo e nunca me negou nada, salvo a única coisa que importava.

Eu tinha vinte e cinco anos quando arrumei um namorado. Isso não ocorreu, creio eu, porque eu não era atraente como as outras mulheres. Os Merediths sempre foram a "grande" família de Newbridge. Os outros moradores nos admiravam porque éramos netas do velho fazendeiro Meredith. Os jovens de Newbridge provavelmente pensavam que não adiantava tentar cortejar uma Meredith.

Eu não tinha muito orgulho da nossa família, mas creio que sentia vergonha de admitir. Considerava nossa elevada posição social muito solitária e gostava mais das simples alegrias da amizade e do companheirismo que as outras meninas tinham. Mas Hester tinha um orgulho que valia pelas duas; ela jamais permitiu que eu me relacionasse em pé de igualdade com os jovens de Newsbridge. Devíamos ser muito gentis e amáveis com eles, a nobreza nos obrigava a isso, por assim dizer, sem nunca esquecer que nosso sobrenome era Meredith.

Quando eu tinha vinte e cinco anos, Hugh Blair veio para Newbridge, após comprar uma fazenda perto do vilarejo. Ele era um estranho, de Lower Carmody, e por isso não estava imbuído de preconceitos com relação à superioridade da família Meredith. Aos olhos dele, eu era apenas uma moça como as outras, uma moça a ser cortejada e conquistada por qualquer homem de vida limpa e coração honesto. Eu o conheci num pequeno piquenique da escola dominical em Avonlea, a qual eu frequentava por causa da minha aula. Achei que ele era muito bonito e viril. Ele conversou bastante comigo e, por fim, levou-me para casa. No domingo seguinte, ele saiu da igreja comigo.

É claro que Hester estava fora ou isso jamais teria acontecido. Ela tinha ido passar um mês com amigos distantes. Naquele mês, eu vivi uma vida inteira. Hugh Blair me cortejou como as outras meninas de Newbridge eram cortejadas. Ele me levava para passear de carruagem, vinha me ver à noite e passávamos a maior parte do tempo no jardim. Eu não gostava da imponente tristeza e formalidade de nosso velho salão ancestral, e Hugh nunca pareceu à vontade lá. Seus ombros largos e suas gargalhadas abundantes ficavam estranhamente deslocados em meio a nossos antigos e desbotados móveis de solteirona.

Mary Sloane ficou muito satisfeita com as visitas de Hugh. Ela sempre se ressentiu com o fato de eu nunca ter tido um "pretendente" e parecia pensar que isso significava soberba e menosprezo da minha parte. Ela fez tudo o que pôde para encorajá-lo.

Mas, quando Hester voltou e soube de Hugh, ela ficou muito zangada e triste também, o que me machucou muito mais. Ela disse que eu tinha esquecido quem eu era e que as visitas de Hugh deviam cessar.

Eu nunca tinha sentido medo de Hester, mas passei a ter medo dela desde então. Cedi. Talvez tenha sido covardia da minha parte, mas naquela época eu era muito fraca. Creio que foi por isso que a força de Hugh me atraiu. Eu precisava de amor e proteção. Hester, forte e autossuficiente, nunca sentiu essa necessidade. Ela não conseguia entender. Ah, quão desdenhosa ela era.

Eu disse timidamente a Hugh que Hester não aprovava nossa amizade e que aquilo deveria acabar. Ele aceitou o rompimento em silêncio e foi embora. Pensei que ele não se importava muito, e esse pensamento, de modo egoísta, fez com que minha angústia aumentasse. Fui muito infeliz por um longo tempo, mas tentei não deixar Hester perceber isso, e creio que ela nunca soube. Ela não era muito perspicaz com algumas coisas.

Após um tempo, eu superei; isto é, o ferimento parou de doer o tempo todo. Mas as coisas nunca mais foram as mesmas. A vida sempre parecia bastante triste e vazia, apesar de Hester, das minhas rosas e da escola dominical.

Imaginei que Hugh Blair encontraria sua esposa em algum outro lugar, mas não foi o que ocorreu. Os anos se passaram e nunca nos encontramos, embora eu o visse frequentemente na igreja. Nesses momentos, Hester sempre me observava com atenção, apesar de que isso fosse desnecessário. Hugh não fez uma única tentativa de me encontrar ou falar comigo, e eu não teria permitido algo semelhante. Mas meu coração sempre ansiava por ele. De modo egoísta, fiquei feliz quando soube que ele não havia se casado, pois, se ele tivesse, eu não poderia pensar nele, sonhar com ele, pois teria sido errado. Possivelmente era tolice da minha parte; mas me pareceu que eu devia ter algo, mesmo um sonho tolo, para preencher minha vida.

A princípio, eu sentia apenas tristeza quando pensava nele, mas depois surgiu, aos poucos, um vago e nebuloso prazer, como uma miragem de uma terra de prazeres perdidos.

Dez anos se passaram num piscar de olhos. E então Hester morreu. Sua doença foi súbita e curta; porém, antes de morrer, ela me pediu para prometer jamais me casar com Hugh Blair.

Ela não mencionava o nome dele há anos. Pensei que ela havia se esquecido dele.

– Ah, querida irmã, há necessidade disso? – eu perguntei, chorando. – Hugh Blair não quer mais se casar comigo. Ele jamais tentará de novo.

– Ele nunca se casou, ele não se esqueceu de você – disse ela, ferozmente. – Não conseguirei descansar em meu túmulo sabendo que você vai desonrar sua família se se casar com alguém de nível inferior. Prometa-me, Margaret.

Eu prometi. Teria prometido qualquer coisa a meu alcance para fazê-la morrer tranquilamente. Além disso, o que importava? Eu tinha certeza de que Hugh jamais pensaria em mim novamente.

Ela sorriu quando me ouviu jurar e apertou minha mão.

– Muito bem, irmãzinha... Isso mesmo. Você sempre foi uma boa menina, Margaret, boa e obediente, embora um pouco sentimental e tola em alguns aspectos. Você é como a nossa mãe: ela sempre foi fraca e amorosa. Eu puxei os Merediths.

E tinha puxado de fato. Mesmo no caixão, seus traços sombrios e belos preservavam a expressão orgulhosa e determinada. De alguma forma, aquele último olhar do rosto morto permaneceu em minha memória, apagando o verdadeiro carinho e gentileza que o rosto vivo quase sempre me mostrava. Isso me afligiu, mas não pude evitar. Eu queria pensar nela como uma pessoa gentil e amorosa, mas só conseguia me lembrar do orgulho e da frieza com que ela esmagou minha incipiente felicidade. No entanto, não sentia raiva ou mágoa pelo que ela fez comigo. Eu sabia que ela tinha a melhor das intenções – só queria o meu bem. Mas ela estava enganada.

E então, um mês após sua morte, Hugh Blair veio me visitar e me pediu para ser sua esposa. Ele disse que sempre me amou e que nunca poderia amar outra mulher.

Todo o meu antigo amor por ele reavivou. Eu queria dizer sim, sentir seus braços fortes sobre mim e o calor do seu amor me envolvendo e protegendo. Na minha fraqueza, eu ansiava por sua força.

Mas havia a promessa a Hester, essa promessa feita em seu leito de morte. Eu não podia quebrá-la e disse isso a ele. Foi a coisa mais difícil que eu já fiz.

Dessa vez, ele não foi embora em silêncio. Ele implorou, argumentou e me censurou. Cada palavra que ele disse me feriu como uma faca. Mas eu não consegui quebrar minha promessa à falecida. Se Hester estivesse viva, eu teria enfrentado sua ira e seu distanciamento e ido com ele. Mas ela estava morta, e eu não podia fazer isso.

Por fim, ele foi embora, furioso e magoado. Isso foi há três semanas. E agora eu estou aqui sentada, sozinha, no jardim de rosas banhado pelo luar, chorando por ele. Mas, depois de um tempo, minhas lágrimas secaram e um sentimento muito estranho se apossou de mim. Eu me senti calma e feliz, como se um amor maravilhoso e terno estivesse muito perto de mim.

E agora vem a parte estranha da minha história, a parte na qual, eu suponho, ninguém acreditará. Se não fosse por uma coisa, creio que nem eu acreditaria. Ficaria tentada a pensar que eu sonhei. Mas, por causa dessa coisa, eu sei que aquilo foi real. A noite estava muito calma e tranquila. Não havia vento soprando. O luar era o mais brilhante que eu já vira. No meio do jardim, onde a sombra dos álamos não caía, estava quase tão claro como se fosse dia. Seria possível até mesmo ler. Ainda havia uma pequena rosa reluzindo a Oeste, e, sobre os galhos superiores dos elevados álamos, uma ou duas grandes e brilhantes estrelas cintilavam. O ar estava puro, com um silêncio de sonho, e o mundo era tão adorável que prendi a respiração com tanta beleza.

Então, de repente, no outro extremo do jardim, vi uma mulher caminhando. Eu pensei, a princípio, que seria Mary Sloane; mas, quando ela atravessou um caminho banhado pelo luar, vi que aquela não era a figura robusta e familiar de nossa velha criada. Essa mulher era alta e ereta.

Embora nenhuma suspeita tenha me ocorrido, algo nela me fez lembrar de Hester. Todavia, Hester gostava de passear pelo jardim no crepúsculo. Eu já a tinha visto fazer isso milhares de vezes.

Eu me perguntei quem poderia ser a mulher. Alguma vizinha, é claro. Mas que maneira estranha de chegar a uma casa! Ela caminhou lentamente pelo jardim, à sombra do álamo. De vez em quando ela se inclinava, como para acariciar uma flor, mas não colhia nenhuma. No meio do caminho, ela saiu das sombras e, sob o luar, atravessou o trecho de grama no centro do jardim. Meu coração começou a bater violentamente e eu me levantei. Ela estava bem perto de mim agora e eu vi que era Hester.

Não consigo definir meus sentimentos naquele momento. Eu sei que não estava surpresa. Eu estava assustada e, no entanto, não estava assustada. Algo em mim recuava, com um terror nauseante, mas eu, meu verdadeiro eu, não tinha medo. Eu sabia que aquela era minha irmã e que não havia motivos para temê-la, pois ela ainda me amava do mesmo modo de sempre. Além disso, eu não sei dizer se tive algum pensamento coerente, uma reação de assombro, ou se tentei raciocinar.

Hester parou quando chegou a poucos passos de mim. No luar, pude ver claramente o seu rosto. Exibia uma expressão que eu nunca tinha visto antes: um olhar humilde, pensativo, terno. Muitas vezes, quando estava viva, Hester tinha me olhado com amor, até com ternura; mas sempre através de uma máscara de orgulho e austeridade. Mas isso foi antes, e naquela hora eu me senti mais próxima dela do que nunca. Eu soube, de repente, que ela me entendia. E então o semiconsciente espanto e o terror que dominavam parte do meu ser desapareceram, e a única coisa que eu pensava era que Hester estava ali e que não havia um terrível abismo de mudanças entre nós.

Hester acenou para mim e disse:

– Venha.

Levantei-me e a segui até sairmos do jardim. Descemos lado a lado a nossa alameda, sob os salgueiros, e tomamos a estrada, que parecia comprida e inerte com aquele luar brilhante e calmo. Eu senti como se estivesse num sonho, como se me movesse segundo a vontade alheia, que eu não poderia contestar, mesmo se desejasse. Mas eu não queria fazer isso; sentia apenas uma estranha e ilimitada satisfação.

Descemos a estrada, caminhando entre os jovens pinheiros incipientes que a cercavam. Senti o cheiro de bálsamo que eles exalavam quando passamos e percebi o quão nítida e sombriamente seus topos pontiagudos se destacavam contra o céu. Ouvi meus próprios passos esmagar pequenos galhos e plantas no caminho e o som do rastro do meu vestido sobre a grama; mas Hester se movia silenciosamente.

Depois atravessamos a avenida, aquele trecho de estrada sob as macieiras que Anne Shirley, de Avonlea, chama de "O Caminho Branco do Prazer". Estava quase escuro ali, e ainda assim eu podia ver com clareza o rosto de Hester, como se o luar incidisse diretamente nele; e, sempre que eu a fitava, ela estava olhando para mim com aquele sorriso estranho e gentil nos lábios.

No momento em que passávamos pela avenida, James Trent nos ultrapassou com sua carruagem. Penso que nossos sentimentos, num determinado momento, raramente são o que esperaríamos que eles fossem. Simplesmente fiquei aborrecida que James Trent, o mais notório fofoqueiro de Newbridge, tivesse me visto andar com Hester. Num instante, antecipei todo o aborrecimento que aquilo me causaria; ele falaria sobre o assunto por toda parte.

Mas James Trent apenas acenou e gritou:

– Olá, senhorita Margaret. Dando um passeio ao luar sozinha? Linda noite, não é?

Bem nesse momento, seu cavalo virou bruscamente, como se estivesse assustado, e começou a galopar. Num instante eles sumiram na curva da estrada. Fiquei aliviada, mas confusa. *James Trent não tinha visto Hester.*

Descendo a colina, havia a casa de Hugh Blair. Quando chegamos, Hester abriu o portão. Então, pela primeira vez, entendi por que ela tinha voltado, e um ofuscante lampejo de alegria brotou em minha alma. Eu parei e olhei para ela. Seus olhos profundos fitavam os meus, mas ela nada disse.

Nós continuamos. A casa de Hugh estava diante de nós ao luar, cercada por um emaranhado de videiras. Seu jardim ficava à nossa direita, um local singular, cheio de flores antiquadas que cresciam numa espécie de suavidade desordenada. Pisei numa cama de hortelã, e o aroma da planta flutuou até mim como o incenso de alguma cerimônia estranha, sagrada e solene. Eu me sentia indescritivelmente feliz e abençoada.

Quando chegamos à porta, Hester disse:

– Bata, Margaret.

Eu bati de modo gentil. Num instante, Hugh a abriu. Então aconteceu algo que me fez, dias depois, ter certeza de que aquele estranho acontecimento não era um sonho ou uma fantasia. Hugh não olhou para mim, mas através de mim.

– Hester! – ele exclamou, com um medo e horror humano transparecendo em sua voz.

Ele teve de se amparar no batente da porta, aquele sujeito grande e forte, tremendo dos pés à cabeça.

– Eu aprendi – disse Hester – que nada mais importa no universo de Deus, a não ser o amor. Não há orgulho por onde estive, nem falsos ideais.

Hugh e eu nos entreolhamos, maravilhados, e então soubemos que estávamos a sós.

O caderninho marrom da senhorita Emily

No primeiro verão em que o senhor Irving e a senhorita Lavendar (Diana e eu nunca conseguimos chamá-la de outra coisa, mesmo depois que ela se casou) foram para Echo Lodge após o casamento, Diana e eu passamos muito tempo com eles. Acabamos conhecendo muitos moradores de Grafton que não conhecíamos antes e, entre outros, a família do dr. Mack Leith. Frequentemente íamos até a casa dos Leiths à tarde para jogar croqué. Millie e Margaret Leith eram muito simpáticas, e os meninos também. De fato, gostávamos da família inteira, exceto pela pobre e velha senhorita Emily Leith. Tentamos exaustivamente gostar dela, pois ela parecia gostar muito de Diana e de mim, e sempre queria se sentar conosco e conversar quando preferíamos estar em outro lugar. Entretanto, muitas vezes, sentíamos uma enorme impaciência nesses momentos, mas agora fico feliz de pensar que nunca demonstramos isso.

De certa forma, sentíamos pena da senhorita Emily. Ela era a irmã solteirona do senhor Leith e não tinha muita importância na casa. Porém, apesar de sentir pena, não conseguíamos gostar dela. Ela era realmente exigente e intrometida, gostava de se meter na vida de todo mundo e não era discreta. Além disso, possuía uma língua sarcástica e parecia desdenhar de todos os jovens e seus casos de amor. Diana e eu achávamos que era porque ela nunca tinha tido um namorado.

De qualquer maneira, parecia impossível pensar na senhorita Emily namorando. Ela era baixa, robusta e gorducha, com um rosto extremamente sem graça, de tão redondo, gordo e vermelho; e seus cabelos eram escassos e grisalhos. Ela andava gingando, assim como a senhora Rachel Lynde, e estava sempre com falta de ar. Era difícil de acreditar que a senhorita Emily já fora jovem; embora o velho senhor Murray, que morava na casa ao lado dos Leiths, não apenas esperava que acreditássemos nisso, como também garantia que ela tinha sido muito bonita.

– Isso é, no mínimo, impossível – disse Diana para mim.

E então, um dia, a senhorita Emily morreu. Receio que ninguém tenha sofrido muito. Penso que deve ser uma coisa terrível partir desse mundo sem deixar uma única pessoa triste com a nossa partida. A senhorita Emily já estava morta e enterrada quando Diana e eu soubemos. Eu descobri que ela havia morrido quando certa vez, voltando para casa de Orchard Slope, encontrei no chão do meu quarto em Green Gables um pequeno e esquisito baú preto, bastante gasto, todo cravejado de pregos de latão. Marilla me contou que Jack Leith o trouxera, dizendo que pertencera à senhorita Emily e que, em seu leito de morte, ela pediu que o enviassem a mim.

– Mas o que há nele? E o que eu devo fazer com isso? – perguntei, perplexa.

– Ninguém me disse o que você deve fazer com ele. Jack falou que eles não sabem o que há dentro e não o abriram, visto que era sua propriedade. Penso que essa história toda é muito esquisita, mas você está sempre metida em coisas esquisitas, Anne. Quanto ao conteúdo do baú, creio que a maneira mais fácil de descobrir o que há dentro é abri-lo. A chave está amarrada a ele. Jack falou que a senhorita Emily queria que você ficasse com ele porque ela a amava e via em você sua juventude perdida. Creio que ela estava um pouco delirante no final e divagou um bocado. Ela disse que queria que você a compreendesse.

Corri para Orchard Slope e pedi que Diana viesse comigo para examinar o baú. Eu não tinha recebido nenhuma instrução sobre se devia manter seu conteúdo em segredo e sabia que a senhorita Emily não se importaria se Diana soubesse o que havia nele, independentemente do que fosse.

Era uma tarde fria e cinzenta, e voltamos a Green Gables no momento em que a chuva começou a cair. Quando subimos para o meu quarto, o vento tinha aumentado e assobiava entre os galhos da grande e velha Rainha da Neve, do lado de fora da minha janela. Diana estava animada e, creio eu, um pouco assustada também.

Abrimos o velho baú. Era muito pequeno e nada havia lá além de uma grande caixa de papelão. A caixa estava amarrada, e os nós tinham sido selados com cera. Nós a erguemos e desamarramos. Encostei nos dedos de Diana quando fizemos isso, e ambas exclamamos ao mesmo tempo: "Como sua mão está fria!"

Na caixa havia um vestido curioso, antigo e bonito, e nem um pouco desbotado, feito de musselina azul com uma pequena flor de um tom mais escuro de azul bordada. Embaixo dele encontramos uma faixa, um leque de penas amarelado e um envelope cheio de flores murchas. No fundo da caixa vimos um livrinho marrom.

Era pequeno e fino, como o caderno escolar de uma menina, com folhas que antes tinham sido azuis e rosas, mas que agora estavam bastante desbotadas e manchadas em alguns lugares. Na primeira página estava escrito, com uma letra muito delicada, "Emily Margaret Leith", e a mesma letra cobria as primeiras páginas do livro. O resto estava em branco. Nós nos sentamos lá mesmo, no chão, Diana e eu, e lemos o livrinho juntas, enquanto a chuva batia contra a vidraça da janela.

"19 de junho de 18...

Hoje fui passar um tempo com tia Margaret em Charlottetown. É tão bonito aqui, onde ela mora e tão, mas tão melhor do que lá em casa, na fazenda. Não há vacas para ordenhar aqui nem porcos para alimentar. Tia Margaret me deu um vestido adorável de musselina azul, e vou usá-lo numa festa de jardim em Brighton, na próxima semana. Eu nunca tive um vestido de musselina – só vestidos com estampas feias ou de lã escura. Queria que fôssemos ricos, como tia Margaret. Tia Margaret riu quando eu disse isso e declarou que daria toda a sua riqueza pela minha juventude, beleza e espontaneidade. Tenho apenas dezoito anos e sei que sou muito alegre, mas me pergunto se sou realmente bonita. Penso que sim, quando me olho nos lindos espelhos da tia Margaret. Eles me fazem parecer muito diferente daquele velho espelho rachado que há em meu quarto, em casa, que sempre distorce meu rosto e me deixa esverdeada. Mas tia Margaret estragou o elogio dizendo que eu sou exatamente igual a ela quando tinha a minha idade. Se um dia eu ficar como a tia Margaret, não sei o que vou fazer. Ela é tão gorda e corada."

"29 de junho

Na semana passada, fui à festa de jardim e conheci um jovem chamado Paul Osborne. Ele é um jovem artista de Montreal que está hospedado em Heppoch. É o homem mais bonito que eu já vi, muito alto e esbelto, com olhos escuros e sonhadores, e um rosto pálido e inteligente. Não consigo parar de pensar nele desde então, e hoje ele veio aqui e perguntou se podia me pintar. Fiquei muito lisonjeada e implorei que tia Margaret lhe desse permissão. Ele diz que quer me pintar como a "Primavera" embaixo dos álamos, onde um belo raio de sol incide. Vou usar meu vestido de musselina azul e uma coroa de flores no cabelo. Ele diz que eu tenho um cabelo tão lindo. Que nunca viu um cabelo de verdade com esse tom de ouro pálido. De algum modo, meu cabelo me parece mais bonito do que nunca, desde que ele o elogiou.

Hoje eu recebi uma carta de casa. Mamãe diz que a galinha azul roubou o ninho e que catorze galinhas escaparam, e que papai vendeu o bezerrinho malhado. De alguma forma, essas coisas não me interessam mais como antes."

"9 de julho

A pintura está ficando muito boa, diz o senhor Osborne. Eu sei que nela eu pareço muito mais bonita do que sou, embora ele insista em dizer que não pode me fazer justiça. Ele vai mandá-la para uma grande exposição quando terminar, mas diz que fará uma pequena cópia em aquarela para mim.

Ele vem todos os dias para pintar, conversamos bastante e ele lê coisas adoráveis dos seus livros. Eu não entendo todas elas, mas tento, e ele as explica tão bem e é tão paciente com a minha estupidez. E ele diz que qualquer pessoa com os meus olhos, cabelos e as minhas cores não precisa ser inteligente. Ele diz que eu tenho a risada mais alegre e doce do mundo. Mas não vou escrever todos os elogios que ele me faz. Ouso dizer que ele não está falando sério.

À noite, passeamos entre os abetos ou nos sentamos no banco embaixo da acácia. Às vezes, ficamos em silêncio, mas eu nunca acho que o tempo passa devagar. Na verdade, os minutos parecem voar e então a lua sobe, redonda e vermelha, sobre o porto, e o senhor Osborne suspira e diz que supõe que seja hora de ir embora."

"24 de julho

Eu estou tão feliz. Estou com medo da minha felicidade. Ah, eu não sabia que a vida poderia ser tão bonita!

Paul me ama! Ele me confessou hoje à noite, enquanto caminhávamos pelo porto e assistíamos ao pôr do sol, e me pediu para ser sua esposa. Eu gosto dele desde que o conheci, mas tenho medo de não ser uma esposa inteligente e bem-educada o bastante para Paul. Afinal de contas, sou apenas uma mocinha do campo ignorante, que viveu a vida inteira numa fazenda. Ora, minhas mãos ainda estão ásperas de tanto trabalhar. Mas Paul apenas riu quando eu disse isso, pegou minhas mãos e as beijou. Então ele me olhou nos olhos e riu de novo, pois eu não conseguia esconder o quanto o amava.

Vamos nos casar na próxima primavera, e Paul diz que vai me levar para a Europa. Isso vai ser muito bom, mas nada mais importa, contanto que eu esteja com ele.

A família de Paul é muito rica, e sua mãe e suas irmãs são muito elegantes. Tenho medo delas, mas não disse isso a Paul, pois creio que iria magoá-lo e, ah, eu não faria isso por nada neste mundo, certamente.

Eu faria qualquer coisa por ele. Nunca pensei que alguém poderia se sentir assim. Costumava achar que, se eu amasse alguém, iria querer que ele fizesse tudo por mim e me servisse como a uma princesa. Mas não é assim que as coisas são. O amor faz com que você seja muito altruísta e queira fazer tudo por quem você ama."

"10 de agosto

Paul voltou para casa hoje. Ah, é tão terrível! Não sei como vou aguentar viver, mesmo que por pouco tempo, sem ele. Mas é bobagem de minha parte, pois eu sei que ele precisa ir, mas que vai escrever e me visitar com frequência. Ainda assim, é tão solitário. Não chorei quando ele me deixou porque queria que ele se lembrasse de mim sorrindo, do jeito que ele mais gostava, mas tenho chorado desde então e não consigo mais parar, por mais que tente. Tivemos quinze dias tão lindos. Todo dia parecia mais adorável e feliz que o anterior, mas agora acabou, e sinto como se as coisas jamais pudessem ser como antes. Ah, eu sou muito tola, mas o amo tanto e, se eu perdesse seu amor, sei que morreria."

"17 de agosto
Acho que meu coração está morto. Mas não, não pode ser, pois dói demais.

Hoje a mãe de Paul veio me ver. Ela não estava zangada nem foi desagradável comigo. Eu não teria ficado com tanto medo dela se fosse assim. Quando a vi, senti que não conseguiria dizer uma só palavra. Ela é muito bonita, imponente e respeitável, com voz baixa e fria e orgulhosos olhos escuros. Seu rosto é parecido com o de Paul, mas sem a amabilidade dele.

Ela conversou comigo por um longo tempo e disse coisas terríveis, tão terríveis, pois eu sabia que era tudo verdade. Eu parecia enxergar tudo através dos olhos dela. Ela disse que Paul estava apaixonado pela minha juventude e beleza, mas que isso não ia durar, e o que mais eu poderia dar a ele? Ela disse que Paul deveria se casar com uma mulher de sua classe social, que poderia honrar sua fama e posição. Ela disse que ele era muito talentoso e tinha uma grande carreira pela frente, mas que, se ele se casasse comigo, a vida dele seria arruinada.

Eu vi tudo, exatamente como ela me explicou, e lhe disse, por fim, que não me casaria com Paul e que ela poderia dizer isso a ele. Mas ela sorriu e disse que eu é que deveria contar pessoalmente, pois ele não acreditaria em mais ninguém. Eu poderia ter implorado a ela que me poupasse disso, mas sabia que seria inútil. Não creio que ela tivesse pena ou clemência de alguém. Além disso, o que ela disse era a mais pura verdade.

Quando ela me agradeceu por ser tão *razoável*, respondi que não estava fazendo isso para agradá-la, mas pelo bem de Paul, pois eu não queria estragar a vida dele, e acrescentei que sempre a odiaria. Ela sorriu de novo e foi embora.

Ah, como poderei suportar isso? Eu não sabia que alguém poderia sofrer tanto assim!"

"18 de agosto

Eu consegui. Escrevi para Paul hoje. Sabia que deveria contar a ele por carta, pois nunca conseguiria fazê-lo se estivéssemos face a face. Tive medo de não conseguir mesmo por carta. Imagino que uma mulher inteligente possa fazê-lo facilmente, mas eu sou tão estúpida. Escrevi muitas e muitas cartas e rasguei todas, pois tive certeza de que elas não conseguiriam convencer Paul. Por fim, escrevi uma que achei que serviria a seu propósito. Eu sabia que deveria causar a impressão de que eu era muito frívola e desalmada, caso contrário ele nunca acreditaria. Escrevi algumas palavras erradas e cometi erros gramaticais de propósito. Disse que estava apenas flertando com ele e que havia outro sujeito aqui de quem eu gostava mais. Escrevi *sujeito* porque sabia que isso o deixaria furioso. Eu disse que só fiquei tentada a me casar com ele porque ele era rico. Pensei que meu coração fosse se despedaçar enquanto eu escrevia essas terríveis e falsas linhas. Mas fiz isso por ele, porque eu não queria estragar a sua vida. A mãe dele disse que eu seria um fardo para ele. Eu amo tanto Paul que faria qualquer coisa para não ser um fardo. Seria fácil morrer por ele, mas não vejo como posso seguir vivendo. Acredito que minha carta vai convencê-lo."

Creio que realmente convenceu Paul, pois não havia mais registros no caderninho marrom. Quando terminamos, as lágrimas escorriam pelos nossos rostos.

– Ah, pobre e querida senhorita Emily – soluçou Diana. – Lamento tê-la achado esquisita e intrometida.

– Ela era boa, forte e corajosa – eu disse. – Eu jamais teria conseguido ser tão altruísta como ela.

Pensei nos versos de Whittier:

A vida exterior, inconstante, nós enxergamos
As fontes ocultas, talvez não conheçamos.

Na parte de trás do livrinho marrom, encontramos um retrato desbotado, feito a aquarela, de uma jovem, uma coisinha tão linda e esbelta, com grandes olhos azuis e adoráveis, longos e ondulados cabelos dourados. O nome Paul Osborne estava marcado no canto, numa tinta desbotada.

Colocamos tudo de volta na caixa. Então nos sentamos por um longo tempo na minha janela, em silêncio, pensando em muitas coisas, até surgir o crepúsculo chuvoso e encobrir o mundo.

As peculiaridades de Sara

O sol quente de junho penetrava através das árvores, branco com o virginal desabrochar da flor da macieira, e das vidraças brilhantes, formando um mosaico trêmulo no chão impecável da cozinha da senhora Eben Andrews. Pela porta aberta, passou um vento perfumado com suas longas andanças por pomares e campos de trevos, e da janela a senhora Eben e sua visita podiam olhar para baixo, de um vale comprido e nevoento para um mar cintilante.

A senhora Jonas Andrews estava passando a tarde com sua cunhada. Ela era uma mulher grande e robusta, com bochechas rosadas e grandes olhos castanhos e sonhadores. Quando ela era uma mocinha magra, toda branca e rosada, aqueles olhos tinham sido muito românticos. Agora eles eram tão incompatíveis com o resto de sua aparência que chegavam a ser ridículos.

A senhora Eben, sentada do outro lado da pequena mesa de chá encostada na janela, era uma mulher baixa e magra, com um nariz muito afilado e pequenos e desbotados olhos azuis. Ela parecia uma mulher cujas opiniões eram sempre muito decididas e certamente incômodas.

– Então Sara gosta de lecionar em Newbridge? – perguntou a senhora Jonas, servindo-se uma segunda vez do incomparável bolo de amoras da senhora Eben e fazendo, desse modo, um sutil elogio que a senhora Eben não deixou de apreciar.

– Bem, imagino que ela goste bastante. É melhor do que lecionar em White Sands, de qualquer maneira – respondeu a senhora Eben. – Sim, posso dizer que é adequado para ela. Claro que é uma longa caminhada, ida e volta. Creio que teria sido mais sensato da parte dela continuar hospedada no Morrison, como fez durante todo o inverno, mas Sara parece destinada a ficar em casa o máximo de tempo possível. E devo dizer que a caminhada parece lhe fazer bem.

– Eu fui ver a tia de Jonas em Newbridge ontem à noite – disse a senhora Jonas. – E ela disse que ouviu falar que Sara resolvera finalmente aceitar Lige Baxter e que eles iriam se casar no outono. Ela me perguntou se era verdade. Eu disse que não sabia, mas que esperava sinceramente que fosse. Bem, é verdade, Louisa?

– Nem uma palavra – disse a senhora Eben, com tristeza. – Sara continua se recusando terminantemente a aceitar Lige. Certamente a culpa não é *minha*. Eu conversei e argumentei até cansar. E declaro a você, Amelia, que estou terrivelmente decepcionada. Eu faria de tudo para Sara se casar com Lige… E pensar que ela não vai!

– Ela é uma moça muito tola – disse a senhora Jonas, criticamente. – Se Lige Baxter não é bom o suficiente para ela, quem será?

– E ele é tão rico – disse a senhora Eben – e negocia tão bem. É bem falado por todos. E aquela adorável casa nova que ele construiu em Newbridge, com janelas salientes e pisos de madeira! Eu sonhei tanto em ver Sara lá como senhora.

– Talvez você veja ainda – disse a senhora Jonas, que sempre via o lado bom de tudo, até na implicância de Sara. Mas também ela se sentiu desencorajada. Bem, ela tinha feito o melhor que podia.

Se o caldo de Lige Baxter havia estragado, não foi por falta de cozinheiras. Cada Andrew em Avonlea vinha tentando, por dois anos, oficializar uma união entre ele e Sara, e a senhora Jonas havia cumprido seu papel com coragem.

A resposta desanimada da senhora Eben foi interrompida bruscamente pelo surgimento da própria Sara. A moça parou por um momento na porta e olhou com um ar ligeiramente divertido para suas tias. Ela sabia muito bem que estavam falando dela, pois a senhora Jonas, que trazia sua consciência estampada no rosto, parecia culpada, e a senhora Eben ainda não tinha sido capaz de banir completamente sua expressão aflita.

Sara guardou seus livros, beijou a bochecha rosada da senhora Jonas e sentou-se à mesa. A senhora Eben trouxe-lhe um pouco de chá fresco, alguns pãezinhos quentes, um vidrinho de geleia com a conserva de damasco de que Sara tanto gostava e cortou também fatias úmidas e macias do bolo de amoras. Ela podia não ter paciência com a "implicância" de Sara, mas ainda a mimava e paparicava apesar de tudo, pois a moça era a alegria do seu coração sem filhos.

Sara Andrews não era bonita, a rigor, mas havia algo nela que fazia as pessoas a fitar duas vezes. Seus cabelos eram muito escuros, com um tipo suntuoso e enigmático de escuridão, seus olhos profundos eram castanho-aveludados, e seus lábios e bochechas eram vermelhos.

Ela comeu os pãezinhos e a conserva com um apetite saudável, realçado pela longa caminhada de Newbridge, e contou histórias divertidas do seu dia do trabalho, o que fez as duas mulheres mais velhas se sacudir de tanto rir e trocar olhares tímidos de orgulho por sua esperteza.

Quando o chá terminou, ela despejou o restante do jarro de creme num pires.

– Preciso alimentar meu gato – disse ela, saindo da sala.

– Não sei o que fazer com essa menina – disse a senhora Eben, com um suspiro de perplexidade. – Sabe aquele gato preto que temos há uns dois anos? Eben e eu sempre o tratamos muito bem, mas Sara parecia não gostar dele. Ele nunca conseguia tirar uma soneca sossegado embaixo do fogão quando Sara estava em casa; ela o expulsava. Bem, pouco tempo atrás, ele acidentalmente quebrou a perna e pensamos que teríamos de sacrificá-lo. Mas Sara não quis nem ouvir falar disso. Ela arranjou talas, consertou sua perna com habilidade, enfaixou-a e, desde então, passou a cuidar dele como se fosse um bebê doente. Ele está quase curado agora, e se tem alguém que vive bem é esse gato. É típico dela. Temos galinhas doentes que ela vem medicando há uma semana, receitando pílulas e outras coisas!

– E ela pensa mais naquele bezerro de aspecto deplorável, que se envenenou comendo inseticida, do que em todos os outros animais da fazenda.

Conforme o verão passava, a senhora Eben tentou se conformar com a destruição de seus castelos de ar. Mas ainda assim ela repreendia Sara consideravelmente.

– Sara, por que você não gosta de Lige? Tenho certeza de que ele é um jovem exemplar.

– Eu não gosto de jovens exemplares – respondeu Sara, impacientemente. – E, na verdade, creio que eu odeio Lige Baxter. Ele sempre foi apresentado como um exemplo a seguir, um paradigma. Estou cansada de ouvir falar em todas as suas perfeições. Eu as sei de cor. Ele não bebe, ele não fuma, ele não rouba, ele não conta lorotas, ele nunca perde a paciência, ele não pragueja e ele vai à igreja regularmente. Uma criatura irrepreensível como essa certamente me daria nos nervos. Não, não, você terá que escolher outra senhora para a casa nova em Bridge, tia Louisa.

Quando as macieiras, que tinham sido rosadas e brancas em junho, ficaram castanho-avermelhadas e cor de bronze em outubro, a senhora Eben costurou uma colcha de retalhos. A colcha foi feita com um padrão de estrela, considerado muito bonito em Avonlea. A senhora Eben queria fazê-la para o "enxoval" de Sara e, enquanto unia os diamantes vermelhos e brancos, ela deleitou sua fantasia, imaginando que a via espalhada na cama do quarto de hóspedes em Newbridge, imaginando ela mesma colocando sua touca e seu xale nela quando ia visitar Sara. Mas aquelas alegres visões desapareceram com as flores da macieira, e a senhora Eben não teve ânimo de terminar a colcha.

A colcha ficaria pronta no sábado à tarde, quando não havia escola e Sara estaria em casa. Todos as amigas queridas da senhora Eben estavam agrupadas em volta da colcha, e as línguas e os dedos voavam. Sara andava rapidamente para lá e para cá, ajudando sua tia com os preparativos do jantar. Ela estava na sala de jantar, tirando a tigela de creme do armário, quando a senhora George Pye chegou.

A senhora George tinha o dom de chegar atrasada. Ela estava mais atrasada do que de costume naquele dia e parecia animada. Todas as mulheres ao redor da colcha de estrelas acharam que a senhora George tinha alguma notícia digna de ser ouvida, e houve um silêncio de expectativa enquanto ela afastava a cadeira e se acomodava na colcha.

Ela era uma mulher alta e magra, com um rosto comprido e pálido e olhos verdes aquosos. Contemplou o círculo, umedecendo os lábios e exibindo o ar de um gato guloso que se deliciava tanto com a fofoca quanto com um petisco.

– Suponho – ela disse – que tenham ouvido a notícia.

Ela sabia perfeitamente que não. Todas as mulheres em volta da colcha pararam de costurar. A senhora Eben surgiu à porta com uma assadeira na mão, repleta de biscoitos amanteigados, gordurosos e fumegantes. Sara parou de contar os pratos de creme e virou o rosto corado para ouvir. Até o gato preto, a seus pés, parou de lamber o pelo. A senhora George sentiu que tinha completa atenção da plateia.

– Os irmãos Baxters faliram – disse ela, seus olhos verdes relampejando. – Faliram *miseravelmente*!

Ela fez uma breve pausa; mas, como suas ouvintes ainda estavam mudas de surpresa, ela prosseguiu.

– George chegou de Newbridge com a notícia, pouco antes de eu sair. Fiquei de queixo caído. Eu achava que a firma era tão sólida quanto o Rochedo de Gibraltar! Mas eles estão arruinados, absolutamente arruinados. Louisa, querida, você pode me arranjar uma boa agulha?

"Louisa, querida" depositou os biscoitos na mesa com um expressivo e imprudente baque. Um ruído agudo e metálico soou na despensa, pois Sara havia esbarrado contra uma prateleira com sua bandeja. O som pareceu afrouxar as línguas paralisadas, e todo mundo começou a falar e gritar de uma só vez. Clara e estridente acima dessa confusão, a voz da senhora George Pye se ergueu.

– Sim, de fato, é uma lástima. É *vergonhoso*. E pensar que todos confiaram neles! George perderá bastante dinheiro com essa bancarrota, assim como muitas outras pessoas. Terão de vender tudo: a fazenda de Peter Baxter e a magnífica casa nova de Lige. Estou certa de que a senhora Peter não vai mais andar de nariz empinado depois disso. George viu Lige na ponte e disse que ele parecia terrivelmente abatido e envergonhado.

– Mas quem é o culpado pela falência? – perguntou a senhora Rachel Lynde, bruscamente. Ela não gostava da senhora George Pye.

– Estão dizendo uma dúzia de histórias diferentes – foi a resposta.
– Pelo que George sabe, Peter Baxter andou especulando com o dinheiro alheio, e esse foi o resultado. Todo mundo sempre suspeitou de que Peter fosse um vigarista, mas achou que Lige o manteria na linha. Ele sempre teve reputação de santo.

– Creio que Lige não sabia de nada disso – disse a senhora Rachel, indignada.

– Bem, ele deveria saber, então. Se não é um patife, é um idiota – disse a senhora Harmon Andrews, que outrora fora umas de suas partidárias mais ardentes. – Ele deveria ter ficado de olho em Peter e visto como o negócio estava sendo administrado. Bem, Sara, você foi a mais sensata de todas nós. Eu admito isso, agora. Imagine que bela confusão se você estivesse casada ou noiva de Lige, e ele sem nenhum centavo – mesmo se conseguisse limpar seu nome!

– Só se fala em Peter, fraude e uma ação judicial – disse a senhora George Pye, costurando diligentemente a colcha. – A maioria das pessoas de Newbridge acha que é tudo culpa de Peter, e não de Lige. Mas não dá para saber. Ouso dizer que Lige está atolado até o pescoço nisso, tanto quanto Peter. Ele sempre foi bom demais para ser verdade, penso eu.

Houve um tilintar de vidros no armário quando Sara pousou a bandeja. Ela veio até a sala e ficou atrás da cadeira da senhora Rachel Lynde, descansando suas mãos bem-feitas nos ombros largos daquela senhora. Seu rosto estava muito pálido, mas seus olhos faiscantes procuraram e encaravam desafiadoramente os globos oculares felinos da senhora George Pye. Sua voz tremia de emoção e desprezo.

– Todas vocês resolveram espinafrar Lige Baxter, agora que ele está por baixo. Antes não cansavam de elogiá-lo. Não vou ficar aqui parada e ouvir alguém insinuar que Lige Baxter é um trapaceiro. Vocês sabem perfeitamente bem que Lige é tão honesto quanto o dia, embora *tenha* o azar de ter um irmão sem princípios. Você, senhora Pye, sabe disso melhor do que ninguém, e ainda assim você vem até aqui para difamá-lo no minuto em que ele se vê em dificuldades. Se alguém disser mais uma palavra contra Lige Baxter, vou deixar essa sala e a casa até cada uma de vocês ter ido embora.

O olhar que ela lançou para as mulheres em volta da colcha calou imediatamente as fofocas. Até os olhos da senhora George piscaram, baixaram e tremeram. Nada mais foi dito até Sara recolher os copos e marchar para fora da sala. Mesmo assim, elas não se atreveram a falar, a não ser em sussurros. A senhora Pye, sozinha, magoada com o desprezo recebido, aventurou-se a exclamar "Ora, tenha dó!" enquanto Sara batia a porta.

Na quinzena seguinte, fofocas e rumores mantiveram o escândalo vivo em Avonlea e Newbridge, e a senhora Eben começou a temer a visão de um visitante.

– Só o que fazem é falar sobre a falência dos Baxters e criticar Lige – ela queixou-se à senhora Jonas. – E isso deixa Sara terrivelmente irritada. Ela costumava declarar que odiava Lige, e agora não quer ouvir uma única palavra contra ele. Não que eu diga algo do tipo. Sinto pena dele e acredito que ele fez o seu melhor. Mas não consigo impedir que as outras pessoas falem.

Certa noite, Harmon Andrews surgiu com um novo sortimento de notícias.

– O negócio dos Baxters está quase liquidado, finalmente – disse ele, enquanto acendia seu cachimbo. – De algum modo, Peter conseguiu resolver a questão das ações e calar o falatório sobre fraude. Pode acreditar que ele vai escapar sem um arranhão, livre, leve e solto. Aparentemente, ele não está nem um pouco preocupado, mas Lige parece um esqueleto ambulante. Algumas pessoas têm pena dele, mas eu digo que ele deveria ter administrado melhor os negócios e não confiado tudo a Peter. Ouvi dizer que ele está indo para o Oeste na primavera, morar numa terra em Alberta e tentar a sorte como fazendeiro. É o melhor que ele pode fazer, creio eu. O pessoal daqui não quer mais saber desses Baxters. Newbridge vai ficar muito bem sem eles.

Sara, que estava sentada no canto escuro ao lado do fogão, levantou-se subitamente, deixando o gato preto escorregar do seu colo para o chão. A senhora Eben olhou para ela apreensivamente, pois ela estava com medo de que a menina explodisse de fúria com o complacente Harmon.

Mas Sara apenas saiu com ímpeto da cozinha, com o som de alguém que lutava para respirar. No corredor, pegou um cachecol pendurado na parede, abriu a porta da frente e desceu correndo pelo caminho no ar frio e puro do crepúsculo outonal. Seu coração latejava com a pena que ela sempre sentia por criaturas feridas e atormentadas.

Ela seguiu em frente, desatentamente, concentrada apenas em afastar sua dor, caminhando por campos cinzentos e ameaçadores, encostas sinuosas, e contornando enormes e sombrios pinheiros, cortinados com um fino e delicado nevoeiro púrpura. Seu vestido roçava nas ervas quebradiças e samambaias secas, e o vento úmido da noite, vindo de lugares selvagens, muito longe dali, soprava os cabelos que caíam sobre o rosto dela.

Por fim, ela chegou a um pequeno portão rústico, que dava para um bosque escuro. O portão estava amarrado com vime de salgueiro e, enquanto Sara se atrapalhava para abri-lo, com suas mãos geladas, ouviram-se os passos firmes de um homem atrás dela, e a mão de Lige Baxter se fechou sobre a dela.

– Ah, Lige! – ela disse, com algo semelhante a um soluço.

Ele abriu o portão e levou-a para dentro. Ela deixou sua mão na dele, enquanto caminhavam pelo lugar, onde os galhos flexíveis de jovens mudas batiam de leve na cabeça deles e o ar era selvagemente doce, com seus odores amadeirados.

– Faz muito tempo desde a última vez em que o vi, Lige – disse Sara, enfim.

Lige a fitou melancolicamente através da escuridão.

– Sim, pareceu um longo tempo para mim, Sara. Mas pensei que você não quisesse mais me ver, depois do que disse na primavera passada. E você sabe que as coisas não têm dado certo para mim. As pessoas têm dito coisas duras. Eu fui azarado e talvez tranquilo demais, mas sempre fui honesto. Não acredite se as pessoas lhe disserem o contrário.

– Decerto que não, jamais fiz isso, nem por um minuto! – inflamou-se Sara.

– Fico feliz. Vou embora em breve. Eu me senti muito mal quando você se recusou a casar comigo, Sara, mas foi bom que isso tenha acontecido. Sou homem o bastante para admitir que fico grato por meus problemas não caírem sobre você.

Sara parou de andar e virou-se para ele. À sua frente, o caminho abria-se para um campo, e a claridade da flor de açafrão lançava uma luz fraca na sombra onde eles estavam. A lua nova brilhava sobre o campo como uma reluzente cimitarra prateada. Sara viu que o luar incidia em seu ombro esquerdo e viu o rosto de Lige acima dela, terno e preocupado.

– Lige – ela disse, com brandura –, você ainda me ama?

– Você sabe que sim – respondeu Lige, tristemente.

Era tudo que Sara queria ouvir. Com um movimento rápido, ela se aninhou nos braços dele e encostou a bochecha quente e molhada de lágrimas no seu rosto frio.

Quando o espantoso boato de que Sara iria se casar com Lige Baxter e ir para o Oeste com ele começou a circular pelo clã Andrews, mãos foram erguidas e cabeças foram balançadas. A senhora Jonas ofegou e subiu esbaforida a colina para descobrir se aquilo era verdade. Encontrou a senhora Eben costurando laboriosamente uma colcha com padrão "corrente irlandesa", enquanto Sara, com uma expressão de mártir no rosto, costurava os diamantes em outra colcha com padrão de estrelas. Sara detestava, acima de todas as coisas, costurar retalhos, mas era a senhora Eben quem mandava, até certo ponto.

– Você terá de fazer essa colcha, Sara Andrews. Se quiser viver nessas planícies, vai precisar de pilhas e pilhas de colchas, e você as terá, nem que eu tenha de costurar meus dedos na agulha. Mas você terá de ajudar a fazê-las.

E Sara ajudou.

Quando a senhora Jonas chegou, a senhora Eben mandou Sara para os correios, para tirá-la do caminho.

– Suponho que dessa vez seja verdade, não é? – perguntou a senhora Jonas.

– Sim, é verdade – disse a senhora Eben, rapidamente. – Sara está decidida. Não adianta tentar demovê-la, você sabe disso, então resolvi lidar com a situação da melhor maneira possível. Eu não sou vira-casaca. Lige Baxter ainda é Lige Baxter, simples assim. Eu sempre disse que ele é um excelente jovem e continuo com a mesma opinião. Afinal de contas, ele e Sara não serão mais pobres do que Eben e eu quando nos casamos.

A senhora Jonas deu um suspiro de alívio.

– Estou muito feliz que você veja as coisas dessa maneira, Louisa. Também não estou descontente, embora a senhora Harmon arranque minha cabeça se me ouvir dizer isso. Eu sempre gostei de Lige. Mas devo dizer que também estou espantada, pois me lembro como Sara costumava criticá-lo.

– Bem, devíamos ter esperado isso – disse a senhora Eben, sabiamente. – Sempre foi típico de Sara. Quando qualquer criatura ficava doente ou infeliz, ela parecia ansiosa em colocá-lo debaixo de sua asa. Então, pode-se dizer que o fracasso de Lige Baxter foi um sucesso, afinal.

O filho
de sua mãe

Thyra Carewe esperava Chester voltar para casa. Ela sentou-se na janela oeste da cozinha, olhando para as sombras que caíam com a esperançosa imobilidade que a caracterizava. Ela nunca estremecia ou se inquietava. Em tudo que fazia, ela colocava toda a força de sua natureza. Se estava sentada quieta, ficava quieta.

– Uma estátua de pedra seria considerada vibrante ao lado de Thyra – disse a senhora Cynthia White, sua vizinha do outro lado da rua. – Me dá nos nervos o jeito como ela se senta naquela janela, às vezes, tão imóvel quanto uma estátua e com seus grandes olhos ardendo pela rua. Quando leio o mandamento "Não terás outros deuses diante de mim", confesso que sempre penso em Thyra. Ela idolatra muito mais aquele seu filho do que seu Criador. Ainda será punida por isso.

A senhora White estava observando Thyra naquele exato momento, tricotando furiosamente, enquanto a observava, a fim de não perder tempo. As mãos de Thyra estavam cruzadas indolentemente em seu colo. Ela não tinha movido um músculo desde que se sentara. A senhora White reclamou que isso lhe dava arrepios.

– Não parece natural ver uma mulher sentada tão imóvel – disse ela. – Às vezes penso: "E se ela teve um derrame, como seu velho tio Horácio, e está lá sentada, morta, dura como uma pedra?".

A noite estava fria e outonal. Havia uma mancha vermelha ardente no mar, onde o sol havia se posto, e, acima dele, sobre um céu claro, frio e cor de açafrão, havia recifes de cor púrpura – nuvens. O rio, descendo a propriedade de Carewe, estava lívido. Além dele, havia o mar, escuro e taciturno. Era uma noite para fazer a maior parte das pessoas tremer e prever um inverno prematuro; mas Thyra adorava noites assim, como amava todas as coisas severas, duramente bonitas. Ela não queria acender uma lamparina para não apagar a selvagem grandeza do mar e do céu. Era melhor esperar na escuridão até Chester chegar em casa.

Ele estava atrasado naquela noite. Ela pensou que talvez estivesse preso no porto, fazendo hora extra, mas não ficou ansiosa. Ele viria direto para casa, para ela, assim que terminasse o que estava fazendo; disso ela tinha certeza. Seus pensamentos voaram pela soturna estrada do porto para alcançá-lo. Ela podia vê-lo claramente, caminhando com seu passo livre por cavidades arenosas e subindo as colinas assoladas pelo vento na luz fria e severa daquele poente ameaçador, forte e bonito em sua graciosa juventude, com o seu queixo marcado por profundas covinhas e os olhos cinzentos e francos do pai. Nenhuma outra mulher em Avonlea tinha um filho como o dela; ele era único. Em suas breves ausências, ela ansiava por ele com uma paixão maternal que tinha algo de dor física, de tão intensa. Ela pensou com desdenhosa piedade em Cynthia White, que tricotava do outro lado da rua. Aquela mulher não tinha filhos, somente meninas de rosto pálido. Thyra nunca quis ter uma filha, mas sentia pena de todas as mulheres sem filhos e as desprezava.

Subitamente, o cachorro de Chester ganiu estridentemente na porta, do lado de fora. Ele estava cansado de ficar na pedra fria e queria seu canto quente atrás do fogão. Thyra sorriu sombriamente quando o ouviu. Ela não tinha nenhuma intenção de deixá-lo entrar. Dizia que sempre detestara cães, mas a verdade, embora não admitisse, era que ela odiava o animal porque Chester o amava. Ela não podia compartilhar seu amor com um animal estúpido. Não amava nenhum ser vivo no mundo, a não ser seu filho, e exigia ferozmente o mesmo, uma afeição dedicada da parte dele. Por isso, agradou-lhe ouvir o cachorro ganir.

Estava agora bastante escuro; as estrelas tinham começado a brilhar sobre os campos arados, e Chester ainda não chegara. Do outro lado da rua, Cynthia White baixou as persianas, exausta de vigiar Thyra, e acendeu uma lamparina. Vívidas sombras de pequenas formas de garotinhas passavam e repassavam no pálido retângulo de luz. Elas fizeram com que Thyra tivesse consciência de sua excessiva solidão. Ela decidiu que iria descer a estradinha e esperar Chester na ponte, quando uma batida estrondosa soou na porta leste da cozinha.

Reconheceu a batida de August Vorst e acendeu uma lamparina sem muita pressa, pois não gostava dele. Ele era um fofoqueiro, e Thyra detestava esse tipo de pessoa, fosse homem ou mulher. Mas August era privilegiado.

Ela levou a lamparina quando foi até a porta, e sua impressionante luz iluminou seu rosto, dando-lhe um aspecto medonho. Ela não convidou August para entrar, mas ele passou por ela alegremente, sem esperar ser convidado. Era um homem anão, coxo de pé e corcunda de costas, com um rosto branco e infantil, apesar de sua meia-idade e dos olhos negros profundos e maliciosos.

Ele tirou um jornal amassado do bolso e o entregou a Thyra. Ele era o carteiro não oficial de Avonlea. A maior parte das pessoas lhe dava uns trocados por trazer suas cartas e papéis do escritório. Ele reunia pequenas somas de várias outras maneiras, e assim conseguia ganhar a vida com seu corpo atrofiado. Sempre havia veneno nas fofocas de August. Diziam que ele criava mais intrigas em Avonlea num dia do que ocorria normalmente em um ano, mas as pessoas o toleravam por causa de sua enfermidade. Na verdade, era a tolerância que eles concediam às criaturas inferiores, e August sabia disso. Talvez isso explicasse boa parte de sua malignidade. Ele odiava a maior parte dos que eram gentis com ele, e Thyra Carewe acima de todos. Também odiava Chester, como odiava todas as criaturas fortes e bem-feitas. Finalmente chegara a hora de ferir ambos, e seu júbilo resplandecia através do corpo torto e rosto descarnado, como uma lamparina. Thyra percebeu isso e vagamente sentiu algo de antagônico nele. Ela apontou para a cadeira de balanço como indicaria um tapete a um cachorro.

August se arrastou até ela e sorriu. Ele iria fazê-la se contorcer dali a pouco, essa mulher que o fitava como a uma coisa venenosa e rastejante que desprezava e queria esmagar com seu pé.

– Você viu Chester na estrada? – perguntou Thyra, dando a August a exata abertura que ele desejava. – Ele foi ao porto depois do chá para ver Joe Raymond a respeito do empréstimo do barco, mas já devia ter voltado. Não consigo imaginar o que o prende lá.

– Exatamente o que prende a maioria dos homens, com exceção de criaturas como eu, em um ou outro momento da vida. Uma moça... uma moça bonita, Thyra. Me agrada olhar para ela. Mesmo um corcunda pode usar os olhos dele, hein? Ah, ela é uma moça rara!

– Do que você está falando? – Thyra perguntou, admirada.

– De Damaris Garland, na verdade. Chester está na casa de Tom Blair nesse exato momento, conversando com ela. E olhando mais do que falando, também, disso você pode ter certeza. Bem, bem, todos nós fomos jovens uma vez, Thyra. Todos foram jovens, até mesmo o pequeno e torto August Vorst, não é mesmo?

– O que quer dizer? – disse Thyra.

Ela sentou-se numa cadeira diante dele, com as mãos cruzadas no colo. Seu rosto, sempre pálido, não havia mudado, mas os lábios estavam curiosamente lívidos. August Vorst percebeu isso e ficou contente. Também valia a pena ver a expressão nos olhos dela, se você gostava de machucar as pessoas, e esse era o único prazer da vida de August. Ele sorveria essa deliciosa taça de vingança por seus longos anos de bondade desdenhosa. Ah, ele a sorveria lentamente, a fim de prolongar sua doçura. Gole a gole, ele esfregou suas longas e finas mãos brancas, gole a gole, apreciando cada momento.

– O que eu quero dizer? Você sabe muito bem, Thyra.

– Não faço a menor ideia do que você está falando, August Vorst. Você fala do meu filho e dessa Damaris... Era esse o nome?... Damaris Garland como se eles significassem alguma coisa um para o outro. Então eu lhe pergunto: o que quer dizer com isso?

– Tsc, tsc, Thyra, não é nada tão terrível. Não há necessidade de agir assim. Os jovens serão jovens até o fim dos tempos, e não há mal algum em Chester gostar de olhar para uma donzela, não é mesmo? Ou em falar com ela. A pequena e vivaz garota, com aqueles seus lábios vermelhos! Ela e Chester formarão um belo par. Ele não é tão desagradável como homem, Thyra.

– Não sou uma mulher muito paciente, August – disse Thyra, friamente. – Eu lhe perguntei o que você quer dizer e quero uma resposta direta. Chester está na casa de Tom Blair enquanto eu fico sentada aqui, sozinha, esperando por ele?

August assentiu. Ele viu que não seria prudente brincar mais com Thyra.

– Sim, ele está. Eu estava lá antes de ele chegar. Ele e Damaris estavam sentados num canto, sozinhos, e pareciam muito satisfeitos com a companhia um do outro. Tsc, tsc, Thyra. Não fique assim. Achei que você soubesse. Não é nenhum segredo que Chester corre atrás de Damaris desde que ela se mudou para cá. Mas o que foi agora? Você não pode mantê-lo agarrado à barra da sua saia para sempre, mulher. Ele encontrará uma companheira, como tem que ser. Visto que ele é um rapaz correto e bem-feito, sem dúvida Damaris o olhará com interesse. A velha Martha Blair declarou que a garota o ama mais que a própria vida.

Thyra emitiu um som semelhante a um gemido estrangulado no meio do discurso de August. Ela ouviu o resto completamente imóvel. Quando ele terminou, ela se levantou e olhou para baixo de uma maneira que o calou.

– Você contou a notícia que veio contar e se alegrou com a desgraça alheia, agora vá embora – ela disse, lentamente.

– Ora, Thyra – ele começou, mas ela o interrompeu em tom de ameaça.

– Vá embora, eu disse! E não precisa mais trazer minha correspondência aqui. Não quero mais ver seu corpo deformado e ouvir sua língua mentirosa!

August foi embora, mas antes, na porta, ele se virou para desferir uma facada de despedida.

– Minha língua não é mentirosa, senhora Carewe. Eu lhe disse a verdade, como todos de Avonlea sabem. Chester é louco por Damaris Garland. Não é de se espantar que eu imaginasse que você sabia o que todo o vilarejo já sabe. Mas você é uma velha criatura tão ciumenta e esquisita que suponho que o garoto tenha escondido isso por medo de que você tivesse um ataque de nervos. Quanto a mim, não esquecerei que me expulsou de sua casa só porque eu lhe trouxe uma notícia que não a agradou.

Thyra não respondeu. Quando a porta se fechou atrás dele, ela a trancou e apagou a lamparina. Então se jogou no sofá, com o rosto enterrado nas almofadas, e explodiu num choro selvagem. Sua alma doía. Ela chorou tão tempestuosa e irracionalmente como os jovens costumam fazer, embora não fosse mais jovem. Parecia que ela chorava porque tinha medo de enlouquecer se parasse para pensar no que tinha ouvido. Mas, depois de um tempo, as lágrimas começaram a rarear, e ela pôs-se a lembrar amargamente, palavra por palavra, do que August Vorst havia dito.

Que o filho dela um dia olhasse com amor para uma moça era algo em que Thyra nunca havia pensado. Ela não acreditava que ele fosse capaz de amar outra pessoa que não ela mesma, que tanto o amava. E agora essa possibilidade invadia sua mente de modo sutil, frio e implacável, como um nevoeiro marítimo avançando furtivamente em direção à terra.

Ela teve Chester numa época em que a maior parte das mulheres deixava seus filhos escorregar do ventre para o mundo, com algumas lágrimas e tristezas naturais, mas contentes em deixá-los partir, após desfrutar de seus anos mais doces. A maternidade tardia de Thyra foi ainda mais intensa e ardente por causa da demora. Ela esteve muito doente quando o filho nasceu e ficou desamparada por longas semanas, durante as quais outras mulheres cuidavam de seu bebê para ela. Ela nunca foi capaz de perdoá-las por isso.

Seu marido morreu antes de Chester completar um ano. Ela colocou o filho nos seus braços moribundos e o recebeu de volta com uma última bênção. Para Thyra, aquele momento teve algo de sacramento. Era como se a criança tivesse sido duplamente entregue a ela, como se tivesse um direito exclusivo sobre ela que nada poderia apagar ou transcender.

Casamento! Ela nunca pensou que isso aconteceria com ele. Ele não viera de uma linhagem casadoura. Seu pai já tinha sessenta anos quando se casou com ela, Thyra Lincoln, que também não era mais jovem. Poucos Lincolns ou Carewes haviam se casado jovens, e muitos sequer se casaram. E, para ela, Chester ainda era seu bebê. Ele pertencia somente a ela.

E agora outra mulher ousava fitá-lo com olhos de amor. Damaris Garland! Thyra agora se lembrava de tê-la visto. Ela era recém-chegada em Avonlea, viera morar com seu tio e sua tia após a morte de sua mãe. No mês passado, Thyra a encontrara um dia na ponte. Sim, um homem poderia achá-la bonita, pois era uma moça de sobrancelhas baixas, com uma massa de cabelos ondulados louro-avermelhados e lábios vermelhos que realçavam a estranha e leitosa brancura da pele. E seus olhos (Thyra lembrou-se deles) eram cor de avelã, profundos e risonhos.

A moça passou por ela com um sorriso cheio de covinhas. Havia certa insolência em sua beleza, como se ela se mostrasse desafiadora demais para quem a contemplava. Thyra virou-se para observar a jovem e ágil criatura, imaginando quem ela poderia ser.

E esta noite, enquanto ela, sua mãe, esperava por ele no escuro e sozinha, Chester estava na casa de Blair, conversando com essa moça! Ele a amava, e não havia a menor dúvida de que era correspondido. Para Thyra, esse pensamento era mais amargo que a morte. Deixe que ela se atreva! Sua raiva estava inteiramente concentrada na moça. Ela lançou uma armadilha para pegar Chester, e ele, como um tolo, caiu, pensando, como um homem, apenas em seus grandes olhos e lábios vermelhos. Thyra pensou com ferocidade na beleza de Damaris.

– Ela não o terá – ela disse, enfatizando devagar as palavras. – Eu nunca vou cedê-lo a outra mulher, muito menos a ela. Ela não deixaria lugar algum no coração dele para mim: eu, sua mãe, que quase morreu para lhe dar vida. Ele pertence a mim! Que ela procure o filho de outra mulher, alguma que tenha muitos filhos. Ela não terá meu único filho!

Ela se levantou, enrolou um xale na cabeça e saiu para a noite sombriamente dourada. As nuvens haviam desaparecido, e a lua brilhava. O ar estava frio, cristalino como um sino. Os amieiros na margem do rio sussurraram de um modo sinistro quando ela passou por eles e entrou na ponte. Lá, ela andou de um lado a outro, fitando atentamente, com olhos apreensivos, a estrada à frente ou inclinando-se sobre as grades, contemplando a reluzente faixa prateada de luar que enfeitava as águas. Alguns transeuntes tardios que passaram por ela ficaram surpresos com a sua presença e o seu semblante. Carl White a viu e contou isso à esposa quando chegou em casa.

– Andando para lá e para cá na ponte como uma louca! A princípio, pensei que fosse a velha e louca May Blair. O que acha que ela estava fazendo lá, a essa hora da noite?

– Esperando por Ches, sem dúvida – disse Cynthia. – Ele ainda não chegou em casa. Provavelmente ele está bem confortável na casa dos Blairs. Eu me pergunto se Thyra suspeita de que ele corre atrás de Damaris. Nunca me atrevi a sugerir isso para ela. Ela seria capaz de voar no meu pescoço.

– Bem, ela escolheu uma noite bastante estranha para contemplar a lua – disse Carl, que era uma alma alegre e sossegada. – Está terrivelmente frio. Vai cair uma geada forte. É uma pena que ela não consiga entender que o garoto já é adulto e deve ter seus namoricos como os outros rapazes. Ela ainda vai enlouquecer, como sua velha avó Lincoln, se não se acalmar. Tenho vontade de ir até a ponte e conversar um pouco com ela.

– Mas de maneira alguma você fará isso! – gritou Cynthia. – É melhor deixar Thyra Carewe em paz se ela estiver transtornada. Ela é diferente de todas as mulheres de Avonlea ou de outros lugares. Seria melhor lidar com um tigre do que com ela, se estiver furiosa com Chester. Eu não invejo a vida que Damaris Garland terá se for para lá. Thyra a estrangularia mais cedo do que se imagina, creio eu.

– Vocês, mulheres, são terrivelmente duras com Thyra – disse Carl, bem-humorado. Ele também havia se apaixonado por Thyra, há muito tempo, e ainda gostava dela de maneira afável. Sempre a defendia quando as mulheres de Avonlea a criticavam. Ficou preocupado com ela a noite inteira, lembrando do modo como ela perambulava pela ponte. Ele desejou ter voltado, apesar de Cynthia.

Quando Chester resolveu voltar para casa, encontrou sua mãe na ponte. Sob o fraco, mas ainda penetrante, luar, eles eram curiosamente parecidos, embora Chester tivesse um rosto mais brando. Ele era muito bonito. Mesmo na aflição de sua dor e ciúme, Thyra ansiava pela sua beleza. Ela gostaria de erguer as mãos e acariciar o rosto dele, mas sua voz soou muito dura quando perguntou onde ele estivera até tão tarde.

– Passei na casa de Tom Blair a caminho de casa, quando saí do porto – respondeu ele, tentando prosseguir. Mas ela o segurou pelo braço.

– Você foi ver Damaris? – ela exigiu saber, ferozmente.

Chester ficou desconfortável. Por mais que ele amasse sua mãe, ele sentia, e sempre sentiu, certo medo dela e uma impaciente aversão a seus modos dramáticos de falar e agir. Ele refletiu, ressentido, que nenhum outro jovem em Avonlea que estivesse visitando amigos seria recebido por sua mãe à meia-noite e interpelado de maneira tão trágica. Ele tentou em vão afrouxar o aperto em seu braço, mas sabia muito bem que tinha de lhe dar uma resposta. Sendo extremamente direto por natureza e criação, ele disse a verdade, embora deixasse transparecer em sua voz uma irritação que jamais demonstrara para sua mãe.

– Sim – ele disse, rispidamente.

Thyra soltou o braço dele e juntou as mãos com um grito agudo. Havia uma nota selvagem nele. Ela poderia ter assassinado Damaris Garland naquele momento.

– Não fique assim, mãe – disse Chester, impacientemente. – Vamos sair do frio. Não é bom que você fique aqui. Quem andou perturbando você? E que mal teria se eu fosse ver Damaris?

– Ah! Ah! Ah! – gritou Thyra. – Eu estava esperando por você, sozinha, e você pensando apenas nela! Chester, me responda: você a ama?

O sangue aflorou rapidamente na face do rapaz. Ele resmungou algo e tentou avançar, mas ela o agarrou de novo. Ele se forçou a falar gentilmente.

– E se eu amar, mãe? Não seria algo tão terrível, seria?

– E eu? E eu? – gritou Thyra. – Então o que eu sou para você?

– Você é minha mãe. Não vou amá-la menos porque gosto de outra mulher.

– Não vou deixá-lo amar outra mulher! – ela gritou. – Eu quero todo o seu amor. Todo! O que essa aí significa para você em comparação com sua mãe? Eu tenho mais direito sobre você. Não vou entregá-lo de mão beijada.

Chester percebeu que não havia como discutir com ela nesse estado de espírito. Ele avançou, resolvido a deixar o assunto de lado até que ela estivesse mais razoável. Mas Thyra não deixou. Ela o seguiu, sob os amieiros que se amontoavam pela estradinha.

– Prometa que não irá lá novamente – ela implorou. – Prometa que você vai desistir dela.

– Não posso prometer uma coisa dessas – ele exclamou, com raiva.

A raiva dele a feriu mais do que um golpe, mas ela não recuou.

– Você está noivo dela? – ela gritou.

– Ora, mãe, fique quieta. O vilarejo inteiro vai ouvi-la. Por que você se opõe a Damaris? Você não sabe o quão doce ela é. Quando a conhecer...

– Eu nunca a conhecerei! – gritou Thyra, furiosa. – E ela não terá você! Não terá, Chester!

Ele não respondeu. De repente, ela começou a chorar e soluçar alto. Tomado de remorso, ele parou e pôs seus braços em volta dela.

– Mãe, mãe, não faça isso! Não suporto vê-la chorar assim. Mas, de fato, você está sendo irracional. Você nunca achou que chegaria a hora em que eu gostaria de me casar, como os outros homens?

– Não, não! E não vou aceitar, não posso suportar, Chester. Você tem de me prometer que não a verá novamente. Não vou entrar em casa nesta noite até você me prometer. Vou ficar aqui fora, nesse frio horrível, até me prometer que vai expulsá-la de seus pensamentos.

– Isso está além do meu poder, mãe. Ah, mãe, você está dificultando as coisas para mim. Entre, entre! Você está tremendo de frio. Vai ficar doente.

– Não darei mais um passo até que você prometa. Diga que não vai mais ver aquela moça, e faço o que você quiser. Mas, se você a preferir a mim, eu não vou entrar. Nunca mais vou entrar.

Com a maior parte das mulheres, isso seria uma ameaça vazia, mas não era o caso de Thyra, e Chester sabia disso. Ele sabia que ela manteria sua palavra. Seu temor ia além dessa ameaça. Nesse frenesi, o que ela seria capaz de fazer? Ela vinha de uma linhagem estranha, como foi dito com reprovação quando Luke Carewe se casou com ela. Havia uma tendência à insanidade nos Lincolns. Uma Lincoln havia se afogado certa vez. Chester pensou no rio e estremeceu de medo. Por um momento, até mesmo sua paixão por Damaris arrefeceu perante o laço mais antigo.

– Mãe, acalme-se. Ah, certamente não há necessidade de tudo isso! Vamos esperar até amanhã para conversar sobre isso. Vou ouvir tudo o que você tem a dizer. Entre, querida.

Thyra soltou o braço dele e recuou, dirigindo-se até um local iluminado pela lua. Fitando-o de modo trágico, ela estendeu os braços e falou lenta e solenemente:

– Chester, escolha entre nós. Se escolhê-la, irei embora nesta noite, e você nunca mais me verá!

– Mãe!

– Escolha! – ela repetiu, ferozmente.

Ele sentiu o intenso domínio que ela tinha sobre ele. Sua influência não havia sido abalada em momento algum. Durante toda a sua vida, ele jamais desobedecera a ela. E, apesar de tudo, ele amava sua mãe mais profunda e compreensivamente do que a maioria dos filhos. Percebeu que, uma vez que ela queria assim, sua escolha já havia sido feita, melhor, ele não tinha escolha.

– Farei o que você quer – ele disse, sombrio.

Ela correu para ele e o abraçou. Sem conseguir evitar sua reação, ela ria e chorava ao mesmo tempo. Tudo estava bem de novo, tudo ficaria bem; ela nunca duvidou disso, pois sabia que ele manteria inviolável sua desagradável promessa.

–Ah, meu filho, meu filho – ela murmurou. – Você teria me mandado para a morte se escolhesse de outra forma. Mas agora você é meu de novo!

Ela não percebeu que ele estava amuado, que ele se ressentia daquela injustiça com a mesma intensidade com que ela exultava. Ela não percebeu seu silêncio enquanto entravam juntos em casa. Por mais estranho que fosse, ela dormiu bem e profundamente naquela noite. Só depois de muitos dias começou a entender que, embora Chester mantivesse sua promessa ao pé da letra, estava além de seu poder mantê-la em espírito. Ela o afastara de Damaris Garland, mas não o ganhara de volta. Ele jamais voltaria a ser seu filho por completo. Havia uma barreira entre eles que nem todo o seu ardente amor poderia romper. Chester agia de maneira solene e gentil com ela, pois não era de sua natureza permanecer taciturno por muito tempo ou depositar sua própria infelicidade nos ombros de outra pessoa; além disso, ele compreendia aquela exigente afeição, mesmo em sua injustiça, e, como diziam, entender é perdoar. Mas ele a evitava, e ela sabia disso. A chama de sua raiva passou a arder amargamente em direção a Damaris.

– Ele pensa nela o tempo todo – ela queixou-se para si mesma. – Receio que um dia ele ainda vá me odiar, porque fui eu quem o fez desistir dela. Mas eu prefiro isso a compartilhá-lo com outra mulher. Ah, meu filho, meu filho!

Ela sabia que Damaris também estava sofrendo. O rosto lívido da moça lhe disse isso quando a encontrou. Mas Thyra ficou feliz. A dor em seu coração amargo diminuía ao saber que a tristeza também corroía Damaris.

Chester começou a se ausentar frequentemente de casa. Passava boa parte de seu tempo livre no porto, acompanhado de Joe Raymond e outros da mesma laia, considerados más companhias para ele, segundo os habitantes de Avonlea.

No final de novembro, ele e Joe começaram a preparar uma viagem pela costa no barco deste último. Thyra protestou, mas Chester riu do seu alarme.

Com o coração gelado de medo, Thyra o viu partir. Ela odiava o mar e sempre o temeu em todas as estações; ainda mais naquele mês traiçoeiro, com seus súbitos e violentos temporais.

Chester gostava do mar desde a infância. Ela sempre tentou sufocar essa afeição e romper suas relações com os pescadores do porto, que gostavam de levar o alegre menino em expedições de pesca. Mas o poder que ela exercia sobre ele não existia mais.

Após a partida de Chester, ela sentiu-se inquieta e infeliz, vagando de janela a janela para examinar o céu nublado e sombrio. Carl White, que viera fazer uma visita, ficou alarmado quando soube que Chester tinha ido com Joe, e não teve tato de esconder sua preocupação de Thyra.

– Não é seguro nesta época do ano – disse ele. – Ninguém esperava outra coisa do inconsequente e desajuizado Joe Raymond. Ele vai se afogar um dia desses, isso é certo como o dia. Essa loucura de contornar a costa em novembro é apenas uma amostra de suas habituais façanhas. Mas você não deveria ter deixado Chester ir, Thyra.

– Não pude impedi-lo. Independentemente do que eu dissesse, ele iria. Ele riu quando eu falei que era perigoso. Ah, ele mudou tanto! Eu sei quem é a culpada por essa mudança e a odeio por isso!

Carl encolheu seus ombros gordos. Ele sabia muito bem que Thyra estava no cerne da repentina frieza entre Chester Carewe e Damaris Garland com a qual se ocupavam as línguas de Avonlea. Ele tinha pena de Thyra também, pois havia envelhecido rapidamente no último mês.

– Você é muito dura com Chester, Thyra. Ele está fora do seu controle, agora, ou já deveria estar. Deixe-me exercer meu privilégio de velho amigo e dizer que você está no caminho errado em relação a ele. Você é muito ciumenta e exigente, Thyra.

– Você não sabe de nada. Você nunca teve um filho – disse Thyra, cruelmente, pois ela sabia que, para Carl, a falta de filhos doía como um espinho no coração. – Você não sabe o que é despejar seu amor num único ser humano e ver esse amor desprezado e ignorado!

Carl não conseguia enfrentar os humores de Thyra. Ele nunca a havia entendido, mesmo em sua juventude. Então ele foi para casa, ainda encolhendo os ombros e pensando que tinha sido bom que Thyra não o olhara com favoritismo nos velhos tempos. Cynthia era muito mais fácil de se lidar.

Naquela noite, outra pessoa além de Thyra fitava ansiosamente o mar e o céu em Avonlea. Damaris Garland escutava o rugido abafado do Atlântico no obscuro nordeste com uma premonição de desastre iminente. Os amigáveis estivadores balançavam a cabeça e diziam que teria sido melhor se Ches e Joe ficassem na boa e velha terra firme.

– É deplorável brincar assim com um temporal de novembro – disse Abel Blair. Ele era um homem velho e, durante sua vida, tinha visto coisas tristes ao longo da costa.

Thyra não conseguiu dormir naquela noite. Quando o vendaval veio uivando rio acima e fustigou a casa, ela saiu da cama e se vestiu. O vento uivava em sua janela como uma besta devoradora. Durante toda a noite, ela vagou pela casa de um lado para o outro, indo de quarto a quarto, ora torcendo as mãos com gritos altos, ora rezando em voz baixa com lábios lívidos, ora escutando com mudo sofrimento a fúria da tempestade.

O vento continuou soprando com fúria durante o dia seguinte inteiro, mas se acalmou à noite, e na segunda manhã estava calmo e favorável. O céu da costa leste formava um grande arco de cristal, todo enfeitado com rubores aurorais. Thyra, olhando pela janela da cozinha, viu um grupo de homens na ponte. Eles conversavam com Carl White, direcionando seus olhares e gestos à casa dos Carewe.

Ela saiu e foi até eles. Os que viram sua face branca e rígida jamais esqueceram aquela imagem.

– Vocês vieram me trazer uma notícia – disse ela.

Eles se entreolharam, cada homem implorando silenciosamente que seu vizinho falasse.

– Não precisam ter medo de me contar – disse Thyra calmamente. – Eu sei o que vocês vieram dizer. Meu filho se afogou.

– Não temos certeza disso, senhora Carewe – disse Abel Blair, rapidamente. – Não viemos lhe dizer o pior. Ainda há esperanças. Mas o barco de Joe Raymond foi encontrado ontem à noite, virado e encalhado na costa arenosa de Blue Point, a sessenta quilômetros daqui.

– Não fique assim, Thyra – disse Carl White, com pena. – Eles podem ter escapado, podem ter sido resgatados.

Thyra o fitou com olhos apáticos.

– Você sabe que eles não escaparam. Nenhum de vocês tem esperanças quanto a isso. Eu não tenho mais filho. O mar tomou de mim o meu lindo bebê!

Ela virou-se e voltou para sua desolada casa. Ninguém se atreveu a segui-la. Carl White foi para casa e pediu que sua esposa fosse até ela.

Cynthia encontrou Thyra sentada em sua habitual cadeira. As mãos jaziam em seu colo, com as palmas para cima. Seus olhos estavam secos e ardentes. Ela recebeu o olhar de compaixão de Cynthia com um sorriso medonho.

– Há muito tempo, Cynthia White – disse ela, lentamente –, você se irritou comigo um dia e disse que Deus havia de me punir por fazer de meu filho um ídolo e colocá-lo no lugar Dele. Você se lembra? Era verdade. Deus viu que eu amava Chester demais e quis tirá-lo de mim. Encontrei uma forma de contrariá-lo quando fiz meu filho desistir de Damaris. Mas não se pode lutar contra o Todo-Poderoso. Foi decretado que eu deveria perdê-lo, se não de um jeito, de outro. Ele foi tirado de mim por completo. Sequer terei seu túmulo para cuidar, Cynthia.

"Ela está tão perto de enlouquecer quanto qualquer louca que você já tenha visto, com aqueles olhos terríveis", Cynthia disse a Carl, mais tarde. Mas não disse isso enquanto estava lá. Embora fosse uma alma simples e superficial, ela tinha tido sua parcela de solidariedade feminina, e sua própria vida não fora livre de sofrimentos. Isso havia lhe ensinado a coisa certa a fazer nesses momentos. Ela sentou-se ao lado da criatura alquebrada e a envolveu em seus braços, enquanto apertava com seus dedos quentes as mãos frias da outra. Lágrimas afloraram em seus grandes olhos azuis, e sua voz tremeu quando ela disse:

– Thyra, eu sinto muito por você. Eu… perdi um filho uma vez, meu primogênito. E Chester era muito querido, um rapaz tão bom.

Por um momento, Thyra tentou afastar seu corpo pequeno e tenso do abraço de Cynthia. Então ela estremeceu e gritou. As lágrimas vieram, e ela chorou sua agonia no peito da outra mulher.

À medida que a má notícia se espalhava, outras mulheres de Avonlea começaram a surgir ao longo do dia, a fim de prestar suas condolências a Thyra. Muitas vieram por genuína compaixão, outras por mera curiosidade de ver como ela estava lidando com aquilo. Thyra sabia disso, mas não ficou magoada, como teria feito antes. Ela ouviu muito quieta todos os hesitantes esforços de consolá-la e os pequenos clichês com que lutavam para cobrir a nudez do luto.

Quando anoiteceu, Cynthia disse que precisava ir para casa, mas que mandaria uma de suas meninas passar a noite com ela.

– É melhor que você não fique sozinha – disse ela.

Thyra ergueu a cabeça e a fitou com firmeza.

– Sim. Mas eu quero que você mande chamar Damaris Garland.

– Damaris Garland! – Cynthia repetiu o nome como se não acreditasse em seus próprios ouvidos. Nunca havia como saber que capricho passaria pela cabeça de Thyra, mas Cynthia não esperava isso.

– Sim. Diga-lhe que eu quero vê-la, que ela precisa vir. Ela deve me odiar amargamente, mas já fui punida o bastante para satisfazer até mesmo seu ódio. Diga-lhe para vir até mim, por Chester.

Cynthia fez o que lhe foi pedido, enviando sua filha, Jeanette, para buscar Damaris. E então esperou. Independentemente dos deveres que a exigiam em casa, ela precisava testemunhar a conversa entre Thyra e Damaris. A curiosidade de Cynthia White deveria ser satisfeita.

Ela tinha se saído muito bem o dia inteiro, mas seria pedir demais esperar que ela considerasse o encontro dessas duas mulheres algo sagrado a seus olhos.

Ela tinha quase certeza de que Damaris se recusaria a vir. Mas Damaris veio. Jeanette a trouxe em meio ao brilho flamejante de um crepúsculo de novembro. Thyra se levantou, e por um momento as duas se encararam.

A beleza de Damaris havia perdido sua insolência. Seus olhos estavam opacos e inchados de tanto chorar, seus lábios estavam pálidos, e seu rosto perdera o ar risonho e as covinhas. Apenas o cabelo, escapando do xale com o qual ela o envolvera, transbordava no quente esplendor da luz poente e emoldurava seu rosto pálido como a auréola de uma madona. Thyra ergueu o rosto e teve um sobressalto de remorso. Esta não era a criatura radiante que ela vira na ponte, naquela tarde de verão. Isso era... era... culpa *dela*. Ela estendeu os braços.

– Oh, Damaris, me perdoe. Nós duas o amamos, e isso deve ser um vínculo entre nós para toda a vida.

Damaris deu um passo à frente e abraçou a mulher mais velha, erguendo seu rosto. Quando seus lábios se encontraram, Cynthia White percebeu que não deveria estar ali. Ela descontou a irritação do seu constrangimento na inocente Jeanette.

– Vamos embora – ela sussurrou, zangada. – Não vê que não somos necessárias aqui?

Ela puxou Jeanette para fora, deixando Thyra embalar Damaris em seus braços e cantar baixinho como uma mãe com a filha.

Quando dezembro chegou, Damaris ainda estava com Thyra. Acordou-se que ela deveria permanecer lá até o inverno, pelo menos. Thyra não podia suportar que ela saísse do seu campo de visão. Elas conversavam constantemente sobre Chester; Thyra confessou toda a sua raiva e seu ódio. Damaris a perdoou, mas Thyra jamais poderia se perdoar. Ela estava muito mudada, e agora era muito amável e terna.

Até mandou chamar August Vorst e implorou que ele a perdoasse pelo modo como falara com ele.

O inverno chegou mais tarde naquele ano, e a estação foi muito amena. Não havia neve no chão e, um mês após o barco de Joe Raymond ter sido arremessado na costa arenosa de Blue Point, Thyra, vagando pelo jardim, encontrou amores-perfeitos florescendo sob as folhas emaranhadas. Ela estava colhendo alguns para Damaris quando ouviu o barulho de uma carroça passar pela ponte e subir a estrada branca, oculta de seus olhos pelos amieiros e abetos. Alguns minutos depois, ela viu Carl e Cynthia atravessar apressadamente o pátio, sob a enorme árvore de bálsamo. O rosto de Carl estava vermelho, e seu grande corpo tremia de emoção. Cynthia corria atrás dele, com lágrimas escorrendo pelo rosto.

Thyra sentiu um arrepio de medo. Algo acontecera com Damaris? Mas ela vislumbrou a moça costurando, através da janela superior da casa, e isso a tranquilizou.

– Ah, Thyra, Thyra! – arquejou Cynthia.

– Está pronta para receber boas notícias, Thyra? – perguntou Carl, com uma voz trêmula. – Notícias muito, muito boas!

Thyra olhou ansiosamente de um para o outro.

– Para mim, há apenas uma coisa que você ousaria chamar de boa notícia – ela exclamou. – É sobre... sobre...

– Chester! Sim, é sobre Chester! Thyra, ele está vivo. Ele está seguro; ambos, ele e Joe, graças a Deus! Cynthia, prepare-se para ampará-la!

– Não, eu não vou desmaiar – disse Thyra, apoiando-se no ombro de Cynthia. – Meu filho está vivo! Como você soube? Como isso aconteceu? Onde ele esteve?

– Ouvi falar no porto, Thyra. O navio de Mike McCready, o *Nora Lee*, acabou de voltar das Ilhas Madalenas. Ches e Joe foram lançados ao mar na noite da tempestade, mas, de algum modo, eles se agarraram ao barco e, ao amanhecer, foram apanhados pelo *Nora Lee*, cujo destino era Québec. Mas o navio foi danificado pela tempestade e tirado de seu curso. Teve de parar nas Ilhas Madalenas para reparos e esteve lá esse tempo todo. O telégrafo das ilhas não estava funcionando, e nenhuma embarcação vai até lá nessa época do ano levar correspondências. Se o inverno não tivesse sido brando, o *Nora Lee* não teria conseguido zarpar e ficaria até a primavera. Você não imagina com que alegria o *Nora Lee* foi recebido no porto, nessa manhã, quando chegou com as bandeiras içadas no topo de mastro.

– E Chester, onde ele está? – demandou Thyra.

Carl e Cynthia se entreolharam.

– Bem, Thyra – disse a última –, o fato é que, nesse abençoado minuto, ele está bem ali no nosso pátio. Carl o trouxe para casa, mas eu não quis que ele viesse até a prepararmos para isso. Ele está esperando por você lá.

Thyra fez menção de correr em direção ao portão. Então ela se virou, e seu rosto radiante se conteve.

– Não, há alguém que merece mais vê-lo primeiro. Posso reparar meu erro para com ele. Graças a Deus, posso reparar meu erro!

Ela entrou em casa e chamou Damaris. Quando a moça desceu as escadas, Thyra estendeu as mãos com uma maravilhosa luz de alegria e renúncia na face.

– Damaris – disse ela –, Chester voltou para nós. O mar devolveu-o para nós. Ele está na casa de Carl White. Vá até ele, minha filha, e traga-o para mim!

A educação
de Betty

Quando Sara Currie se casou com Jack Churchill, fiquei de coração partido... Ou achei que fiquei, o que, para um rapaz de vinte e dois anos, é praticamente a mesma coisa. Não que eu tenha antecipado meu êxito amoroso; esse nunca foi o modo de agir dos Douglas, eu apenas contive meus sentimentos para honrar meu nome e seguir a tradição da família. Pensei, na época, que ninguém além de Sara soubesse, mas ouso dizer agora que Jack também sabia, pois creio que Sara não tenha conseguido evitar de contar a ele. Se ele sabia, no entanto, não deixou transparecer e nunca me insultou com qualquer piedade implícita; muito pelo contrário, ele me pediu para ser seu padrinho. Jack sempre teve brio.

Eu fui o padrinho. Jack e eu sempre fomos amigos do peito e, embora eu tivesse perdido minha amada, não tinha a menor intenção de perder também o amigo. Sara fez uma sábia escolha, pois Jack era duas vezes o homem que eu era; ele teve de trabalhar para viver, o que talvez tenha colaborado para isso.

Dessa maneira dancei no casamento de Sara como se meu coração estivesse tão leve quanto meus pés, mas, depois que ela e Jack se instalaram em Glenby, fechei o The Maples e fui para o exterior.

Eu era, afinal de contas, como já mencionei, um daqueles desafortunados mortais que não precisam consultar ninguém, além de seus próprios caprichos em matéria de tempo e dinheiro. Fiquei fora por dez anos, durante os quais The Maples ficou entregue às mariposas e à ferrugem, enquanto eu aproveitava a vida em outro lugar. Gostei imensamente disso, mas sempre sob protesto, pois achava que um homem de coração partido não deveria se divertir tanto quanto eu. Isso abalou meu senso de adequação e tentei moderar meu entusiasmo, pensar mais no passado. Não adiantou nada; o presente insistia em ser intrusivo e agradável; e quanto ao futuro... Bem, não havia futuro.

E então Jack Churchill, meu pobre amigo, morreu. Um ano após sua morte, fui para casa e, mais uma vez, pedi a Sara que se casasse comigo, pois me senti moralmente obrigado a fazer isso. Sara recusou novamente, alegando que seu coração fora enterrado no túmulo de Jack, ou algo semelhante. Descobri que isso não tinha muita importância para mim. É claro que, aos trinta e dois, não levamos as coisas tão a sério como aos vinte e dois. Eu tinha o bastante para me ocupar, pois precisava colocar The Maples para funcionar e começar a educar Betty.

Betty, a filha de dez anos de Sara, era uma completa mimada. Ou seja, fazia tudo o que queria e, tendo herdado a predileção do pai por atividades ao ar livre, simplesmente crescera sem nenhum controle. Era uma completa moleca, uma coisinha magra e ossuda, com algum traço da beleza de Sara. Betty havia puxado a família do pai, em que todos eram altos e morenos, e, na primeira vez em que a vi, ela parecia ser toda pernas e pescoço. Havia alguns pontos sobre ela, porém, que eu considerava promissores. Ela tinha lindos olhos amendoados, cor de avelã, os menores e mais bem-feitos pés e mãos que eu já vi, e duas enormes tranças de grossos cabelos castanhos.

Em memória de Jack, decidi criar sua filha de forma adequada. Sara não conseguia fazer isso nem tentava mais. Percebi que, se alguém não se encarregasse de Betty com sabedoria e firmeza, ela certamente seria arruinada. Aparentemente não havia ninguém, além de mim, interessado na questão, então resolvi ver o que um velho solteirão conseguia fazer com relação à educação feminina. Eu podia ser o pai dela, embora não fosse, ele tinha sido meu melhor amigo. Quem teria mais direito de cuidar de sua filha? Eu decidi ser um pai para Betty e fazer por ela tudo o que o mais devotado dos pais poderia fazer. Era, lógico, meu dever.

Eu disse a Sara que iria me encarregar de Betty. Sara soltou um daqueles pequenos suspiros queixosos que antes eu considerava tão charmosos, mas que agora, para minha surpresa, achei ligeiramente irritante, e disse que ela ficaria muito grata se eu o fizesse.

– Sinto que não sou capaz de lidar com o problema da educação de Betty, Stephen – ela admitiu. – Betty é uma criança estranha... Puxou totalmente aos Churchills. Seu pobre pai a mimou demais, e ela é extremamente voluntariosa, eu lhe garanto. Realmente não tenho nenhum controle sobre ela. Ela faz o que bem entende e está arruinando sua aparência correndo e galopando ao ar livre o tempo inteiro. Não que ela seja lá muito atraente. Os Churchills nunca foram, você sabe. – Sara lançou um olhar complacente a seu delicado reflexo colorido no espelho. – Tentei fazer Betty usar um chapéu para protegê-la do sol neste verão, mas era como se eu estivesse falando com uma parede.

A visão de Betty de chapéu surgiu em minha mente e me proporcionou tanta diversão que eu agradeci a Sara por tê-la fornecido. Eu a recompensei com um elogio.

– É lamentável que Betty não tenha herdado a cor encantadora de sua mãe – eu disse. – Mas temos que fazer o melhor possível por ela, dentro de suas limitações. Talvez, quando crescer, ela já esteja muito melhor. E devemos, pelo menos, fazer dela uma dama; ela é uma tremenda moleca, no momento, mas há um bom material para se trabalhar... Não há como ser diferente, pois ela é uma mistura de Churchill e Currie. Mas mesmo o melhor material pode ser estragado com um manuseio imprudente. Creio que posso prometer que não vou estragá-lo. Eu sinto que Betty é minha vocação e me colocarei como rival da "natureza" de Wordsworth, por cujos métodos sempre senti uma incontestável desconfiança, apesar de seus versos insidiosos.

Sara não compreendeu nada do que eu disse; mas também não fingiu fazê-lo.

– Confio a educação de Betty apenas a você, Stephen – disse ela, com outro suspiro melancólico. – Estou certa de que não poderia colocá-la em melhores mãos. Você sempre foi uma pessoa inteiramente confiável.

Bem, isso era uma espécie de recompensa pela devoção de uma vida toda. Fiquei satisfeito com minha posição de consultor-chefe não oficial de Sara e autonomeado guardião de Betty. Também senti que, para o fomento da causa que eu assumira, tinha sido bom Sara se recusar novamente a casar comigo. Eu tinha um sexto sentido que me informava que um velho e sério amigo da família poderia ter êxito com Betty, o que fatalmente não ocorreria com um padrasto. A lealdade de Betty à memória de seu pai era apaixonada e veemente; ela veria seu substituto com ressentimento e desconfiança; mas um velho e familiar camarada era uma pessoa que ela aceitaria em seu coração.

Felizmente, para o sucesso da minha empreitada, Betty gostava de mim. Ela me disse isso com a mesma atraente candura que teria usado para informar que me odiava, se fosse o caso, e com absoluta franqueza:

– Você é um dos adultos mais simpáticos que eu conheço, Stephen. Sim, você é um sujeito espetacular!

Isso tornou minha tarefa relativamente fácil; às vezes eu tenho um calafrio quando penso no que teria acontecido se Betty não achasse que eu era "um sujeito espetacular". Eu insistiria, porque essa era a minha tarefa, mas ela teria feito da minha vida um inferno. Betty tinha uma surpreendente capacidade de atormentar as pessoas quando queria pressioná-las; eu certamente não teria gostado de ser incluído entre os inimigos dela.

Fui até Glenby na manhã seguinte, após minha conversa paternal com Sara, no intuito de ter uma conversa franca com Betty e estabelecer os fundamentos de um bom entendimento de ambos os lados. Ela era uma criança esperta, com um jeito desconcertante de farejar subterfúgios; com certeza perceberia e provavelmente se ressentiria se alguém tentasse controlá-la ardilosamente. Achei melhor lhe dizer às claras que eu cuidaria dela.

Quando, no entanto, encontrei Betty correndo selvagemente pela alameda das faias com dois cachorros, os cabelos soltos esvoaçando atrás dela como uma bandeira de independência, e eu a ergui, sem chapéu e sem fôlego, colocando-a na minha frente, sobre minha égua, descobri que Sara havia me poupado de explicar a situação a ela.

– Mamãe disse que você vai cuidar da minha educação, Stephen – disse Betty, assim que foi capaz de falar. – Fico feliz, pois acho que você tem um bocado de bom senso para um velho. Suponho que alguém devesse cuidar da minha educação, num momento ou outro, e eu prefiro que você faça isso, mais do que qualquer outra pessoa que eu conheça.

– Obrigado, Betty – eu disse gravemente. – Espero merecer sua boa opinião sobre minha sensatez. Suponho que vai fazer o que eu lhe digo e seguir os meus conselhos em tudo.

– Sim, eu vou – disse Betty – Porque estou certa de que você não vai me dizer para fazer uma coisa que eu realmente odeie fazer. Não vai me trancar numa sala e me fazer costurar, não é? Porque eu não vou fazer isso.

Eu lhe assegurei que não.

– Nem me mandar para um internato – prosseguiu Betty. – Mamãe está sempre ameaçando me enviar para um. Imagino que ela teria feito isso antes se não soubesse que eu fugiria. Você não vai me mandar para um internato, vai, Stephen? Porque eu não vou.

– Não – eu disse, gentilmente. – Não vou fazer isso. Eu jamais sonharia em prender uma coisinha selvagem como você num internato. Você morreria de tristeza, como uma cotovia na gaiola.

– Sei que você e eu vamos nos dar esplendidamente bem, Stephen – disse Betty, esfregando atrevidamente sua bochecha morena no meu ombro. – Você é tão bom em compreender as pessoas. Pouquíssimas pessoas são. Até meu querido pai não me entendia. Ele me deixava fazer o que eu queria só porque eu queria, não porque compreendesse de fato que eu não conseguia ser obediente e brincar com bonecas. Eu detesto bonecas! Bebês de verdade são bonitinhos, mas cachorros e cavalos são muito melhores do que bonecas.

– Mas você precisa ter aulas, Betty. Vou selecionar seus professores e supervisionar seus estudos, e espero que você me dê crédito quanto a isso, assim como com relação a outras coisas.

– Vou tentar, Stephen, juro que vou – declarou Betty. E ela manteve sua palavra.

A princípio, eu via a educação de Betty como um dever; em pouquíssimo tempo, tornou-se um prazer, o mais profundo e duradouro interesse da minha vida. Como eu tinha previsto, Betty era um bom material para se trabalhar e respondeu a meu treinamento com gratificante maleabilidade. Dia após dia, semana após semana, mês após mês, seu caráter e temperamento se desdobravam com naturalidade sob meu olhar atento. Era como contemplar o gradual desenvolvimento de uma flor rara de jardim. Um pouco de supervisão e poda aqui, a cuidadosa capacitação do broto da gavinha acolá, e eis a recompensa da graça e simetria!

Betty cresceu como eu gostaria que a filha de Jack Churchill crescesse: vivaz e orgulhosa, com o belo caráter e o gracioso orgulho de uma mulher pura, leal e amorosa, com a lealdade e o amor de uma natureza franca e intocada; fiel a seu coração, detestando falsidades e mentiras, um espelho que refletia a moça mais transparente que um homem já viu. Eu olhava para ela e via uma auréola que me deixava envergonhado de não ser mais digno dela. Betty era amável o bastante para dizer que eu havia lhe ensinado tudo o que ela sabia. Mas e o que ela havia me ensinado? Se havia uma dívida entre nós, eu é que estava em débito.

Sara estava razoavelmente satisfeita. Não era minha culpa se Betty não estava mais bonita, ela disse. Certamente eu havia feito tudo o que podia por sua mente e personalidade. Os modos de Sara sugeriam que esses detalhes sem importância não contavam muito, em comparação com a falta de uma pele branca e rosada e cotovelos com covinhas, mas ela era generosa o suficiente para não me culpar.

– Quando Betty tiver vinte e cinco anos – eu disse, pacientemente, como me acostumara a fazer com Sara –, ela será uma mulher magnífica, muito mais bonita do que você, Sara, no auge de sua beleza branca e rosada. Minha querida senhora, o que há com seus olhos que não a deixam ver a promessa de beleza em Betty?

– Betty tem dezessete anos e é tão magricela e queimada de sol quanto antes – suspirou Sara. – Quando eu tinha dezessete anos, era a mais bela do condado e já tinha recebido cinco propostas de casamento. Não creio que a ideia de um pretendente tenha passado pela cabeça de Betty.

– Espero que não – falei secamente. Por algum motivo, eu não gostei da sugestão. – Betty ainda é uma criança. Pelo amor de Deus, Sara, não coloque ideias absurdas na cabeça dela.

– Receio não poder – lamentou Sara, como se isso fosse algo a se lamentar. – Você encheu a cabeça dela de livros e coisas semelhantes. Eu tenho completa confiança em seu julgamento, Stephen, e você realmente fez maravilhas com Betty. Mas não acha que a deixou inteligente demais? Homens não gostam de mulheres muito inteligentes. Ora, seu pobre pai… ele sempre dizia que uma mulher que gostava mais de livros do que de namorados era uma criatura anormal.

Eu não acreditei que Jack houvesse dito algo tão tolo. Sara imaginou coisas. Mas fiquei aborrecido com a acusação de sabichona lançada sobre Betty.

– Quando chegar a hora de Betty pensar em pretendentes – eu disse, com severidade –, ela provavelmente lhes dará a devida atenção. No momento, é muito melhor que sua cabeça seja preenchida com livros do que com fantasias e sentimentalismos prematuros e tolos. Eu sou um sujeito bastante crítico, mas estou satisfeito com Betty, Sara, plenamente satisfeito.

Sara suspirou.

– Ah, ouso dizer que ela está indo bem, Stephen. E eu sou realmente grata a você. Estou certa de que eu não teria conseguido fazer nada com ela. Não é sua culpa, é claro – mas eu não posso evitar desejar que ela fosse um pouco mais como as outras moças.

Deixei Glenby imediatamente, galopando em completa fúria. Que bênção Sara não ter se casado comigo em minha absurda juventude! Ela teria me deixado louco com seus suspiros, sua obtusidade e sua eterna obsessão por peles brancas e rosadas. Mas tentei me acalmar – vamos, calma, seja mais gentil! Ela era uma mulher bondosa e amável; ela tinha feito Jack feliz; e havia conseguido, sabe Deus como, trazer ao mundo uma criatura rara como Betty. Por tudo isso, eu devia perdoá-la. Assim que cheguei a The Maples e me joguei na velha, confortável e singular cadeira que havia em minha biblioteca, eu a perdoei e até lhe concedi a honra de pensar seriamente sobre o que ela havia dito.

Betty era realmente diferente das outras garotas? Ou seja, diferente em algum aspecto que lhe faria falta? Eu não desejava isso; embora eu fosse um velho solteirão empedernido, eu apreciava as peculiaridades juvenis e achava que as moças tinham as mais doces qualidades que o bom Deus havia criado. Eu queria que Betty vivenciasse a juventude por completo, em todas as suas melhores e mais elevadas manifestações. Faltara alguma coisa?

Passei a observar Betty com muita atenção durante cerca de uma semana, indo a cavalo até Glenby todos os dias e voltando à noite, quando então meditava sobre minhas impressões. Concluí, finalmente, que deveria pôr em prática algo que eu nunca pensara em fazer. Eu mandaria Betty para um internato por um ano. Era necessário que ela aprendesse a viver com outras garotas.

Fui até Glenby no dia seguinte e encontrei Betty no gramado, sob as faias, recém-chegada de um galope. Estava montada na égua malhada que eu lhe dera no aniversário passado e ria das trapalhadas dos alegres cães à sua volta. Eu a fitei com grande satisfação; alegrou-me ver o quão infantil ela era, não, o quão totalmente infantil ainda era, a despeito da grande estatura dos Churchills. Seu cabelo, sob o boné de veludo, ainda caía pelos ombros nas mesmas tranças grossas; seu rosto tinha a firme esbeltez da adolescência, mas suas curvas eram muito bonitas e delicadas. A pele morena, que tanto preocupava Sara, estava corada com o galope; seus olhos escuros e amendoados guardavam a bela inconsciência da infância. E, acima de tudo, sua alma ainda era a alma de uma criança. Eu me vi desejando que ela continuasse assim para sempre. Mas sabia que isso não era possível, a mulher deve florescer algum dia; e era meu dever garantir que o botão chegasse um dia a ser uma flor.

Quando eu disse a Betty que ela deveria ir para um internato por um ano, ela deu de ombros, franziu a testa e assentiu. Betty aprendeu que deveria concordar com o que eu determinasse, mesmo quando minhas determinações se opunham a seus gostos, como outrora ela acreditou afetuosamente que jamais aconteceria. Mas Betty tinha adquirido uma maravilhosa confiança em mim, a ponto de aceitar tudo o que eu ordenava.

– Eu vou, é claro, se você deseja, Stephen – disse ela. – Mas por que você quer eu vá? Deve haver um motivo. Você sempre tem um motivo para tudo o que faz. E qual é?

– Você é quem deve descobrir, Betty – eu disse. – Quando voltar, já terá descoberto, creio eu. Se isso não ocorrer, não terá se provado um bom motivo e será esquecido.

Quando Betty partiu, eu me despedi sem sobrecarregá-la com conselhos inúteis.

– Escreva para mim toda semana e lembre-se de que você é Betty Churchill – eu disse.

Betty estava de pé nos degraus superiores, entre seus cães. Ela desceu um degrau e pôs os braços em volta do meu pescoço.

– Lembrarei que você é meu amigo e que devo corresponder às suas expectativas – disse ela. – Adeus, Stephen.

Ela me beijou duas ou três vezes; foram beijos genuínos, calorosos! Eu não disse que ela ainda era uma criança? E ficou acenando enquanto eu me afastava a cavalo. Olhei para trás no fim da alameda e lá estava ela, de saia curta e sem chapéu, diante do sol poente com aqueles olhos destemidos. Foi a última vez em que vi a criança Betty.

Foi um ano solitário. Minha ocupação se fora e comecei a temer que houvesse sobrevivido à minha utilidade. A vida parecia insípida, sem graça e inútil. As cartas semanais de Betty eram a única coisa que lhe conferia algum sabor. Elas eram muito irônicas e sarcásticas. Descobri que Betty tinha o inesperado talento de redigir epístolas. No começo, ela ficou triste e com saudades de casa e implorou que eu a deixasse voltar. Quando recusei, foi incrivelmente difícil fazê-lo, pois ela ficou amuada por três cartas, depois se animou e começou a se divertir. Mas foi quase no final do ano que ela escreveu:

"Descobri por que você me mandou para cá, Stephen e estou feliz que você tenha feito isso."

No dia em que Betty voltou para Glenby, eu tive que me ausentar de casa por causa de negócios inevitáveis. Mas, na tarde seguinte, fui visitá-la. Soube que Betty havia saído, mas que Sara estava lá. Ela estava radiante. Betty havia melhorado tanto, ela declarou, encantada. Disse que dificilmente eu reconheceria a "querida menina".

Isso me deixou terrivelmente assustado. O que diabos eles tinham feito com Betty? Soube que ela tinha subido até os pinheirais para uma caminhada, e rapidamente me apressei para alcançá-la. Quando a vi descer por uma passagem comprida marrom-dourada, eu me escondi atrás de uma árvore para observá-la. Eu desejava vê-la sem ser visto. Quando ela se aproximou, eu a fitei com orgulho, admiração e espanto.

E, sob tudo isso, um estranho, terrível e comovente sentimento, que eu não conseguia entender e que jamais eu havia experimentado em toda a minha vida; não, nem mesmo quando Sara me recusou.

Betty era uma mulher! Não em virtude do vestido branco e simples, que delineava sua figura alta e esbelta, revelando linhas de extraordinária graça e flexibilidade; não em virtude do brilhante volume de cabelos castanho-escuros, empilhado no alto da cabeça em lindos e brilhantes cachos; não em virtude da adicional suavidade de curvas e elegância de silhueta; não em virtude disso tudo, mas por causa do ar sonhador, maravilhado e interrogativo que eu via em seus olhos. Ela era uma mulher que, inconscientemente, iniciara sua busca por amor.

A compreensão da sua mudança me atingiu com um choque que deve ter me deixado, creio eu, bastante pálido. Eu estava contente. Ela era o que eu desejava que ela se tornasse. Mas eu queria a Betty criança de volta; essa Betty mulher parecia distante de mim.

Dei um passo à frente, para que ela me visse, e seu rosto se iluminou por completo. Ela não correu e se jogou nos meus braços, como faria um ano atrás, mas veio em minha direção rapidamente, estendendo a mão. Achei que Betty tinha ficado um pouco pálida quando me viu, mas depois concluí que havia me enganado, pois em seu rosto havia um maravilhoso amanhecer de cores. Peguei sua mão; não houve beijos dessa vez.

– Seja bem-vinda, Betty – eu disse.

– Ah, Stephen, é tão bom estar de volta – ela ofegou, com os olhos brilhando.

Ela não disse que era bom me ver de novo, como eu esperava que ela fizesse. Na verdade, um minuto após nos cumprimentarmos, ela pareceu um pouco fria e distante. Caminhamos entre os pinheiros e conversamos por uma hora. Betty era brilhante, espirituosa, segura de si, completamente encantadora. Achei que ela era perfeita e, no entanto, meu coração doía. Que gloriosa jovem ela era, em sua esplêndida juventude! Seria um prêmio para algum homem de sorte – mas que diabos! Que pensamento inoportuno! Sem dúvida, Glenby estaria em breve infestada de pretendentes. Eu iria tropeçar em jovens desesperados a cada passo! Bem, mas e daí? Betty se casaria, é claro. Seria meu dever garantir que ela conseguisse um bom marido, alguém que estivesse à sua altura. Constatei que preferia o antigo dever de supervisionar os estudos. Mas era tudo a mesma coisa, um mero curso de pós-graduação em conhecimento aplicado. Quando ela começasse a aprender a maior lição da vida, o amor, eu, o velho e experiente amigo da família e mentor, deveria estar por perto para ver se o professor era o que eu gostaria que fosse, mesmo que antes eu escolhesse apenas seu instrutor de francês e botânica. Então, e só então, a educação de Betty estaria completa.

Voltei para casa com sobriedade. Quando cheguei a The Maples, fiz o que não fazia há anos: mirei o espelho, com um olhar crítico. A percepção de que eu havia envelhecido me atingiu com uma nova e desagradável força. Havia rugas no meu rosto magro e brilhos prateados no cabelo escuro sobre minhas têmporas.

Quando Betty tinha dez anos, ela me considerava "uma pessoa idosa". Agora, aos dezoito, provavelmente me achava um verdadeiro ancião. Ora essa, e que importância isso tinha? E ainda... Eu pensei nela como eu a tinha visto, de pé sob os pinheiros, e algo frio e doloroso apertou meu coração.

Minhas premonições sobre os pretendentes se provaram corretas. Glenby logo ficou infestada deles. Sabe Deus de onde eles vinham. Eu não imaginava que havia um quarto de rapazes em todo o condado, mas lá estavam eles. Sara estava no céu de tanta felicidade. Não é que Betty virara, por fim, a mais bela? E quanto às propostas... Bem, Betty nunca contou seus escalpos em público, mas de vez em quando um jovem visitante desistia e não era mais visto em Glenby. Pode-se adivinhar o que isso significava.

Aparentemente, Betty gostava de fazer isso. Lamento dizer, mas ela era um pouco coquete. Tentei curá-la desse grave defeito, mas pela primeira vez descobri que havia assumido algo que não poderia cumprir. Em vão, eu lhe dei um sermão, e Betty apenas riu; em vão, eu a repreendi solenemente, Betty apenas flertou com mais vivacidade do que antes. Os homens iam e vinham, mas Betty podia continuar com aquilo para sempre. Eu aguentei esse tipo de coisa por um ano e então decidi que era hora de interferir seriamente. Precisava encontrar um marido para Betty... Meu dever paternal não seria cumprido até que eu tivesse... Não, na verdade, meu dever era para com a sociedade. Não era seguro ter uma pessoa como ela à solta.

Nenhum dos homens que assombravam Glenby era bom o suficiente para ela. Eu decidi que meu sobrinho, Frank, seria perfeito. Ele era um ótimo jovem, bonito, honesto e determinado. Do ponto de vista mundano, ele era o que Sara chamaria de um excelente partido; ele possuía dinheiro, posição social e a reputação de um jovem e inteligente advogado em ascensão. Sim, cheguei à conclusão de que ele deveria se casar com Betty, por mais que eu o maldissesse por isso!

Eles ainda não se conheciam. Coloquei imediatamente o meu plano em prática. Quanto antes acabasse todo esse transtorno, melhor. Eu detestava transtornos, e haveria um bocado disso. Mesmo assim, dediquei-me à tarefa como um bem-sucedido casamenteiro. Convidei Frank para visitar The Maples e, antes que ele viesse, conversei muito sobre ele com Betty... Mas não em exagero... Fiz criteriosos elogios sobre a sua pessoa e misturei-os a censuras ainda mais criteriosas. As mulheres não gostam de um homem exemplar. Betty me escutou com mais gravidade do que costumava conceder a minhas dissertações sobre jovens pretendentes. Ela até mesmo dignou-se a fazer várias perguntas sobre ele. Achei que isso era um bom sinal.

Para Frank, eu não disse uma palavra sobre Betty; quando ele veio para The Maples, eu o levei até Glenby e, encontrando Betty passeando entre as faias, no pôr do sol, eu o apresentei sem nenhum aviso.

Ele teria sido inumano se não se apaixonasse por ela naquele exato momento. Não havia homem que pudesse resistir a ela... àquela amostra delicada e sedutora de feminilidade. Ela estava toda de branco, com flores no cabelo, e, por um momento, eu teria assassinado Frank ou qualquer outro homem que se atrevesse a cometer o sacrilégio de amá-la.

Então eu me recompus e os deixei sozinhos. Eu poderia ter entrado e conversado com Sara... dois velhos amigos relembrando cortesmente a juventude, enquanto os jovens flertavam lá fora... Mas não fiz isso. Fiquei rondando pelo pinheiral e tentei esquecer o quão bonito e jovial era o rapaz de cabelos cacheados, Frank, e o lampejo que surgiu em seus olhos quando ele viu Betty. Bem, mas e daí? Não tinha sido para isso que eu o trouxera? E eu não estava satisfeito com o sucesso do meu plano? Certamente eu estava! Deliciado!

No dia seguinte, Frank foi a Glenby sem se dar ao trabalho de inventar uma desculpa esfarrapada para que eu o acompanhasse. Passei o tempo de sua ausência supervisionando a construção de uma nova estufa que estava construindo. Eu era consciencioso em minha supervisão, mas não sentia o menor interesse por ela. O lugar estava sendo construído para abrigar rosas, e as flores me fizeram pensar nas rosas amarelo-claras que Betty usara no peito numa determinada noite, na semana anterior, quando todos os pretendentes estavam inexplicavelmente ausentes. Caminhamos juntos sob os pinheiros e conversamos como nos velhos tempos, antes de sua condição de mulher aflorar e meus cabelos grisalhos se revoltarem para nos dividir. Ela deixara uma rosa cair no chão marrom e eu voltei sorrateiramente ao local, após deixar Betty em casa, para pegá-la, antes de voltar para casa. E agora ela estava no meu bolso. Mas que diabos, um futuro tio não pode nutrir uma afeição familiar por sua futura sobrinha?

A corte de Frank pareceu prosperar. Os outros jovens galanteadores que haviam assombrado Glenby desapareceram depois de seu advento. Betty o tratou com a mais encorajadora doçura; Sara sorriu para ele;

eu fiquei nos bastidores, como um benevolente *deus ex machina*, e me congratulei por ter puxado as cordinhas.

No fim de um mês, algo deu errado. Certo dia, Frank chegou em casa muito triste, vindo de Glenby, e ficou amuado por dois dias inteiros. Fui visitá-la no terceiro. Eu não tinha ido muito a Glenby naquele mês; mas, se havia problemas na Bettylândia, era meu dever apaziguar os ânimos.

Como sempre, encontrei Betty no pinheiral. Achei que ela parecia um tanto pálida e melancólica... Estava aflita por causa de Frank, sem dúvida. Ela se animou quando me viu, evidentemente esperando que eu tivesse vindo para resolver o problema; contudo, ela fingiu arrogância e indiferença.

– Fico feliz que não tenha nos esquecido completamente, Stephen – disse ela, com frieza. – Faz uma semana que você não vem.

– Estou lisonjeado que tenha notado – eu disse, sentando numa árvore caída e erguendo a cabeça para vê-la, alta e flexível, recostada num pinheiro velho, com seus olhos alheios. – Pensei que você não fosse gostar de um velho retrógrado como eu fazendo perguntas e estragando o idílico momento amoroso dos jovens.

– Por que você sempre se refere a si mesmo como velho? – perguntou Betty, irritada, ignorando minha referência a Frank.

– Porque eu sou velho, minha querida. Veja esses cabelos grisalhos.

Eu levantei meu chapéu para mostrá-los de forma mais imprudente. Betty mal olhou para eles.

– Você tem o bastante para lhe dar uma aparência distinta – disse ela. – E você tem apenas quarenta. Um homem está no seu auge aos quarenta. Ele não tem o menor juízo até essa idade e, às vezes, até depois dela – concluiu ela, impertinentemente.

Meu coração disparou. Betty suspeitava de algo? Será que a última frase pretendia me informar que ela estava ciente da minha loucura secreta e ria disso?

– Eu vim para ver o que houve de errado entre você e Frank – eu disse, gravemente.

Betty mordeu os lábios.

– Nada – respondeu ela.

– Betty – eu disse, com reprovação –, eu a eduquei... ou tentei educá-la... para falar a verdade, toda a verdade, e nada além da verdade. Não me diga que eu falhei. Vou lhe dar outra chance. Você brigou com Frank?

– Não – disse a enfurecida Betty. – *Ele* brigou comigo. Ele foi embora de mau humor e não me importo se ele nunca mais voltar!

Eu balancei a cabeça.

– Isso não é bom, Betty. Como um velho amigo da família, eu ainda reivindico o direito de repreendê-la até que você tenha um marido para fazê-lo. Não atormente o Frank. Ele é um rapaz muito bom. Você deve se casar com ele, Betty.

– Eu devo? – perguntou Betty, com um vermelho sombrio e flamejante aflorando na bochecha. Ela me fitou de modo extremamente desconcertante. – Você deseja que eu me case com Frank, Stephen?

Betty tinha o péssimo hábito de enfatizar os pronomes de maneira calculada a incomodar as pessoas.

– Sim, eu desejo, pois creio que será melhor para você – respondi, sem olhar para ela. – Você deve se casar em algum momento, Betty, e Frank é o único homem que eu conheço a quem eu poderia confiá-la. Como seu tutor, tenho interesse em vê-la bem e com a vida sabiamente resolvida. Você sempre seguiu meus conselhos e obedeceu aos meus desejos; e sempre aprovou minha maneira de fazer as coisas, a longo prazo, não é mesmo, Betty? Estou certo de que não vai se rebelar agora. Você sabe muito bem que eu a estou aconselhando para o seu próprio bem. Frank é um rapaz esplêndido, que a ama de todo coração. Case-se com ele, Betty. Isso é um pedido, não uma ordem. Não tenho o direito de fazer isso, e você é velha demais para receber ordens, de qualquer maneira. Mas é o que eu desejo e aconselho. Não é o bastante, Betty?

Enquanto falei, não olhei para ela, e fitei com determinação uma paisagem de pinheiros ensolarada. Cada palavra que eu dizia parecia dilacerar meu coração e sair dos meus lábios manchada com o sangue da vida. Sim, Betty deveria se casar com Frank! Mas, ó Deus, o que seria de mim?

Betty deixou sua posição debaixo do pinheiro e caminhou em minha direção, até ficar face a face comigo. Não pude deixar de olhá-la, pois, se eu movesse meus olhos, ela também moveria. Não havia nada de dócil ou submisso nela; sua cabeça estava erguida, seus olhos chamejavam e suas bochechas estavam em brasas. Mas suas palavras foram bastante dóceis.

– Vou me casar com Frank se você quiser, Stephen – ela disse. – Você é meu amigo. Eu nunca recusei seus desejos e, como você diz, nunca me arrependi de ter sido guiada por eles. Farei exatamente o você deseja também nesse caso, eu prometo. Mas, de maneira muito solene, preciso ter certeza de que é isso que você deseja. Não pode haver dúvida em minha mente ou meu coração. Olhe-me diretamente nos olhos, Stephen, como você não fez uma única vez hoje, não, uma única vez desde que eu voltei para casa, após a escola, e, enquanto me olha, diga que você deseja que eu case com Frank Douglas e eu farei isso! Você *deseja*, Stephen?

Tive que olhá-la nos olhos, já que nada a convenceria do contrário; e, ao fazê-lo, todo o poder da masculinidade que havia em mim ergueu-se em furiosa revolta contra a mentira que eu iria contar a ela. O seu olhar inabalável e encorajador arrancou a verdade dos meus lábios, apesar de meus esforços.

– Não, eu não desejo que você se case com Frank Douglas, mil vezes não! – eu disse, apaixonadamente. – Não quero que você se case com mais ninguém na Terra, a não ser comigo. Eu amo você, eu amo você, Betty. Você é mais importante para mim do que minha própria vida. Mais importante do que minha própria felicidade. Foi na sua felicidade que eu pensei, e então pedi que se casasse com Frank porque acreditava que ele a faria feliz. Isso é tudo!

Toda a rebeldia de Betty apagou-se num assoprar de chama. Ela se virou e baixou a cabeça, orgulhosa.

– Eu não poderia ser uma mulher feliz se me casasse com um homem, amando outro – ela disse, num sussurro.

Levantei-me e fui até ela.

– Betty, quem você ama? – eu perguntei, também num sussurro.

– Você – ela murmurou docilmente... tão docilmente, minha orgulhosa garotinha!

– Betty – eu disse –, eu sou velho. Velho demais para você, tenho mais de vinte anos a mais que você. Eu sou...

– Ah! – Betty virou-se para mim e bateu o pé. – Não mencione sua idade para mim novamente. Eu não me importo se você é velho como Matusalém. Mas não vou convencê-lo a se casar comigo, senhor! Se não quiser, não me casarei com mais ninguém. Vou viver e morrer como uma velha solteirona. Faça como quiser, é claro!

Ela virou-se, meio rindo, meio chorando, mas eu a tomei em meus braços e esmaguei seus doces lábios contra os meus.

– Betty, sou o homem mais feliz do mundo. Mas eu era o mais infeliz quando vinha aqui.

– Você mereceu – disse Betty, cruel. – Fico feliz que tenha se sentido assim. Qualquer homem estúpido como você merece ser infeliz. Como acha que eu me senti, amando-o de todo o coração, e vendo você simplesmente me jogar nos braços de outro homem? Ora, eu sempre o amei, Stephen; mas eu não sabia disso até ir para aquela escola detestável. Então, pensei que tinha sido por isso que você me enviou para lá. Mas, quando voltei para casa, você quase partiu meu coração. Era por isso que eu flertava tanto com todos aqueles pobres e respeitáveis rapazes. Eu queria machucá-lo, mas nunca pensei que tivesse conseguido. Você simplesmente continuou agindo de modo paternal. Então, quando você trouxe Frank aqui, eu quase perdi as esperanças e tentei me convencer a me casar com ele; e eu teria feito isso se você insistisse. Mas eu precisava tentar mais uma vez pôr a minha felicidade em primeiro lugar. Eu tinha apenas uma pequena esperança para me inspirar com sua ousadia. Eu o vi, naquela noite, quando você voltou aqui e pegou a minha rosa! Eu também voltei naquela noite, para ficar sozinha e infeliz.

– É a coisa mais maravilhosa que já me aconteceu: você me amar – eu disse.

– Não é. Eu não pude evitar – disse Betty, aninhando sua cabeça castanha no meu ombro. – Você me ensinou tudo, Stephen, então ninguém, a não ser você, poderia me ensinar a amar. Você me educou por completo.

– Quando vai se casar comigo, Betty? – eu perguntei.

– Assim que eu conseguir perdoá-lo por tentar me fazer casar com outra pessoa – disse Betty.

Quando penso nisso, imagino que deve ter sido um tanto difícil para Frank. Mas a verdade é que fomos egoístas, como é típico da natureza humana, e não pensamos muito em Frank. O jovem rapaz se comportou como o Douglas que era. Quando contei a ele, seus lábios ficaram ligeiramente lívidos, então ele desejou-me toda a felicidade do mundo e foi embora silenciosamente, como um "cavalheiro destemido".

Depois ele se casou e, pelo que sei, é muito feliz. Não tão feliz quanto eu, é claro; isso é impossível, pois existe apenas uma Betty no mundo, e ela é a minha esposa.

Do seu modo altruísta

O vento forte de maio daquele início de noite agitou as cortinas do aposento onde Naomi Holland jazia moribunda. O ar estava úmido e frio, mas a mulher doente não queria a janela fechada.

– Eu não consigo respirar se você tapar todas as frestas – ela disse. – Independentemente do que acontecer, não quero sufocar até a morte, Car'line Holland.

Do lado de fora da janela havia uma cerejeira polvilhada de brotos úmidos, prometendo flores que ela não viveria para ver. Entre seus galhos, ela viu um pedaço claro de céu sobre as colinas, que começavam a ficar escuras e roxas. O ar exterior estava repleto de doces e salutares sons de primavera, que periodicamente penetravam no quarto. Havia vozes e assobios no curral e, de vez em quando, uma risada baixa. Um pássaro pousou por um momento num galho de cerejeira e piou, inquieto. Naomi soube que brumas brancas pairavam em buracos silenciosos, que o bordo no portão estava coberto de sombrias flores vermelhas e que estrelas violetas lançavam seu brilho azulado nos riachos.

O quarto era pequeno e simples. O chão estava vazio, exceto por um par de tapetes trançados, o reboco, desbotado, e as paredes brancas, encardidas. Nunca houve muita beleza na vida de Naomi Holland e, agora que ela estava morrendo, havia ainda menos.

Um garoto de cerca de dez anos se debruçava sobre o peitoril da janela aberta e assobiava. Ele era alto para a sua idade e bonito – tinha o cabelo brilhante e ondulado, de um ruivo escuro, pele muito branca e corada, pequenos olhos verde-azulados, com enormes pupilas e cílios longos. Ele tinha um queixo diminuto e uma boca carnuda, emburrada.

A cama estava no canto mais distante da janela; nela, a mulher doente, apesar da dor que sentia constantemente, jazia quieta e imóvel como sempre, desde que se deitara pela última vez. Naomi Holland nunca reclamava; quando a dor tornava-se insuportável, ela cerrava os dentes ainda mais firmemente sobre os lábios exangues, e seus grandes olhos negros encaravam a parede vazia de uma maneira que fazia com que seus ajudantes sentissem "arrepios", mas nenhuma palavra ou gemido escapava dela.

Nos intervalos entre as convulsões, ela mantinha um grande interesse pela vida que passava à sua volta. Nada escapava a seus olhos e ouvidos, que eram aguçados e alertas. Naquela noite, ficou deitada nos travesseiros amarfanhados; ela tinha passado mal à tarde e por isso estava muito fraca. Na penumbra, sua face extremamente comprida já parecia cadavérica. Seu cabelo negro caía numa pesada trança sobre o travesseiro e a colcha. Era tudo o que restava de sua beleza, e ela sentia uma alegria feroz com ele. Aqueles cachos longos, brilhantes e sinuosos deviam ser penteados e trançados todos os dias, independentemente do que acontecesse.

Uma menina de catorze anos estava enroscada numa cadeira perto da cabeceira da cama, com sua cabeça descansando no travesseiro. O garoto à janela era seu meio-irmão; mas entre Christopher Holland e Eunice Carr não havia a menor semelhança.

Nesse momento, o silêncio sibilante foi quebrado por um soluço baixo e meio sufocado. A mulher doente, que estivera observando uma estrela vespertina branca através dos galhos de cerejeira, virou-se impaciente com o som.

– Eu gostaria que você superasse isso, Eunice – ela disse, bruscamente. – Não quero ninguém chorando em cima de mim enquanto ainda estou viva; depois disso você terá muito o que fazer, provavelmente. De qualquer maneira, se não fosse por Christopher, eu não estaria relutante em morrer. Quando alguém teve uma vida como a minha, não há muito o que temer na morte. Só digo que gostaria de morrer imediatamente, e não pouco a pouco, desse modo. Não é justo!

Ela soltou a última frase como se a endereçasse a alguma presença invisível e tirânica; sua voz, pelo menos, não havia enfraquecido, pois estava tão clara e incisiva como sempre. O garoto na janela parou de assobiar, e a menina enxugou silenciosamente os olhos em seu avental xadrez desbotado.

Naomi trouxe seu cabelo até os lábios e o beijou.

– Você jamais terá um cabelo assim, Eunice – disse ela. – Parece bonito demais para ser enterrado, não é? Lembre-se de garantir que ele esteja bem arrumado quando for me vestir para o funeral. Penteie-o e faça uma trança no topo na minha cabeça.

Um som, como de um animal ferido, brotou da garota, mas no mesmo momento a porta se abriu e uma mulher entrou.

– Chris – ela disse rispidamente –, vá imediatamente alimentar as vacas, seu patifezinho preguiçoso! Sabe muito bem que já deveria ter feito isso e ficou aqui vadiando, enquanto eu o procurava para cima e para baixo. Apresse-se agora; está ridiculamente tarde.

O garoto tirou a cabeça da janela e fez uma careta para a tia, mas não ousou desobedecer a ela, e saiu devagar, com um murmúrio mal-humorado.

Sua tia refreou um movimento que, de outro modo, teria se transformado num sonoro tabefe nas orelhas, com um olhar um tanto quanto assustado para a cama. Naomi Holland estava cansada e agonizante, mas seu temperamento ainda era motivo de terror, e sua cunhada preferia não o provocar dando um tapa em Christopher. Para ela e a outra enfermeira, os espasmos de raiva que a doente às vezes tinha pareciam semelhantes a uma possessão demoníaca. O último ataque, apenas três dias atrás, tinha sido provocado pelas queixas de Christopher quanto a alguns maus-tratos reais ou imaginários perpetuados pela tia, e esta última não tinha a menor intenção de ocasionar outro. Ela foi até a cama e ajeitou os lençóis.

– Sarah e eu vamos sair para ordenhar o leite, Naomi. Eunice ficará com você. Ela pode nos chamar se você sentir outro espasmo chegar.

Naomi Holland olhou para a cunhada com maliciosa satisfação.

– Não vou ter mais ataques, Car'line Anne. Vou morrer nesta noite. Mas você não precisa se apressar em ordenhar a vaca, de forma alguma. Vai demorar um pouco.

Ela gostava de ver o alarme surgir no rosto da outra mulher. Valia muitíssimo a pena assustar Caroline Holland desse modo.

– Está se sentindo pior, Naomi? – perguntou esta última, trêmula.
– Se estiver, vou pedir a Charles para buscar o médico.

– Não, não vai. Que bem o médico poderia me fazer? Não quero a permissão dele nem de Charles para morrer. Você pode ir e ordenhar à vontade. Eu não vou morrer até você terminar. Não vou privá-la do prazer de me ver.

A senhora Holland comprimiu os lábios e saiu do aposento com uma expressão de mártir. De certa forma, Naomi Holland não era uma paciente exigente, mas tirava sua satisfação das palavras mordazes e maliciosas que jamais deixava de pronunciar. Mesmo em seu leito de morte, sua hostilidade para com a cunhada precisava ser descarregada.

Do lado de fora, nos degraus, Sarah Spencer esperava, com os baldes de leite nos braços. Sarah Spencer não possuía residência fixa, mas sempre podia ser encontrada onde havia doença. Sua experiência e ausência total de nervosismo fizeram dela uma boa enfermeira. Ela era uma mulher alta e despretensiosa, com cabelos cinzentos e um rosto enrugado. Ao lado dela, a pequena e esbelta Caroline Anne, com seu passo leve e o rosto redondo, vermelho como uma maçã, quase parecia uma menina.

As duas mulheres foram até o curral, falando sobre Naomi em voz baixa, enquanto caminhavam. A casa que elas deixaram para trás ficou muito silenciosa.

No quarto de Naomi Holland, as sombras estavam se reunindo. Eunice se inclinou timidamente sobre a mãe.

– Mãe, quer que eu acenda uma vela?

– Não, estou observando a estrela logo abaixo daquele enorme galho de cerejeira. Quero vê-la sumir por detrás da colina. Eu faço isso de tempos em tempos, já faz doze anos, e agora estou me despedindo dela. Também quero que você fique quieta. Tenho algumas coisas em que pensar e não quero ser perturbada.

A menina levantou-se em silêncio e pôs as mãos na coluna da cama. Então enterrou o rosto nelas, mordendo-as sem fazer barulho até as marcas dos dentes surgirem, brancas, contra a aspereza vermelha das mãos.

Naomi Holland não a notou. Ela olhava com firmeza para o grande clarão perolado no céu esmaecido. Quando ele finalmente sumiu de vista, ela juntou sofregamente suas longas e finas mãos por duas vezes, e, por um momento, uma expressão terrível surgiu em seu rosto. Mas, quando ela falou, sua voz estava bastante calma.

– Você pode acender a vela agora, Eunice. Coloque-a naquela prateleira ali, onde ela não machuca meus olhos. E depois sente-se ao pé da cama, onde eu possa ver você. Tenho algo a lhe dizer.

Eunice obedeceu a ela em silêncio. Quando a luz pálida surgiu, a criança foi revelada claramente. Ela era magra e deformada, com um ombro ligeiramente mais alto que o outro. Era morena como a mãe, mas suas feições eram irregulares, e seus cabelos caíam em mechas escuras e dispersas sobre o rosto. Os olhos eram castanho-escuros, e sobre um deles havia a cicatriz vermelha e oblíqua de uma marca de nascença.

Naomi Holland a fitou com o desprezo que nunca fizera questão de esconder. A menina era carne da sua carne e sangue do seu sangue, mas ela nunca a amara; todo o amor de mãe que havia nela fora dissipado no filho.

Quando Eunice havia colocado a vela na prateleira e puxado as feias cortinas azuis de papel, ocultando as faixas de céu violeta, onde uma série de pontos cintilantes estavam agora visíveis, sentou-se ao pé da cama, de frente para a mãe.

– A porta está fechada, não está, Eunice?

Eunice assentiu.

– Porque eu não quero Car'line ou mais ninguém espiando e ouvindo o que eu tenho a dizer. Ela está ordenhando agora, e preciso aproveitar ao máximo essa chance. Eunice, eu vou morrer e...

– Mãe!

– Acalme-se, agora, não adianta lutar! Você sabia que isso aconteceria em breve. Não tenho forças para falar muito, então quero que você fique quieta e ouça. Não estou sentindo nenhuma dor agora, então eu consigo pensar e falar com clareza. Está ouvindo, Eunice?

– Sim, mãe.

– Preste atenção. É sobre Christopher. Eu só penso nisso desde que me deitei aqui. Há um ano que eu luto para viver, por causa dele, e de nada adiantou. Eu preciso morrer e deixá-lo, mas não sei o que será dele. É terrível pensar nisso.

Ela fez uma pausa e bateu a mão encolhida com força contra a mesa.

– Se ele fosse maior e pudesse cuidar de si, não seria tão ruim. Mas ele é apenas um rapazinho, e Car'line o odeia. Vocês dois terão que viver com ela até crescerem. Ela vai zombar dele, maltratá-lo. Ele é como o pai em alguns aspectos: tem o gênio forte e é teimoso. Ele nunca vai se dar bem com Car'line. Agora, Eunice, quero que você prometa ocupar meu lugar com Christopher quando eu morrer, na medida do possível. Você já cuida dele; é o seu dever. Mas eu quero que você prometa.

– Eu prometo, mãe – sussurrou a menina, solenemente.

– Você não tem muita força, nunca teve. Se fosse esperta, poderia fazer muito por ele. Mas terá que fazer o seu melhor. Quero que você me prometa fielmente que vai ficar por ele e protegê-lo; que não vai permitir que as pessoas se imponham sobre ele; que você jamais o abandonará, enquanto ele precisar de você, não importa o que aconteça. Eunice, prometa-me isso!

Em sua excitação, a mulher doente se levantou na cama e apertou o braço fino da menina. Seus olhos flamejavam, e duas manchas escarlates brilhavam nas bochechas finas.

O rosto de Eunice estava branco e tenso. Ela juntou as mãos como numa oração.

– Mãe, eu prometo!

Naomi relaxou o aperto no braço da menina e recostou-se, exausta, no travesseiro. Um olhar de morte surgiu em seu rosto quando a emoção se dissipou.

– Minha mente está mais calma agora. Mas seria tão bom se eu pudesse viver mais um ou dois anos! E eu odeio Car'line, odeio! Eunice, nunca a deixe maltratar meu garoto! Se ela fizer isso, ou você negligenciá-lo, eu voltarei do meu túmulo por você! Quanto à propriedade, está tudo arranjado. Já cuidei disso. Não haverá discussões e tentativas de privar Christopher dos seus direitos. Ele vai ficar com a fazenda, assim que tiver idade o bastante para trabalhar, e vai sustentar você. Eunice, lembre-se do que prometeu!

Lá fora, no denso crepúsculo, Caroline Holland e Sarah Spencer estavam no galpão de ordenha, coando o leite e colocando-o em jarros de creme, para os quais Christopher estava soturnamente bombeando água. A casa ficava longe da estrada, no final de uma longa travessa vermelha; atravessando o campo, havia a antiga fazenda dos Hollands, onde Caroline morava; sua cunhada solteira, Electa Holland, cuidava da casa para ela, enquanto ela cuidava de Naomi.

Era a sua noite de ir para casa e dormir, mas as palavras de Naomi a assombraram, embora acreditasse que elas tinham nascido de pura "rabugice".

– É melhor você entrar e dar uma olhada nela, Sarah – disse ela, enquanto lavava os baldes. – Se achar melhor que eu fique aqui nesta noite, eu fico. Se essa mulher fosse como os outros, uma pessoa saberia o que fazer, mas, se ela acha que pode nos assustar dizendo que vai morrer, está enganada.

Quando Sarah entrou, o quarto da doente estava muito quieto. Na sua opinião, Naomi não estava pior do que o habitual, e disse isso a Caroline, mas esta última parecia vagamente desconfortável e decidiu que passaria a noite.

Naomi estava tão fria e desafiadora quanto de costume. Ela as fez trazer Christopher para lhe dizer boa-noite e erguê-lo à altura da cama para beijá-lo. Então ela o segurou e fitou-o com admiração – os cachos brilhantes, as bochechas rosadas, os membros redondos e firmes. O garoto ficou desconfortável com aquele olhar e se desvencilhou com rapidez. Seus olhos o seguiram avidamente enquanto ele saía. Quando a porta se fechou atrás dele, ela gemeu. Sarah Spencer ficou alarmada. Ela nunca ouvira Naomi Holland gemer desde que viera cuidar dela.

– Está se sentindo pior, Naomi? A dor está voltando?

– Não. Vá e diga a Car'line para pôr um pouco daquela geleia de uva no pão de Christopher, antes dele ir para a cama. Ela vai encontrá-la no armário embaixo da escada.

Logo a casa ficou muito silenciosa. Caroline adormeceu na sala de estar do outro lado do corredor. Sarah Spencer cabeceava sobre o tricô, junto à mesa do quarto da doente. Ela tinha dito a Eunice para ir dormir, mas a criança se recusou. Ainda estava encolhida ao pé da cama, observando atentamente o rosto da mãe. Naomi parecia dormir. A vela ardeu por muito tempo, e o pavio foi coroado por um pequeno gorro, de um vermelho ardente, que parecia observar Eunice como um duende travesso. A luz trêmula lançava sombras grotescas da cabeça de Sarah Spencer na parede. As cortinas finas da janela esvoaçavam de um lado para outro, como se sacudidas por mãos fantasmagóricas.

À meia-noite, Naomi Holland abriu os olhos. A criança que ela nunca amou era a única a vê-la partir para o limite do invisível.

– Eunice, lembre-se!

Foi um sussurro muito baixo. A alma, prestes a cruzar o limiar de outra vida, voltara para seu único laço terreno, a fim de lembrá-lo de sua promessa. Um tremor passou pelo rosto comprido e pálido.

Um grito horrível ecoou pela casa silenciosa. Sarah Spencer despertou consternada de seu cochilo e olhou inexpressivamente para a criança que gritava. Caroline veio correndo, com os olhos inchados. Na cama, Naomi Holland estava morta.

No aposento onde havia morrido, Naomi Holland jazia em seu caixão. Estava escuro e silencioso, mas, no resto da casa, os preparativos para o funeral estavam sendo feitos às pressas. Eunice circulava em meio a eles, calma e calada. Desde seu único e violento acesso de choro, no leito de morte de sua mãe, ela não havia derramado lágrimas nem dado sinais de pesar. Talvez, como sua mãe havia dito, ela não tivesse tempo para isso. Havia Christopher para cuidar. A dor do garoto era turbulenta e incontrolável. Ele havia chorado até ficar completamente exausto. Foi Eunice quem o acalmou, persuadiu-o a comer e o manteve constantemente a seu lado. À noite, ela o levou para seu próprio quarto e velou seu sono.

Quando o funeral terminou, os móveis da casa foram guardados ou vendidos. A casa foi trancada, e a fazenda, alugada. As crianças não tinham para onde ir, exceto para a casa do tio. Caroline Holland não as queria, mas, sendo obrigada a aceitá-las, decidiu sombriamente cumprir o que ela considerava seu dever para com eles. Ela já tinha cinco filhos, e entre eles e Christopher existia uma rixa permanente desde o momento em que ele começou a andar.

Ela nunca gostou de Naomi. Poucas pessoas gostavam. Benjamin Holland se casou tarde, e sua esposa imediatamente declarou guerra à sua família. Ela era uma estranha em Avonlea, uma viúva com uma filha de três anos. Fez poucos amigos, pois algumas pessoas garantiam que ela não era muito boa da cabeça.

Dentro de um ano de seu segundo casamento, Christopher nasceu e, no minuto do seu nascimento, sua mãe passou a adorá-lo cegamente.

Ele era seu único consolo. Por ele, ela labutava, apertava os cintos e economizava. Benjamin Holland não era muito "econômico" quando ela se casou com ele, mas, quando ele morreu, seis anos após o casamento, era um homem rico.

Naomi não fingiu chorar por ele. Era de conhecimento geral que eles brigavam feito gato e rato. Charles Holland e sua esposa naturalmente ficavam do lado de Benjamin, e Naomi travou suas batalhas sozinha. Após a morte do marido, ela administrou a fazenda sozinha e conseguiu bons rendimentos. Quando a doença misteriosa que acabaria com sua vida acometeu-a, ela a combateu com toda a força e teimosia de sua natureza forte e teimosa. Sua determinação lhe rendeu um ano a mais de vida, e então ela teve que ceder. Ela provou a amargura da morte no dia em que se deitou na cama e viu sua inimiga chegar e governar sua casa.

Mas Caroline Holland não era má ou cruel. É verdade que ela não amava Naomi ou os filhos desta, mas a mulher estava morrendo, e ela precisava cuidar dela por humanidade. Caroline achava que fizera bem à sua cunhada.

Quando a lápide vermelha de argila foi erguida sobre o túmulo de Naomi no cemitério de Avonlea, Caroline levou Eunice e Christopher para casa com ela. Christopher não queria ir; foi Eunice quem o convenceu. Ele se agarrou a ela com exigente afeição, nascida da solidão e tristeza.

Nos dias que se seguiram, Caroline Holland foi obrigada a confessar a si mesma que não haveria o que fazer com Christopher, se não fosse por Eunice. O menino era taciturno e obstinado, mas sua irmã exercia uma influência infalível sobre ele.

Na família de Charles Holland, ninguém podia comer o pão da ociosidade. Ele só tinha tido filhas, e Christopher revelou-se útil nos afazeres domésticos. Eles o puseram para trabalhar, talvez até demais. Mas Eunice o ajudava e fazia metade do trabalho dele quando ninguém estava olhando. Quando ele brigava com as primas, ela tomava seu partido; sempre que possível, ela assumia a culpa e o castigo pelas transgressões dele.

Electa Holland era a irmã solteira de Charles. Ela havia cuidado da casa para Benjamin até ele se casar; então Naomi a expulsou. Electa nunca a perdoou por isso. Seu ódio passou para os filhos de Naomi. Ela obtinha sua vingança punindo-os por qualquer trivialidade. Eunice suportava tudo pacientemente, mas, quando se tratava de Christopher, a coisa era diferente.

Certa vez, Electa dera um safanão nas orelhas de Christopher. Eunice, que tricotava junto à mesa, levantou-se de imediato. Uma semelhança com a mãe, nunca antes vista, surgiu em seu rosto como uma marca. Ela ergueu a mão e, de propósito, deu dois tapas em Electa, deixando uma vívida marca vermelha no local.

– Se bater no meu irmão de novo – ela disse, lenta e vingativamente –, vou esbofeteá-la toda vez que fizer isso. Você não tem o direito de encostar nele.

– Minha nossa, quanta raiva! – disse Electa. – Naomi Holland jamais morrerá enquanto você estiver viva!

Ela contou o caso a Charles, e Eunice foi severamente punida. Mas Electa nunca mais tocou em Christopher novamente.

Todos os elementos discordantes na família Holland não impediram as crianças de crescer. Foi uma consumação pela qual a atormentada Caroline secretamente ansiava. Quando Christopher Holland fez dezessete anos, já era um homem feito, um jovem alto, robusto. Sua beleza infantil havia endurecido, mas muitos o consideravam um belo rapaz.

Ele assumiu o comando da fazenda da mãe, e irmão e irmã começaram sua nova vida juntos na casa há tempos vazia. Não houve muita tristeza, de ambos os lados, quando eles deixaram o teto de Charles Holland. Em seu coração, Eunice sentiu um alívio indescritível.

No ano anterior, Christopher tinha sido "difícil de administrar", como dizia seu tio. Ele estava adquirindo o hábito de ficar acordado até tarde e andar com companhias duvidosas. Isso sempre provocava uma explosão de fúria em Charles Holland, e os conflitos entre ele e seu sobrinho tornaram-se frequentes e penosos.

Por quatro anos após seu retorno para casa, Eunice teve uma vida dura e aflitiva. Christopher era preguiçoso e dissoluto. A maioria das pessoas o considerava um sujeito inútil, e seu tio lavou totalmente as mãos quanto a ele. Somente Eunice nunca o abandonou, jamais o censurou ou criticou e trabalhou como uma escrava para manter as coisas em ordem. Eventualmente, sua paciência prevaleceu. Christopher quase sempre se emendava e começou a trabalhar com mais afinco. Ele nunca era indelicado com Eunice, mesmo em seus ataques de fúria. Não era do feitio dele apreciar ou retribuir a devoção que a irmã lhe dedicava, mas sua tolerante aceitação era o consolo dela.

Quando Eunice tinha vinte e oito anos, Edward Bell quis se casar com ela. Ele era um simples viúvo de meia-idade com quatro filhos; contudo, como Caroline não deixou de lembrá-la, a própria Eunice não era grande coisa, e a primeira fez o possível para acertar o casamento. E teria conseguido se não fosse por Christopher. Quando, apesar das hábeis artimanhas de Caroline, ele percebeu o que estava acontecendo, teve um típico ataque de fúria Holland. Se Eunice se casasse e o deixasse, ele venderia a fazenda e iria com o diabo para o Klondike. Disse que não conseguiria e não queria fazer nada sem ela. Nenhum arranjo sugerido por Caroline serviu para acalmá-lo e, no final, Eunice se recusou a casar com Edward Bell. Ela não podia deixar Christopher, disse simplesmente, e manteve-se firme como uma rocha. Caroline não conseguiu dissuadi-la de maneira alguma.

– Você é uma tola, Eunice – disse ela, quando foi obrigada a desistir, sem esperanças. – Provavelmente jamais haverá outra chance como essa. Quanto a Chris, em um ou dois anos ele estará se casando, e então o que será de você? Você será lindamente escorraçada quando ele trouxer uma esposa para cá.

O pretendente foi embora. Eunice apertou os lábios até ficarem brancos. Mas ela disse, fracamente:

– A casa é grande o bastante para todos nós se acontecer isso.

Caroline fungou.

– Talvez. Você vai descobrir. No entanto, não adianta falar. Você é tão teimosa quanto sua mãe, e nunca algo a faria mudar de ideia. Só espero que você não se arrependa disso.

Quando mais três anos se passaram, Christopher começou a cortejar Victoria Pye. O caso continuou por algum tempo antes que Eunice ou os Hollands descobrissem. Quando isso ocorreu, houve uma violenta comoção. Entre os Hollands e os Pyes, havia uma antiga contenda que remontava as três gerações. Que a causa original da briga estivesse totalmente esquecida não importava; na família, era motivo de orgulho um Holland não se relacionar com um Pye.

Quando Christopher pulou tão abertamente nos braços desse ódio acalentado, a única reação possível foi consternação. Charles Holland rompeu sua determinação de não interagir com Christopher para protestar. Caroline foi até Eunice balbuciando como se Christopher fosse seu próprio irmão.

Eunice não podia se importar menos com a disputa entre os Hollands e os Pyes. Para ela, Victoria significava o mesmo que qualquer outra moça em quem Christopher botasse os olhos – uma substituta. Pela primeira vez na vida, ela foi tomada por um fervoroso ciúme; sua existência tornou-se um pesadelo. Encorajada por Caroline e por sua própria dor, ela também se arriscou a reclamar com Christopher. Ela havia esperado uma explosão de raiva, mas ele estava surpreendentemente bem-humorado. Pareceu até divertido.

– O que você tem contra Victoria? – ele perguntou, tolerante.

Eunice não soube o que responder. Em verdade, nada podia ser dito contra a moça. Ela se sentiu impotente e confusa. Christopher riu de seu silêncio.

– Acho que você está com um pouco de ciúme – disse ele. – Era de se esperar que eu me casasse um dia. Esta casa é grande o bastante para todos nós. É melhor enxergar a situação sensatamente, Eunice. Não deixe Charles e Caroline colocarem besteiras na sua cabeça. Um homem deve casar para se satisfazer.

Naquela noite, Christopher ficou fora até tarde. Eunice esperou por ele, como sempre fazia. Era uma fria noite de primavera, o que a fez se lembrar da noite em que sua mãe morrera. A cozinha estava impecavelmente limpa, e ela se sentou numa cadeira de espaldar duro próxima à janela, a fim de aguardar o irmão.

Ela não quis acender uma lamparina. O luar iluminava fracamente o ambiente. Lá fora, um vento sugestivamente perfumado soprava sobre um novo canteiro de hortelã no jardim. Era um jardim muito antiquado, cheio de plantas perenes que Naomi Holland havia plantado muito tempo atrás. Eunice sempre o mantinha meticulosamente arrumado. Ela trabalhara nele naquele mesmo dia e estava cansada.

Estava completamente sozinha na casa, e a solidão a preencheu com um vago pavor. Ela tentara o dia inteiro se acostumar com a ideia do casamento de Christopher e parcialmente conseguira. Ela disse a si mesma que ainda podia cuidar dele e do seu conforto. Ela até tentaria amar Victoria; afinal, talvez fosse agradável ter outra mulher em casa. Então, sentada ali, ela alimentou sua alma faminta com essas migalhas de consolo.

Quando ouviu os passos de Christopher, ela apressou-se em pegar uma lamparina. Ele franziu a testa quando a viu; sempre ficava incomodado quando ela esperava por ele. Sentou-se perto do fogão e tirou as botas, enquanto Eunice preparava sua comida. Depois de comer em silêncio, ele não fez menção de ir para a cama. Um medo gelado, premonitório, invadiu Eunice. Ela não ficou surpresa quando Christopher por fim disse, abruptamente:

– Eunice, pretendo me casar nesta primavera.

Eunice juntou as mãos debaixo da mesa. Era o que ela havia esperado. Ela disse isso, com uma voz monótona.

– Temos que fazer alguns arranjos para... para você, Eunice – prosseguiu Christopher, de maneira apressada, hesitante, mantendo os olhos fixos no prato. – Victoria não gosta muito... bem, ela acha melhor que os jovens casais comecem a vida sem interferência, e acho que ela está certa. Você não acharia confortável, de qualquer maneira, ficar em segundo plano após ser a dona da casa por tanto tempo.

Eunice tentou falar, mas somente um murmúrio indistinto saiu de seus lábios exangues. O som fez Christopher olhar para cima. Algo em seu rosto o irritou. Ele empurrou sua cadeira para trás, com impaciência.

– Agora, Eunice, nem tente discutir. Não vai adiantar. Veja a coisa de maneira sensata. Gosto de você, e tudo mais, mas um homem deve colocar a esposa em primeiro lugar. Vou lhe arrumar um lugar confortável.

– Você quer dizer que sua esposa vai me expulsar? – perguntou Eunice, com as palavras saindo em arquejos.

Christopher franziu as sobrancelhas avermelhadas.

– Só quero dizer que Victoria falou que não se casará comigo se tiver que morar com você. Ela tem medo de você. Eu disse a ela que você não iria incomodá-la, mas ela não se convenceu. A culpa é sua, Eunice. Sempre foi tão esquisita e apegada a mim que as pessoas acham que você é uma mulher horrorosa e excêntrica. Victoria é jovem e alegre, e vocês duas não vão se dar bem. Não é questão de expulsar ninguém. Vou construir uma casinha para você em algum lugar, e você será muito mais feliz lá do que aqui. Então não faça um escândalo.

Eunice não parecia prestes a fazer um escândalo. Ficou sentada como se tivesse sido transformada em pedra, com as palmas das mãos pousadas no colo, viradas para cima. Christopher se levantou, extremamente aliviado que a desagradável explicação houvesse terminado.

– Acho que vou para a cama. Você já devia ter ido embora há muito tempo. É uma grande bobagem essa sua mania de ficar me esperando.

Depois que ele saiu, Eunice respirou fundo, entre soluços, e olhou à sua volta como uma alma atordoada. Toda a tristeza de sua vida não era nada em comparação com a desolação que a acometia agora.

Levantou-se e, com passos incertos, atravessou o corredor e entrou no quarto onde sua mãe morrera. Sempre o mantinha trancado e intacto; estava exatamente como Naomi Holland o deixara. Eunice cambaleou até a cama e sentou-se nela.

Ela se lembrou da promessa que havia feito à mãe naquele mesmo quarto. O poder de mantê-la seria tirado dela? Seria expulsa de sua casa e separada da única criatura que ela tinha na terra para amar? E Christopher permitiria isso, apesar de todos os sacrifícios que ela fez por ele? Sim, ele faria isso! Ele se importava mais com aquela moça Pye de olhos negros e rosto de cera do que com seu próprio sangue. Eunice pôs as mãos sobre os olhos secos, ardentes, e gemeu em voz alta.

Caroline Holland teve seu momento de triunfo sobre Eunice quando soube de tudo. Para alguém com a sua natureza, não havia prazer mais sublime do que dizer "eu avisei". Tendo dito isso, contudo, ela ofereceu uma casa a Eunice. Electa Holland estava morta, e Eunice poderia ocupar seu lugar de maneira muito satisfatória se ela quisesse.

– Você não pode ir embora e viver sozinha – Caroline disse a ela. – É um absurdo considerar uma coisa dessas. Nós lhe daremos um lar se Christopher quiser expulsá-la. Você sempre foi tola, Eunice, em mimá-lo como você fez. Eis o que você recebe em troca: ser expulsa de casa como um cachorro por um capricho da bela esposa dele! Eu só queria que sua mãe estivesse viva!

Provavelmente era a primeira vez que Caroline desejava isso. Na tentativa de discutir a questão, ela acossou Christopher com uma fúria e foi rudemente insultada. Christopher lhe disse para cuidar da própria vida.

Quando Caroline se acalmou, fez alguns arranjos com ele, com os quais Eunice concordou passivamente. Ela não se importava com o que aconteceria com ela. Quando Christopher Holland trouxe Victoria como esposa para a casa onde sua mãe havia trabalhado e sofrido, e que governara com mão de ferro, Eunice já tinha ido embora. Na casa de Charles Holland, ela tomou o lugar de Electa – uma criada "superior", não remunerada.

Charles e Caroline foram bastante amáveis com ela, e havia muito o que fazer. Ela viveu sua vida monótona e pálida por cinco anos, durante os quais nunca cruzou a limiar da casa onde Victoria Holland governava com influência tão absoluta quanto Naomi. A curiosidade de Caroline a levou, depois que a raiva inicial havia esfriado, a fazer visitas ocasionais, cujas observações ela reportava fielmente a Eunice. Esta última nunca atraiu algum interesse por elas, salvo uma vez. Foi quando Caroline chegou com a notícia de que Victoria abrira o quarto em que Naomi havia morrido e o mobiliou como uma sala de visitas. Então o rosto amarelado de Eunice enrubesceu, e seus olhos soltaram faíscas com aquela profanação. Mas nenhuma observação ou reclamação jamais saiu de seus lábios.

Ela sabia, como todo mundo, que o *glamour* logo abandonaria a vida de casado de Christopher Holland. O casamento provou-se um fracasso. Não naturalmente, embora de maneira injusta, Eunice culpou Victoria por isso e passou a odiá-la mais do que nunca.

Christopher raramente ia à casa de Charles. Era possível que estivesse envergonhado. Ele transformou-se num homem taciturno e silencioso em casa e fora dela. Diziam que ele retomara o hábito de beber.

Certo outono, Victoria Holland foi à cidade visitar sua irmã casada. Ela levou seu único filho. Na sua ausência, Christopher manteve a casa sozinho.

Foi um outono muito lembrado em Avonlea. Com o cair das folhas e o encurtamento dos dias sombrios, a sombra do medo caiu sobre a terra. Numa noite, Charles Holland trouxe para casa notícias fatídicas.

– Há varíola em Charlottetown, cinco ou seis casos. Veio num dos navios. Houve um concerto, e um marinheiro de um dos navios estava lá e adoeceu no dia seguinte.

Isso já era alarmante o bastante. Charlottetown não era muito longe dali, e havia um tráfego considerável entre a cidade e os distritos da costa norte.

Quando Caroline narrou a história do concerto a Christopher na manhã seguinte, o rosto corado ficou muito pálido. Ele abriu a boca como se quisesse falar, depois fechou-a novamente. Eles estavam sentados na cozinha; Caroline apareceu para devolver um pouco de chá que tomara emprestado e, incidentalmente, registrar o máximo que podia da organização doméstica de Victoria, em sua ausência. Seus olhos estavam ocupados enquanto sua língua corria, de maneira que ela não percebeu a palidez e o silêncio do homem.

– Quanto tempo leva para a varíola se manifestar depois que alguém foi exposto a ela? – ele perguntou abruptamente, quando Caroline se levantou para ir embora.

– De dez a quatorze dias, pelos meus cálculos – foi a resposta dela. – Eu preciso dar um jeito de vacinar as meninas imediatamente. Provavelmente a doença vai se espalhar. Quando Victoria estará de volta?

– Quando ela estiver pronta para vir, quando tiver que ser – foi a resposta áspera.

Uma semana depois, Caroline disse a Eunice:

– O que há com Christopher? Ele não vai a lugar algum há séculos, só fica em casa o tempo todo. Isso é novidade para ele. Suponho que o lugar esteja tão quieto, agora que madame Victoria está longe, que ele está aproveitando para encontrar algum descanso para sua alma. Acho que vou dar uma passada lá após a ordenha e ver como ele está indo. Você também podia vir, Eunice.

Eunice balançou a cabeça. Ela tinha toda a obstinação de sua mãe, e na casa da rabugenta Victoria ela não entraria. Ela continuou cerzindo meias pacientemente, sentada na janela oeste, sua posição favorita, talvez porque ela pudesse olhar do outro lado do terreno inclinado e além da curva crescente do bosque de bordos para a sua antiga casa.

Após a ordenha, Caroline jogou um xale sobre a cabeça e atravessou o campo correndo. A casa parecia solitária e deserta. Enquanto ela mexia no trinco do portão, a porta da cozinha se abriu e Christopher Holland apareceu no limiar.

– Não chegue mais perto – ele gritou.

Caroline recuou, em total espanto.

– Isso é mais uma obra de Victoria? Eu não sou agente da varíola – ela gritou de volta, agressivamente.

Christopher não a ouviu.

– Pode voltar para casa e perguntar ao tio se ele chamaria, ou mandaria chamar, o doutor Spencer? Ele é o médico de varíola. Eu estou doente.

Caroline sentiu um arrepio de medo e consternação. Ela deu alguns passos para trás, com as pernas fraquejando.

– Doente? Qual é o problema?

– Eu estava em Charlottetown naquela noite e fui ao concerto. Aquele marinheiro sentou-se bem a meu lado. Pensei, na época, que ele parecia doente. Foi apenas doze dias atrás. Eu me senti mal o dia inteiro ontem e hoje. Mande chamar o médico. Não chegue perto da casa nem deixe mais alguém se aproximar.

Ele entrou e fechou a porta. Caroline ficou parada por alguns momentos, num pânico quase cômico. Então ela se virou e correu pelo campo como se fosse para salvar a vida. Eunice a viu chegar e foi encontrá-la na porta.

– Misericórdia! – Caroline ofegou. – Christopher está doente e acha que pegou varíola. Onde está Charles?

Eunice cambaleou até encostar na porta. Sua mão subiu para o peito, num gesto que ela vinha repetindo com bastante frequência ultimamente. Mesmo em meio à sua emoção, Caroline percebeu o movimento.

– Eunice, por que faz isso toda vez que algo a assusta? – ela perguntou, bruscamente. – Sente alguma coisa no coração?

– Eu não... eu não sei. Um pouco de dor, mas já passou, agora. Você disse que Christopher pegou... varíola?

– Bem, ele mesmo disse, e é mais do que provável, considerando as circunstâncias. Confesso que jamais passei um susto desses na minha vida. É uma coisa terrível. Preciso encontrar Charles imediatamente; haverá centenas de coisas para fazer.

Eunice mal a ouviu. Sua mente estava centrada em uma ideia. Christopher estava doente, sozinho, e ela deveria vê-lo. Não importava qual era a sua doença. Quando Caroline veio de sua ofegante expedição até o celeiro, encontrou Eunice de pé ao lado da mesa, de chapéu e xale, amarrando um pacote.

– Eunice! Aonde, em nome de Deus, você está indo?

– Para casa – disse Eunice. – Se Christopher está doente, necessita de cuidados, e eu sou a única que pode fazer isso. Preciso vê-lo imediatamente.

– Eunice Carr! Você está louca? É varíola. Varíola! Se ele pegou a doença, terá de ser levado ao hospital de varíola na cidade. Não dê um só passo para ir àquela casa!

– Eu vou. – Eunice encarou sua exaltada tia em silêncio. A estranha semelhança com sua mãe, que aflorava apenas em momentos de grande tensão, era claramente visível. – Ele não vai para o hospital; os doentes nunca recebem a devida atenção lá. Não precisa tentar me deter. Não quero colocar você ou sua família em perigo.

Caroline desabou impotentemente numa cadeira. Sentiu que seria inútil argumentar com uma mulher tão determinada. Ela desejou que Charles estivesse lá. Mas Charles já havia partido, às pressas, para buscar o médico.

Com um passo firme, Eunice atravessou o caminho que não trilhava há tanto tempo. Ela não sentiu medo e era uma espécie de júbilo. Christopher precisava dela mais uma vez; a intrusa que se colocara entre eles não estava lá. Enquanto caminhava pelo crepúsculo gelado, ela pensou na promessa feita a Naomi Holland, anos atrás.

Christopher a viu chegar e gesticulou para ela.

– Não se aproxime, Eunice. Caroline não contou? Peguei varíola.

Eunice não parou. Atravessou corajosamente o pátio e subiu os degraus da varanda. Ele recuou diante dela e segurou a porta.

– Eunice, você é louca, garota! Vá embora antes que seja tarde demais.

Eunice abriu a porta resolutamente e entrou.

– Agora já é tarde demais. Estou aqui e pretendo ficar e cuidar de você, se estiver mesmo com varíola. Talvez não seja isso. Nesse momento, uma pessoa com dor no dedo vai achar que é varíola. De qualquer forma, seja o que for, você deveria estar na cama, descansando. Vai pegar um resfriado. Deixe-me pegar uma lamparina e dar uma olhada em você.

Christopher afundou numa cadeira. Seu egoísmo natural se reafirmou, e ele não fez mais nenhum esforço de dissuadir Eunice. Ela pegou uma lamparina e a colocou na mesa, ao lado dele, enquanto examinava seu rosto de perto.

– Você parece febril. Como se sente? Quando percebeu que ficou doente?

– Ontem à tarde. Sinto calafrios, muito calor e dores nas costas. Eunice, você acha que é mesmo varíola? Eu vou morrer?

Ele pegou as mãos dela e a fitou, suplicante, como uma criança. Eunice sentiu uma onda de amor e ternura varrer calorosamente seu coração faminto.

– Não se preocupe. Muitas pessoas se recuperam de varíola com os cuidados adequados, e não será diferente com você, pois eu cuidarei disso. Charles foi buscar o médico e saberemos quando ele vier. Você precisa ir direto para a cama.

Ela tirou o chapéu e o xale e os pendurou. Sentiu-se tão em casa como se nunca tivesse saído. Ela voltara a seu reino, e não havia ninguém para disputá-lo com ela. Quando o doutor Spencer e o velho Giles Blewett, que teve varíola em sua juventude, chegaram, duas horas depois, viram que Eunice havia se encarregado de tudo. A casa estava em ordem e fedia a desinfetantes. Os móveis e utensílios finos de Victoria tinham sido tirados da sala. Não havia quarto no térreo e, se Christopher estava mesmo doente, precisaria ser instalado lá.

O médico parecia sério.

– Não estou gostando disso – disse ele –, mas ainda não tenho muita certeza. Se for varíola, provavelmente a erupção vai eclodir pela manhã. Devo admitir que ele tem a maior parte dos sintomas. Você pretende levá-lo para o hospital?

– Não – disse Eunice, decisivamente. – Eu vou cuidar dele. Não tenho medo e estou bem e forte.

– Muito bem. Você foi vacinada recentemente?

– Sim.

– Bem, nada mais pode ser feito no momento. Recomendo que você também durma um pouco e poupe suas forças.

Mas Eunice não podia fazer isso. Havia muito o que fazer. Ela foi para o corredor e abriu a janela. Bem à frente, a uma distância segura, Charles Holland estava esperando. O vento frio trouxe até Eunice o odor de desinfetante, com o qual ele havia se encharcado.

– O que o médico disse? – ele gritou.

– Ele acha que é varíola. Você enviou uma mensagem para Victoria?

– Sim, Jim Blewett foi até a cidade e disse a ela. Ela ficará com a irmã até tudo terminar. Claro que é a melhor coisa a fazer. Ela está terrivelmente assustada.

Os lábios de Eunice se curvaram com desdém. Para ela, uma esposa que abandonava o marido, independentemente da sua doença, era uma criatura incompreensível. Mas era melhor assim; Christopher seria só dela.

A noite foi longa e exaustiva, mas a manhã chegou cedo demais para a terrível certeza que trouxe. O médico declarou que era um caso de varíola. Eunice havia aguardado com uma esperança inabalável, mas agora, sabendo do pior, estava muito calma e resoluta.

Ao meio-dia, a fatídica bandeira amarela tremulava sobre a casa, e todos os arranjos tinham sido feitos. Caroline prepararia a comida necessária, e Charles a deixaria no pátio. O velho Giles Blewett viria todos os dias para cuidar dos animais, bem como para ajudar Eunice com o homem doente; e então a longa e difícil luta contra a morte começou.

Foi uma luta difícil, de fato. Christopher Holland, nas garras da repugnante doença, estava tão mal que era perdoável que seus parentes mais próximos e queridos tivessem medo de se aproximar dele. Mas Eunice nunca hesitou; ela nunca deixou seu posto. Às vezes, cochilava numa cadeira ao lado da cama, mas nunca se deitava. Sua resiliência era maravilhosa, sua paciência e ternura, quase sobre-humanas. De um lado para outro ela andava, em silencioso ministério, enquanto os dias longos e terríveis passavam, com um sorriso sereno nos lábios e o êxtase de um santo pintado em algum nicho escuro de catedral em seus olhos escuros e tristes. Para ela, não havia mundo fora da sala vazia onde jazia o repulsivo objeto do seu amor.

Certo dia, o médico pareceu muito solene. As cenas lamentáveis que testemunhara na vida o deixaram bastante calejado, mas ainda assim ele evitou dizer a Eunice que o irmão dela talvez não sobrevivesse. Ele jamais presenciara uma devoção como a dela. Parecia uma brutalidade lhe dizer que tudo aquilo tinha sido em vão.

Mas Eunice tinha visto com seus próprios olhos. Ela aceitou muito calmamente, pensou o médico. E ela tivera, finalmente, sua recompensa, pelo menos era assim que ela via. E pensou que isso já era mais do que bom.

Certa noite, Christopher Holland abriu seus olhos inchados, quando ela se inclinou sobre ele. Eles estavam sozinhos na casa velha. Chovia lá fora e as gotas chocavam-se ruidosamente contra as vidraças.

Christopher sorriu para a irmã com os lábios ressecados e estendeu a mão debilitada para ela.

– Eunice – ele disse fracamente –, você foi a melhor irmã que um homem já teve. Eu não a tratei bem, mas você ficou do meu lado até o fim. Diga a Victoria, diga a ela, para ser boa com você.

Sua voz sumiu num murmúrio inarticulado. Eunice Carr estava sozinha com seu morto.

Enterraram Christopher Holland com pressa e privacidade no dia seguinte. O médico desinfetou a casa, e decidiu-se que Eunice deveria ficar lá sozinha até que fosse seguro fazer outros arranjos. Ela não derramou uma lágrima, e o médico achou que ela era uma pessoa bastante estranha, embora sentisse grande admiração por ela. Ele disse que ela era a melhor enfermeira que ele já tinha visto. Para Eunice, louvor ou culpa não significavam nada. Algo em sua vida havia se despedaçado e parte do interesse vital desaparecera. Ela se perguntou como conseguiria sobreviver aos tristes anos vindouros.

Era tarde da noite quando ela entrou no quarto onde sua mãe e irmão tinham morrido. A janela estava aberta, e ela sentiu com gratidão o ar puro e frio após a forte atmosfera de remédios que ela havia respirado por tanto tempo. Ajoelhou-se nua ao lado da cama.

– Mãe – ela disse em voz alta –, eu cumpri minha promessa.

Quando tentou se levantar, muito tempo depois, ela cambaleou e caiu sobre a cama, com a mão no coração. O velho Giles Blewett a encontrou assim pela manhã. Havia um sorriso em seu rosto.

O caso de consciência de David Bell

Eben Bell entrou com uma braçada de lenha e atirou-a alegremente na caixa atrás do flamejante fogão Waterloo, que coloria o coração da escura e pequena cozinha com trêmulos redemoinhos de luz rosa-avermelhada.

– Aí está, mana, essa é a última tarefa da minha lista. Bob está ordenhando. Não há nada mais a fazer, a não ser colocar meu colarinho branco para o culto. Nossa, Avonlea está mais do que animada desde que o evangelista veio, não é?

Mollie Bell assentiu. Ela estava enrolando o cabelo diante do minúsculo espelho pendurado na parede caiada de branco e distorcia seu rosto redondo, branco e rosado, transformando-o numa grotesca caricatura.

– Fico me perguntando quem vai aparecer nesta noite – disse Eben, pensativamente, sentando-se na beirada da caixa de madeira. – Não restaram muitos pecadores em Avonlea, apenas uns sujeitos empedernidos como eu.

– Você não devia falar assim – disse Mollie, com censura. – E se papai escutar?

– Papai não me ouviria nem se eu gritasse no ouvido dele – respondeu Eben. – Ultimamente, ele anda por aí como se estivesse vivendo num sonho, e não um sonho dos mais agradáveis. O pai sempre foi um bom homem. O que há com ele?

– Eu não sei – disse Mollie, baixando a voz. – Mamãe está terrivelmente preocupada com ele. E todo mundo fala disso, Eb. Fico morrendo de vergonha. Flora Jane Fletcher me perguntou ontem à noite por que papai nunca testemunhou, sendo um dos mais velhos. Falou que o pastor estava perplexo com isso. Eu senti meu rosto corar.

– Por que não disse que não era da conta dela? – perguntou Eben, com raiva. – É melhor que a velha Flora Jane cuide de sua própria vida.

– Mas todo mundo está falando, Eb. E mamãe não para de pensar nisso. O pai nunca mais foi o mesmo desde que começaram os cultos. A única coisa que ele faz é ir até lá noite após noite e sentar-se como uma múmia, de cabeça baixa. E quase todo mundo em Avonlea já foi dar seu testemunho.

– Ah, não, muitos ainda não foram – disse Eben. – Matthew Cuthbert não foi, nem o tio Elisha, nem nenhum dos White.

– Mas todo mundo sabe que eles não acreditam em se levantar e testemunhar, então ninguém fica surpreso por não fazerem isso. Além disso – Mollie riu –, Matthew nunca conseguiria falar em público, mesmo se acreditasse. Ele é tímido demais. Contudo – ela acrescentou, com um suspiro –, não é o caso do nosso pai. Ele acredita no testemunho, então as pessoas se perguntam por que ele não se levanta. Ora, até o velho Josiah Sloane se levanta todas as noites.

– Sempre com seus bigodes desviando a atenção, e o cabelo não ficando atrás – interrompeu Eben, zombando.

– Quando o pastor pede depoimentos e as pessoas olham para o nosso banco, tenho vontade de cavar um buraco no chão e desaparecer, de tanta vergonha – suspirou Mollie. – Se papai se levantasse apenas uma vez!

Miriam Bell entrou na cozinha. Ela estava pronta para o culto, para o qual o Major Spencer a levaria. Ela era uma moça alta e pálida, com um rosto sério e misterioso, e olhos pensativos, totalmente diferente de Mollie. Ela "adquiriu convicção" durante os cultos e se levantou para testemunhar e orar várias vezes. O evangelista a considerava muito espiritualizada. Ela escutou a última frase de Mollie e falou com reprovação:

– Você não deveria criticar seu pai, Mollie. Não cabe a você julgá-lo.

Eben escapuliu rapidamente. Temia que Miriam começasse a falar sobre religião com ele se ficasse. Com dificuldade, escapara de uma exortação de Robert no curral de vacas. Não havia paz em Avonlea para os impenitentes, ele refletiu. Robert e Miriam tinham acabado de "se revelar", e Mollie estava prestes a seguir o mesmo caminho.

– Papai e eu somos as ovelhas negras da família – disse ele, com uma risada, pela qual imediatamente se sentiu culpado. Eben tinha sido criado com estrita reverência a todas as questões religiosas. Por fora, às vezes ele ria delas, mas internamente ele sempre se sentia incomodado quando fazia isso.

Dentro da casa, Miriam tocou o ombro da irmã mais nova e olhou para ela afetuosamente.

– Você vai decidir esta noite, Mollie? – ela perguntou, com uma voz trêmula de emoção.

Mollie enrubesceu e virou o rosto, desconfortável. Ela não sabia que resposta dar e ficou contente que um toque de sinos do lado de fora a poupasse da necessidade de responder.

– Eis o seu namorado, Miriam – disse ela, enquanto corria para a sala de estar.

Logo depois, Eben trouxe até a porta o trenó da família e sua rechonchuda égua vermelha para levar Mollie. Ainda não alcançara a dignidade de talhar seu próprio trenó, como fez seu irmão mais velho, Robert, que no momento saía vestindo um casaco de pele novo e conduzindo seu vistoso trenó com sinos e purpurina.

– Pensa que é alguém – observou Eben, com um largo sorriso fraternal.

O suntuoso crepúsculo de inverno arroxeava o mundo branco enquanto eles desciam a alameda sob o arco das cerejeiras selvagens, que reluziam com a geada cintilante.

A neve rangeu e estalou sob os patins do trenó. Um vento agudo entoava seus lamentos em meio aos cornisos desfolhados. Sobre as árvores, o céu era uma cúpula de prata, com uma ou duas estrelas luzentes no declive do oeste. Estrelas terrestres brilhavam calorosamente aqui e ali, onde as propriedades estavam confortavelmente ocultas em seus pomares ou bosques de bétula.

– A igreja estará cheia esta noite – disse Eben. – É tão bom que venha gente de toda a parte, daqui e de longe! Acho que vai ser emocionante.

– Se ao menos papai testemunhasse! – suspirou Mollie, do fundo do trenó, onde estava aconchegada entre peles e palha. – Miriam pode dizer o que bem entender, mas eu sinto como se estivéssemos desonrados. Fico arrepiada de ouvir o senhor Bentley dizer: "Agora, alguém mais quer dizer algumas palavras para Jesus?" e olhar para o pai.

Eben açoitou rapidamente a égua, e ela começou a trotar. O silêncio encheu-se de uma fraca e encantatória melodia vinda de longe, da estrada, onde passava um trenó abarrotado de jovens de White Sands, que entoavam hinos a caminho do culto.

– Olha aqui, Mollie – disse Eben, desajeitadamente –, você vai se levantar para orar hoje à noite?

– Eu… eu não posso, enquanto o pai continuar agindo assim – respondeu Mollie, com voz embargada. – Eu… eu quero, Eb, e Mirry e Bob também querem, mas não posso. Espero que o evangelista não venha falar comigo justo hoje. Eu sempre sinto como se estivesse sendo puxada para duas direções diferentes quando ele faz isso.

De volta à cozinha, em casa, a senhora Bell esperava o marido trazer o cavalo até a porta. Era uma mulher pequena e de olhos escuros, com bochechas finas, de um vermelho vivo. Por entre os lenços nos quais ela envolvera o chapéu, seu rosto brilhava, triste e perturbado. De vez em quando, ela suspirava pesadamente.

O gato saiu de baixo do fogão e foi até ela, esticando-se languidamente e bocejando até revelar por completo a caverna vermelha de sua boca e garganta. Nesse momento, ele mostrou uma estranha semelhança com o velho Joseph Blewett, de White Sands, o Joe Berrador, como meninos irreverentes o chamavam, quando este ficava animado e berrava. A senhora Bell fez essa associação e então repreendeu-se pelo sacrilégio.

– Não é de admirar que eu tenha pensamentos perversos – disse ela, cansada. – Estou tão preocupada que nem pareço eu mesma. Se ele me dissesse qual é o problema, talvez eu pudesse ajudá-lo. De qualquer forma, eu *saberia*. Dói-me tanto vê-lo andar para lá e para cá, dia após dia, com a cabeça baixa e aquele olhar no rosto, como se tivesse algo terrível em sua consciência – ele, que nunca feriu uma vivalma. E o modo como ele geme e murmura enquanto dorme! Ele sempre viveu uma vida correta, íntegra. Ele não tem o direito de continuar assim, desonrando sua família.

O soluço zangado da senhora Bell foi interrompido pelo trenó na porta. O marido coçou sua ocupada cabeça grisalha, cor de ferro, e disse "Agora, mãe". Ele a ajudou a entrar no trenó, dobrou amavelmente os cobertores à sua volta e colocou um tijolo quente a seus pés. Sua solicitude a machucou. Só interessava o seu conforto material. Ele era indiferente à agonia mental que suas atitudes estranhas poderiam lhe causar. Pela primeira vez em sua vida de casada, Mary Bell sentiu desgosto pelo marido.

Eles deslizaram em silêncio, passaram pelas sebes de abetos polvilhadas de neve e embaixo dos arcos das estradas da floresta. Estavam atrasados, e uma grande quietude havia se apossado da terra. David Bell não disse nada. Sua alegre e habitual tagarelice desapareceu quando os cultos de renovação começaram em Avonlea. Desde o começo, ele passou a vagar como um homem sobre quem pairava uma estranha e iminente ruína, aparentemente alheio a tudo o que pudessem dizer ou pensar dele em sua própria família ou na igreja. Mary Bell achou que enlouqueceria se o marido continuasse agindo daquela maneira. Suas reflexões eram amargas e rebeldes, enquanto eles passavam velozmente pela brilhante noite, no apogeu do inverno.

"Eu não tiro nada de bom desses cultos", pensou ela, com ressentimento. "Lá não há paz ou alegria para mim, nem mesmo quando eu testemunho, pois David fica parado como uma bengala ou uma pedra. Se ele tivesse se oposto à chegada dos renovadores, como o velho tio Jerry, ou não acreditasse em testemunho público, eu não me importaria. Eu entenderia. Mas assim eu me sinto terrivelmente humilhada."

Os cultos de renovação nunca tinham ocorrido em Avonlea. "Tio" Jerry MacPherson, que era a autoridade suprema do local em assuntos religiosos, tendo precedência, inclusive, sobre o pastor, se opusera terminantemente a eles. Ele era um escocês severo e profundamente religioso, que tinha horror à forma emocional da religião. Enquanto tio Jerry, com sua figura simples e ascética, de queixo quadrado e profundamente grave, ocupou sua costumeira esquina perto da janela noroeste da igreja de Avonlea, nenhum renovador ousou se aventurar ali, embora a maior parte da congregação, incluindo o pastor, os tivesse recebido calorosamente.

Mas agora o tio Jerry dormia em paz sob a grama emaranhada e a neve branca do cemitério e, se é verdade o que dizem, que os mortos realmente se reviram em seus túmulos, é bem capaz que tio Jerry tenha se revirado no dele quando o renovador veio à igreja de Avonlea e instituiu os serviços emocionais, os testemunhos públicos e a excitação religiosa que a alma resoluta do velho sempre abominou.

Avonlea era um bom campo para um evangelista. O reverendo Geoffrey Mountain, que veio ajudar o pastor de Avonlea a revigorar os ossos secos do local, sabia disso e regozijou-se com a situação.

Não era frequente encontrar uma paróquia tão inexplorada naquela época, com muitas almas impressionáveis e intocadas, as quais uma fervorosa oratória poderia tocar habilmente, como um mestre com um poderoso órgão, até cada uma das notas ficarem extasiadas com a vida e a elocução. O reverendo Geoffrey Mountain era um bom homem; da terra, terreno, com certeza, mas com uma inquestionável e bem-sucedida sinceridade de crença e propósito, para contrabalancear o sensacionalismo de alguns de seus métodos.

Ele era um homem grande e bonito, com uma voz maravilhosamente doce e imbatível, uma voz que podia comover com irresistível ternura, inflar com sonoro apelo e reprovação ou ressoar como uma trombeta chamando para a batalha.

Seus frequentes erros gramaticais e lapsos de vulgaridade não conseguiam ofuscar seu charme, e as palavras mais corriqueiras do mundo teriam emprestado grande parte do poder da genuína oratória de sua mágica. Ele conhecia o seu valor e o utilizava com eficiência, talvez com certa ostensivamente.

A religião e os métodos de Geoffrey Mountain eram chamativos, como o próprio homem, mas, a seu modo, sinceros e, ainda que o bem por ele realizado fosse puro, era algo a se considerar.

Foi assim que o reverendo chegou a Avonlea, como um conquistador. Noite após noite, a igreja estava apinhada de ouvintes ansiosos, que prendiam a respiração para ouvir suas palavras e choravam, emocionavam-se e exultavam quando ele desejava. Em muitas jovens almas, seus apelos e alertas falavam ao coração, e todas as noites eles se levantavam para orar em resposta a seu convite. Os cristãos mais velhos também aceitaram o entusiasmo pela intensidade, e até os impenitentes e os zombeteiros encontravam certo fascínio nos cultos. Em todos eles, velhos e jovens, convertidos e não convertidos, havia um desconhecido anseio por dissipação religiosa. Avonlea era um lugar tranquilo e os cultos de renovação eram animados.

Quando David e Mary Bell chegaram à igreja, o culto já havia começado, e eles ouviram o refrão de um hino de aleluia enquanto atravessavam o campo de Harmon Andrews. David Bell deixou a esposa na plataforma e dirigiu-se ao estábulo.

A senhora Bell desenrolou o cachecol de sua touca e sacudiu os cristais de gelo. Na varanda, Flora Jane Fletcher e sua irmã, a senhora Harmon Andrews, conversavam em sussurros baixos. Pouco tempo depois, Flora Jane estendeu sua mão murcha, calçada com luvas de caxemira, e cutucou o xale da senhora Bell.

– Mary, seu marido vai testemunhar nesta noite? – ela perguntou, num sussurro estridente.

A senhora Bell estremeceu. Ela daria tudo para ter a possibilidade de responder "sim", mas foi obrigada a dizer rigidamente "Eu não sei".

Flora Jane ergueu o queixo.

– Bem, senhora Bell, eu só perguntei porque todo mundo acha estranho que ele não testemunhe, sendo mais velho, ainda por cima. Tem-se a impressão de que ele não se considera cristão, sabe? É claro, todos nós sabemos que não é o caso, mas é a *impressão* que passa. Se eu fosse você, diria a ele que as pessoas estão falando disso. O senhor Bentley diz que isso está atrapalhando o sucesso total dos cultos.

A senhora Bell virou-se imediatamente para sua flageladora, furiosa. Ela podia estar magoada com o comportamento estranho do marido, mas que ninguém ousasse criticá-lo na sua frente.

– Não é necessário se preocupar com meu marido, Flora Jane – ela disse, mordazmente. – Talvez os melhores cristãos prefiram se manter em silêncio. Creio, no que diz respeito à sua profissão, que meu marido tem uma grande vantagem sobre Levi Boulter, por exemplo, que se levanta e testemunha todas as noites e engana as pessoas durante o dia.

Levi Boulter era um viúvo de meia-idade, com uma numerosa família, que supostamente lançava olhares matrimoniais para a protegida de Flora Jane. O uso de seu nome foi uma eficaz investida da parte da senhora Bell e silenciou Flora Jane. Furiosa demais para falar, ela agarrou o braço da irmã e apressou-a em entrar na igreja.

Mas sua vitória não conseguiu remover da alma de Mary Bell o veneno implantado pelas palavras de Flora Jane. Quando o marido chegou à plataforma, ela pôs a mão no seu braço nevado, suplicantemente.

– Ah, David, você não vai se levantar esta noite? Eu me sinto muito mal. As pessoas não param de falar nisso... Fico tão humilhada.

David Bell abaixou a cabeça como um aluno envergonhado.

– Não posso, Mary – ele disse, com voz rouca. – É inútil insistir.

– Você não se importa com os meus sentimentos – disse a esposa, amargamente. – E Mollie não quer se sentar ao lado de Cristo por causa do seu comportamento. Você está impedindo que ela alcance a salvação. E está atrapalhando o sucesso da renovação. Foi o senhor Bentley quem disse.

David Bell gemeu. Esse sinal de sofrimento fez com que sua esposa ficasse com o coração apertado. Com rápida contrição, ela sussurrou:

– Tudo bem, não importa, David. Eu não devia ter falado assim com você. Cada um sabe o que é melhor para si. Vamos entrar.

– Espere – sua voz estava implorando.

– Mary, é verdade que Mollie não quer se sentar ao lado de Cristo por minha causa? Estou prejudicando a fé da minha filha?

– Eu... não sei. Creio que não. Mollie é apenas uma jovem tola. Não importa. Entre.

Ele a seguiu, com tristeza, e eles atravessaram o corredor até chegar ao seu banco, no centro da igreja. O prédio estava abafado e cheio. O pastor lia o versículo da Bíblia para a noite. Atrás dele, no coral, David Bell viu o rosto juvenil de Mollie, marcado com alarmada seriedade. Seu próprio rosto corado de frio e suas espessas sobrancelhas cinzentas se contorciam convulsivamente, com espasmos internos. Um suspiro que era quase um gemido saiu dele.

– Terei de fazer isso – disse para si mesmo, em agonia.

Quando mais hinos foram cantados e os crentes atrasados começaram a lotar os corredores, o evangelista surgiu. Seu estilo para a noite era o terno, suplicante, solene. Ele modulou a voz até atingir uma maravilhosa doçura e a enviou, de maneira emocionante, aos bancos sem fôlego, enredando os corações e as almas de seus ouvintes numa malha de sutis emoções. Muitas mulheres começaram a chorar baixinho. "Améns" fervorosos irromperam de alguns membros. Quando o evangelista se sentou, após um apelo final que, por sua vez, era uma obra-prima, um suspiro audível de aliviada tensão passou como uma onda sobre a plateia.

Após a oração, como de costume, o pastor pediu aos presentes que desejassem se sentar ao lado de Cristo manifestassem esse desejo levantando-se por um momento de seus lugares. Após um breve intervalo, um garoto pálido sob a tribuna se levantou, seguido por um velho no topo da igreja. Uma menina assustada de doze anos, com um rosto amável, ficou de pé, tremendo, e uma excitação dramática passou pela congregação quando sua mãe subitamente se levantou ao lado dela. O "Graças a Deus" do evangelista foi cordial e insistente.

David Bell olhou quase implorando para Mollie, mas ela permaneceu sentada, de olhos baixos. Sobre o grande e quadrado "banco de pedra", ele viu Eben se curvar para a frente, com os cotovelos nos joelhos, olhando carrancudo para o chão.

"Sou uma pedra no caminho de ambas", ele pensou, amargamente.

Um hino foi cantado e preces foram oferecidas àqueles sob convicção. Então seguiu-se o pedido por testemunhos. O evangelista usou um tom de voz que parecia tocar pessoalmente cada um dos crentes que estavam naquele edifício.

Muitos testemunhos se seguiram, cada um impregnado da personalidade de quem o fazia. Quase todos eram curtos e estereotipados. Finalmente, houve uma pausa. O evangelista varreu os bancos com seus olhos luminosos e exclamou, apelativamente.

– *Todos* os cristãos desta igreja, nesta noite, já falaram uma palavra para seu Mestre?

Muitos não tinham testemunhado, mas todos os olhos no edifício seguiram o olhar acusador do pastor para o banco dos Bells. Mollie enrubesceu de vergonha. A senhora Bell encolheu-se visivelmente.

Embora todo mundo olhasse para David Bell, ninguém mais esperava que ele fosse testemunhar. Quando ele se levantou, um murmúrio de surpresa passou pela plateia, seguido por um silêncio terrível de tão avassalador. Para David Bell, ele parecia o espanto do juízo final.

Por duas vezes, ele abriu os lábios e tentou, em vão, falar. Na terceira vez ele conseguiu, mas sua voz soou estranha a seus próprios ouvidos. Ele agarrou o encosto do banco à sua frente com suas mãos nodosas e fixou os olhos abertos, sem ver, no juramento de Esforço Cristão que pairava sobre as cabeças do coro.

– Irmãos e irmãs – ele proclamou, com voz rouca –, antes de dizer uma palavra de testemunho cristão aqui, nesta noite, tenho algo a confessar. Está pesando terrivelmente em minha consciência desde que os cultos começaram. Enquanto eu mantivesse silêncio sobre isso, não podia me levantar e testemunhar para Cristo. Muitos de vocês esperavam que eu fizesse isso. Talvez eu tenha sido uma pedra no caminho de alguns de vocês. Esta época de renovação não trouxe bênçãos para mim por causa do meu pecado, do qual me arrependi, mas que tentei esconder. Eu sentia uma escuridão espiritual sobre mim.

– Amigos e vizinhos, vocês sempre me consideraram um homem honesto. Foi a vergonha de saber que eu não era que me impediu de confessar abertamente e testemunhar. Certa noite, antes que os cultos começassem, eu fui até a cidade e, assim que cheguei em casa, descobri que alguém havia me passado uma nota falsa de dez dólares. Então satanás entrou em mim e me possuiu. Quando, no dia seguinte, a senhora Rachel Lynde veio coletar dinheiro para as missões estrangeiras, eu lhe dei aquela nota de dez dólares. Ela nunca percebeu a diferença e a despachou com o resto do dinheiro. Mas eu sabia que havia feito algo ruim e pecaminoso. Não consegui tirá-lo de meus pensamentos. Alguns dias depois, fui até a casa da senhora Rachel e lhe dei mais dez dólares para o fundo, esses verdadeiros. Eu disse a ela que tinha chegado à conclusão de que devia pegar mais dez dólares das minhas posses e dá-los ao Senhor. Isso era mentira. A senhora Lynde achou que eu era um homem generoso, e senti vergonha de olhá-la no rosto. Mas eu tinha feito o que pude para corrigir o pecado e pensei que tudo ficaria bem. Mas não ficou. Não tive um minuto de paz de espírito ou consciência desde então. Tentei enganar o Senhor e depois tentei consertar minha má ação fazendo algo que resultou em meu crédito mundano. Quando os cultos começaram e todo mundo esperou que eu testemunhasse, não pude fazê-lo. Teria parecido blasfêmia. E não consegui suportar a ideia de contar o que eu tinha feito. Discuti mil vezes comigo mesmo, argumentando que não havia feito nenhum mal concreto, afinal de contas, mas não adiantou. Tenho estado tão imerso em meu próprio sofrimento e remorso que eu não percebi que, com a minha conduta, eu infligia sofrimento àqueles que me são caros e que assim, talvez, afastava alguns deles dos caminhos da salvação. Mas meus olhos se abriram nesta noite, e o Senhor me deu forças para confessar meu pecado e glorificar Seu santo nome.

O discurso entrecortado cessou, e David Bell sentou-se, enxugando as grandes gotas de suor de sua testa. Para um homem com a sua criação e seu modo de pensar, nenhuma provação poderia ser mais terrível do que aquela pela qual ele acabara de passar. Mas, sob aquele turbilhão de emoções, ele sentiu uma grande calma e paz, urdidas no júbilo de uma vitória espiritual conquistada com muito esforço.

Sobre a igreja houve um solene silêncio. O "amém" do evangelista não foi pronunciado com o habitual fervor adulador, mas com muita delicadeza e reverência. Apesar do seu caráter vulgar, ele sabia apreciar a nobreza por trás de uma confissão como aquela, e as camadas de austero sofrimento que ela evocava.

Antes da última oração, o pastor parou e olhou à sua volta.

– Ainda há alguém – ele perguntou, gentilmente – que deseja ser especialmente lembrado em nossa oração final?

Por um momento, ninguém se mexeu. Então Mollie Bell levantou-se do banco do coral, e, ao lado da fornalha, Eben, com seu rosto corado e juvenil erguido, levantou-se vigorosamente e ficou de pé, em meio a seus companheiros.

– Graças a Deus – sussurrou Mary Bell.

– Amém – disse o marido, com voz rouca.

– Oremos – disse Bentley.

Apenas um
sujeito comum

No dia do casamento da minha querida sobrinha, eu acordei cedo e fui até seu quarto. Muito, muito tempo atrás, ela me fez prometer que seria eu quem a acordaria na manhã de seu casamento.

– Você foi a primeira a me pegar no colo quando eu vim ao mundo, tia Rachel – ela disse –, e eu quero que seja a primeira a me cumprimentar nesse dia maravilhoso.

Mas isso foi há muito tempo, e agora meu coração me dizia que não haveria necessidade de acordá-la. E eu estava certa. Ela estava deitada, acordada, muito quieta, com a mão sob a bochecha e seus grandes olhos azuis fixos na janela, através da qual uma pálida e opaca luz se infiltrava era uma luz sem alegria, triste o bastante para fazer alguém estremecer. Senti mais vontade de chorar do que de comemorar, e meu coração ficou apertado quando eu a vi lá deitada, tão pálida e paciente, como se esperasse uma mortalha, em vez de um véu de noiva. Mas ela sorriu corajosamente quando me sentei na cama e peguei sua mão.

– Tenho a impressão de que você não pregou os olhos nessa noite, querida – eu disse.

– Eu não, não muito – ela respondeu. – Mas a noite não me pareceu longa; não, pelo contrário, me pareceu curta demais. Eu pensei em muitas coisas. Que horas são, tia Rachel?

– Cinco horas.

– Então, daqui a seis horas...

De repente, ela se sentou na cama, com a grande e espessa massa de cabelos castanhos caindo sobre os ombros brancos, jogou-se em meus braços e desabou a chorar no meu velho peito. Eu a acariciei e acalmei, e não disse uma palavra; após um tempo, ela parou de chorar, mas ainda manteve a cabeça oculta, para que eu não pudesse ver seu rosto.

– Nunca pensamos que seria assim, não é, tia Rachel? – ela perguntou, muito suavemente.

– Não deveria ser assim, agora – eu disse. Eu precisava dizer aquilo. Eu nunca consegui esconder o que eu pensava daquele casamento, e não podia fingir. Tudo tinha sido arquitetado pela madrasta dela, eu sabia muito bem disso. Minha querida sobrinha jamais teria aceitado se casar com Mark Foster.

– Não vamos falar sobre isso – disse ela, suplicando com delicadeza, do mesmo modo como costumava falar quando era criança e queria me convencer a fazer algo. – Vamos falar sobre os velhos tempos e sobre *ele*.

– Não vejo muita utilidade em falar sobre *ele*, uma vez que você vai se casar com Mark Foster hoje – eu disse.

Mas ela pôs a mão na minha boca.

– É a última vez, tia Rachel. Depois de hoje, não poderei mais falar dele, ou mesmo pensar nele. Já faz quatro anos que ele se foi. Você se lembra de como ele era, tia Rachel?

– Até bem demais, creio eu – eu disse, quase com rudeza. E lembrava mesmo. Owen Blair não tinha um rosto que alguém podia esquecer: era um rosto comprido, de cor imaculada, com olhos que ansiavam pelo amor de uma mulher. Quando pensei na pele amarelada e no queixo magro de Mark Foster, fiquei desgostosa. Não que Mark fosse feio; ele era apenas um sujeito de aparência comum.

– Ele era tão bonito, não era, tia Rachel? – minha querida sobrinha prosseguiu, naquela sua voz paciente. – Tão alto, forte e bonito. Queria que não tivéssemos nos separado com raiva. Fomos tão tolos de brigar. Mas estaria tudo bem se ele tivesse sobrevivido e voltado. Eu sei que teria dado tudo certo. Sei que ele não guardava mágoas contra mim quando morreu. Cheguei a pensar certa vez, tia Rachel, que, se eu fosse fiel a ele em vida, eu o encontraria do outro lado quando morresse, e tudo seria como antes, e eu seria só dele e de mais ninguém. Mas não era para ser.

– Graças à bajulação de sua madrasta e as maquinações de Mark Foster – eu disse.

– Não, Mark não maquinou nada – ela disse, pacientemente. – Não seja injusta com Mark, tia Rachel. Ele tem sido muito bom e gentil.

– Ele é estúpido como uma coruja e teimoso como a mula de Salomão – eu disse, pois era o que eu pensava. – Ele é apenas um sujeito comum, e ainda assim acha que é bom o bastante para a minha beldade.

– Não fale assim de Mark – ela implorou novamente. – Quero ser uma esposa boa e fiel para ele. Mas sou minha própria dona, *ainda*, por mais algumas poucas e doces horas, e quero ocupá-las pensando *nele*. Minhas últimas horas de donzela devem pertencer a *ele*.

Então ela falou sobre ele, e eu permaneci ali sentada, amparando-a, enquanto seu adorável cabelo caía sobre meus braços, e meu coração ficava em pedaços com a sua dor. Ela não se sentia tão mal quanto eu, pois havia decidido o que fazer e estava resignada. Ela iria se casar com Mark Foster, mas seu coração estava na França, naquele túmulo que ninguém conhecia, onde os hunos haviam enterrado Owen Blair, se é que o tinham enterrado. E ela repassou tudo que eles tinham significado um para o outro, desde que eram pequeninos, indo para a escola juntos e desejando, já nessa época, se casar quando crescessem;

as primeiras palavras de amor que ele disse a ela, e o que ela havia sonhado e esperado com isso. A única coisa que ela não mencionou foi a vez em que ele espancou Mark Foster por trazer maçãs para ela. Ela sequer mencionou Mark; tudo era Owen, Owen, como ele era e o que poderia ter sido se não tivesse ido para aquela guerra terrível e levado um tiro. E lá estava eu, amparando-a e ouvindo tudo que ela dizia, enquanto sua madrasta dormia triunfante e profundamente no quarto ao lado.

Quando havia falado tudo, ela se deitou no travesseiro novamente. Levantei-me e desci para acender a lareira. Eu me sentia terrivelmente velha e cansada. Meus pés pareciam pesados, e as lágrimas continuavam aflorando em meus olhos, embora eu tentasse contê-las, pois eu bem sabia que era um mau presságio chorar no dia de um casamento.

Pouco tempo depois, Isabella Clark desceu, e ela estava radiante, com uma aparência bastante agradável. Eu nunca gostei de Isabella, desde o dia em que o pai de Phillippa a trouxe aqui; e nesta manhã minha animosidade era maior do que nunca. Ela era uma daquelas mulheres astutas, incompreensíveis, sempre sorrindo com suavidade, enquanto maquinava internamente. Devo dizer a seu favor, porém, que ela sempre foi boa com Phillippa, embora fosse por causa dela que a minha querida sobrinha iria se casar com Mark Foster naquele dia.

– Acordou cedo, Rachel – ela disse, sorrindo, muito amável, como sempre fazia, e me odiando com todas as suas forças, como eu bem sabia. – Isso é bom, pois temos muito o que fazer hoje. Um casamento dá muito trabalho.

– Não esse tipo de casamento – eu disse, azeda. – Não me parece um casamento quando duas pessoas se casam e vão embora de maneira sorrateira, como se tivessem vergonha disso, o que parece ser exatamente o caso.

– Phillippa é quem desejou que tudo fosse muito discreto – disse Isabella, suave como creme. – Você sabe que eu teria lhe dado um grande casamento se ela quisesse.

– Ah, é melhor que seja discreto – eu disse. – Quanto menos pessoas virem Phillippa se casar com um homem como Mark Foster, melhor.

– Mark Foster é um bom homem, Rachel.

– Nenhum homem bom se contentaria em comprar uma moça como ele comprou Phillippa – eu disse, determinada a fazê-la engolir aquilo. – Ele é um sujeito comum, que sequer serve como capacho da minha querida sobrinha. Fico feliz que a mãe dela não tenha vivido para ver este dia; que, aliás, nunca teria ocorrido se ela estivesse viva.

– Ouso dizer que a mãe de Phillippa teria se lembrado, tão prontamente quanto pessoas inferiores a ela, que Mark Foster é muito rico – disse Isabella, um pouco maldosamente.

Eu gostava mais dela quando ela era malvada do que quando falava de modo suave. Nessas situações, ela não me assustava tanto.

O casamento seria às onze horas e, às nove, subi para ajudar Phillippa a se vestir. Contudo, ela não era uma noiva exigente, preocupada em excesso com a aparência. Se Owen fosse o noivo, teria sido diferente. Nada seria do seu agrado, mas agora ela só dizia "Está muito bonito, tia Rachel", sem sequer olhar para o espelho.

Ainda assim, nada poderia impedi-la de parecer adorável quando vestida. Minha querida teria ficado linda com trapos de mendiga. De vestido branco e véu, estava tão bela quanto uma rainha. E ela era tão bondosa quanto bonita. Era o tipo certo de bondade, também, com um leve toque do pecado original, o bastante para impedir que o excesso de doçura a estragasse.

Ela pediu que eu saísse, então.

– Quero ficar sozinha na minha última hora – disse ela. – Beije-me, tia Rachel… *mãe* Rachel.

Quando eu desci, chorando como a velha tola que eu era, ouvi uma batida na porta. Meu primeiro pensamento foi sair e pedir para Isabella abrir a porta, pois supus que fosse Mark Foster, chegando adiantado, e eu não tinha estômago para vê-lo. Ainda estremeço, hoje em dia, quando penso "E se eu tivesse pedido para Isabella abrir a porta?".

Mas resolvi abrir a porta, e foi o que eu fiz, com um olhar desafiador, esperando secretamente que Mark Foster visse as lágrimas no meu rosto. E, nesse momento, eu recuei, atônita, cambaleando como se tivesse levado um soco.

– Owen! Senhor, tenha piedade de nós! Owen! – foi exatamente o que eu disse, gelada da cabeça aos pés, pois a verdade é que eu pensei que o espírito dele tinha voltado para impedir esse casamento profano.

Mas ele entrou e segurou minhas velhas mãos enrugadas num aperto que era de carne e osso.

– Tia Rachel, cheguei tarde demais? – ele perguntou, desvairado. – Diga-me que cheguei a tempo.

Eu ergui o rosto e olhei para ele, parado à minha frente, alto e bonito, exatamente como antes, não fosse a pele bronzeada e uma pequena cicatriz branca na testa; e, embora eu não fizesse a menor ideia do que estava acontecendo e estivesse completamente desnorteada, senti uma enorme e profunda gratidão.

– Não, você não chegou tarde demais – eu disse.

– Graças a Deus – disse ele, baixinho. E então me puxou para a sala de visitas e fechou a porta.

– Disseram-me na estação de trem que Phillippa se casaria hoje com Mark Foster. Eu não pude acreditar, mas resolvi vir o mais rápido possível. Tia Rachel, não pode ser verdade! Não é possível que ela goste de Mark Foster, mesmo que tenha me esquecido!

– É verdade que ela vai se casar com Mark – eu disse, meio rindo, meio chorando. – Mas ela não o ama. O coração dela só bate por você. Foi tudo arranjado pela madrasta. Mark possui a hipoteca da casa e disse a Isabella Clark que, se Phillippa se casasse com ele, ele queimaria a hipoteca; caso contrário, ele a executaria. Phillippa está se sacrificando para salvar sua madrasta, em nome do falecido pai. É tudo culpa sua – eu chorei, superando meu espanto. – Pensamos que você estivesse morto. Por que não voltou para casa imediatamente? Por que não escreveu?

– Eu escrevi *várias* vezes depois que saí do hospital – disse ele.

– E nunca recebi uma palavra em resposta, tia Rachel. O que eu deveria pensar quando Phillippa não respondeu às minhas cartas?

– Ela nunca as recebeu – eu exclamei. – Ela chorou incessantemente por você. *Alguém* deve ter recebido essas cartas.

E eu soube então, como sei agora, embora não tenha provas nem algo semelhante, que Isabella Clark havia se apropriado das cartas e as guardado. Aquela mulher não desistiria por nada deste mundo.

– Bem, veremos isso em outro momento – disse Owen, impaciente. – Há outras coisas para pensar agora. Eu preciso ver Phillippa.

– Vou cuidar disso para você – eu disse, ansiosamente, mas, enquanto eu falava, a porta se abriu e Isabella e Mark entraram. Nunca esquecerei o olhar de Isabella. Quase senti pena dela. Seu rosto ficou amarelo, doentio, e seus olhos, furiosos; eles refletiam o fracasso de todos os seus planos e suas esperanças. Não olhei para Mark Foster, a princípio, e, quando o fiz, não havia nada para ver. Seu rosto estava tão descorado e insensível como de costume; ele parecia pequeno e comum ao lado de Owen. Ninguém jamais o escolheria como noivo. Owen falou primeiro.

– Quero ver Phillippa – disse ele, como se nunca houvesse partido.

Toda a suavidade e prudência de Isabella a abandonaram, e sua verdadeira face surgiu, tão conspiradora e inescrupulosa como sempre.

– Você não pode vê-la – disse ela, desesperada. – Ela não quer ver você. Você foi embora e a deixou, nunca escreveu. Ela percebeu que não valia a pena se preocupar com você e aprendeu a amar um homem muito melhor.

– Eu escrevi, sim, e creio que você saiba disso melhor do que ninguém – disse Owen, tentando, com dificuldades, falar calmamente. – Quanto ao resto, não vou discutir isso com você. Quando eu ouvir dos lábios de Phillippa que ela ama outro homem, acreditarei em você, e não antes.

– Você nunca ouvirá isso dos lábios dela – eu disse.

Isabella me deu um olhar venenoso.

– Você não verá Phillippa até que ela seja esposa de um homem melhor – disse ela, teimosamente. – E ordeno que você saia da minha casa, Owen Blair!

– Não!

Foi Mark Foster quem falou.

Ele não tinha dito uma palavra, mas então avançou e ficou diante de Owen. Que diferença havia entre eles! Mas ele encarou Owen em silêncio, fixamente, e Owen devolveu o olhar, furioso.

– Está de acordo, Owen, que Phillippa venha até aqui e escolha entre nós?

– Sim, estou – disse Owen.

Mark Foster virou-se para mim.

– Vá buscá-la– disse ele.

Isabella, que achava que conhecia Phillippa, deu um pequeno gemido de desespero, e Owen, cego de amor e esperança, pensou que sua causa estava ganha. Mas eu conhecia minha querida sobrinha muito bem para ficar contente, e Mark Foster também, e eu o odiava por isso.

Pálida e trêmula, eu fui até o quarto da minha querida. Quando entrei, ela veio ao meu encontro como uma moça enfrentando a morte.

– Está… está na hora? – ela disse, com as mãos entrelaçadas.

Eu não disse uma palavra, esperando que a visão inesperada de Owen afugentasse a sua resolução. Simplesmente estendi a mão e a conduzi escada abaixo. Ela se agarrou a mim, e suas mãos estavam frias como a neve. Quando abri a porta da sala, recuei para que ela entrasse antes de mim.

Ela apenas gritou "Owen!" e tremia tanto que tive de envolvê-la nos braços para que não caísse.

Owen deu um passo em sua direção, com o rosto e os olhos ardendo de amor e desejo, mas Mark barrou o caminho.

– Espere até que ela faça sua escolha – disse ele, e depois virou-se para Phillippa. Eu não podia ver o rosto da minha querida, mas podia ver o de Mark, e não havia um vestígio de sentimento nele. Atrás dele, pude ver o de Isabella, todo contraído e cinzento.

– Phillippa – disse Mark –, Owen Blair voltou. Ele diz que nunca a esqueceu e que lhe escreveu várias vezes. Eu disse a ele que você prometeu se casar comigo, mas deixo em suas mãos a liberdade de escolha. Com qual de nós você se casará, Phillippa?

Minha querida se levantou, muito ereta, e o tremor a havia abandonado. Ela deu um passo para trás, e eu pude ver seu rosto, branco como a morte, mas calmo e decidido.

– Prometi me casar com você, Mark, e manterei minha palavra – disse ela.

A cor voltou ao rosto de Isabella Clark, mas o de Mark não mudou.

– Phillippa – disse Owen, e o sofrimento em sua voz fez meu velho coração doer mais do que nunca –, você deixou de me amar?

Minha querida teria sido mais do que humana se conseguisse resistir à súplica em sua voz. Ela não disse uma palavra, apenas o fitou por um momento. Todos nós presenciamos aquele olhar; toda a sua alma, cheia de amor por Owen, estava nele. Então ela se virou e ficou ao lado de Mark.

Owen não disse nada. Ficou branco como a morte e dirigiu-se à porta. Mas novamente Mark Foster colocou-se em seu caminho.

– Espere – ele disse. – Ela fez a escolha dela, como eu sabia que faria, mas eu ainda tenho que fazer a minha. E eu escolho me casar com uma mulher cujo amor não pertença a outro homem vivo. Phillippa, pensei que Owen Blair estivesse morto e acreditei que, se você fosse minha esposa, eu poderia conquistar o seu amor. Mas eu amo muito você para fazer com que seja infeliz. Vá para os braços do homem que ama. Você está livre!

– E o que será de mim? – lamentou-se Isabella.

– Ah, você! Eu havia me esquecido de você – disse Mark, com um aspecto cansado. Ele tirou um papel do bolso e largou-o na lareira. – Eis a hipoteca. É só o que lhe importa, creio eu. Tenha um bom dia.

Ele saiu. Ele era apenas um sujeito comum, mas, de alguma forma, naquele momento, pareceu um verdadeiro cavalheiro, da cabeça aos pés. Eu teria ido atrás dele e dito alguma coisa, mas... aquele olhar no seu rosto... não, não era o momento de dizer palavras tolas!

Phillippa chorava, com a cabeça no ombro de Owen. Isabella Clark esperou para ver a hipoteca queimar e só então veio até mim no salão, toda suave e sorridente de novo.

– Realmente, é tudo muito romântico, não é? Suponho que tenha sido melhor assim, considerando as circunstâncias. Mark se comportou esplendidamente, não acha? Poucos homens fariam o que ele fez.

Pela primeira vez na vida, eu concordei com Isabella. Mas senti vontade de chorar por causa de tudo aquilo – e chorei. Fiquei feliz pela minha querida e por Owen, mas Mark Foster pagara o preço pela alegria deles, e eu sabia que isso o tinha privado da felicidade de uma vida.

Tannis de Flats

Poucas pessoas em Avonlea conseguiam entender por que Elinor Blair nunca havia se casado. Ela tinha sido uma das moças mais bonitas da nossa parte da ilha e, como uma mulher de cinquenta anos, ainda era muito atraente. Em sua juventude, sempre havia tido inúmeros pretendentes, como nós, da nossa geração, bem lembramos; contudo, após visitar seu irmão Tom no noroeste do Canadá, mais de vinte e cinco anos atrás, ela pareceu retrair-se para dentro de si, mantendo todos os homens a uma distância segura, porém engenhosa. Ela era uma moça alegre e risonha quando foi para o Oeste; voltou quieta e séria, com uma sombra nos olhos que o tempo não conseguiu apagar.

Elinor nunca falou muito sobre sua visita, exceto para descrever a vida e o cenário local, que naquela época era bastante rústico. Nem mesmo para mim, que havia crescido na casa ao lado e sempre pareci mais uma irmã do que uma amiga, ela falou de outras coisas que não meras trivialidades. Mas, quando Tom Blair voltou para casa, cerca de dez anos depois, ele relatou a história de Jerome Carey a um ou dois de nós. E é uma história que explica muito bem o motivo dos olhos tristes de Elinor e sua total indiferença às atenções masculinas. Consigo me lembrar das palavras quase exatas e inflexões de sua voz, e também lembro que me pareceu bem diferente da cena tranquila e agradável anterior que imaginamos, naquele lindo dia de verão, da vida elementar dos Flats.

The Flats era um pequeno posto comercial abandonado, situado a vinte e quatro quilômetros de Prince Albert, subindo o rio, com uma escassa população composta por mestiços e três homens brancos. Quando Jerome Carey foi enviado para assumir o telégrafo de lá, ele amaldiçoou seu destino na pitoresca linguagem permitida no extremo noroeste.

Não que Carey fosse um homem profano, como os homens que vão para o Oeste. Ele era um cavalheiro inglês e mantinha uma vida e um vocabulário bastante decentes. Mas... The Flats!

Fora do agrupamento irregular de cabanas de troncos que compunham o assentamento, sempre havia um limiar itinerante de tendas onde os indígenas que desciam da reserva acampavam com seus cães, suas mulheres e crianças. Sob certas perspectivas, os indígenas eram interessantes, mas não se podia dizer que eles ofereciam agradáveis atrações sociais. Três semanas após se mudar para os Flats, Carey estava mais solitário do que jamais imaginara ser possível, mesmo na Grande Terra Solitária. Não fosse a ocupação de ensinar o código telegráfico a Paul Dumont, Carey acreditava que teria sido levado ao suicídio em legítima defesa.

A importância telegráfica de Flats consistia no fato de o local ser o ponto de partida de três linhas telegráficas para remotos postos comerciais no Norte. Não chegavam muitas mensagens de lá, mas as poucas recebidas geralmente valiam a pena. Dias e até semanas se passavam sem que uma única mensagem fosse recebida em Flats. Carey não podia falar por telégrafo com o operador de Prince Albert porque a relação entre eles estava oficialmente estremecida. Ele culpava este último por sua transferência para Flats.

Carey dormia num sótão sobre o escritório e fazia suas refeições na casa de Joe Esquint, do outro lado da "rua". A esposa de Joe Esquint era uma boa cozinheira, pois há bons cozinheiros em todas as raças, e Carey logo se tornou seu grande favorito. Carey sempre era o favorito das mulheres. Ele tinha "um modo de ser" que em alguns homens era algo inato, que jamais podia ser adquirido. Além disso, era bonito, como seus traços definidos, os olhos fundos, azul-escuros, os cachos louros e um metro e oitenta de músculos podiam atestar. A senhora Joe Esquint achava que o bigode dele era o mais bonito e maravilhoso que ela já tinha visto.

Felizmente, a senhora Joe era tão velha, gorda e feia que mesmo as maliciosas e habituais fofocas dos esquivos mestiços e indígenas agachados em volta das fogueiras não conseguiam insinuar algo de questionável na relação dela com Carey. Mas com Tannis Dumont a coisa foi diferente.

Tannis voltou da academia em Prince Albert no início de julho, quando Carey já estava em Flats havia um mês e esgotara todas as poucas novidades de sua posição. Paul Dumont ficara tão experiente no código que seus erros não permitiam mais que Carey se divertisse com eles, e este último estava ficando desesperado. Ele estava pensando seriamente em largar tudo e dirigir-se a uma fazenda em Alberta, onde pelo menos teria a emoção de treinar cavalos. Quando viu Tannis Dumont, ele decidiu permanecer ali por mais algum tempo.

Tannis era filha do velho Auguste Dumont, que mantinha a única e pequena loja de Flats, vivia na única casa de madeira que o lugar ostentava e supostamente possuía uma boa quantia em dinheiro, o que, aos olhos de mestiços, significava uma colossal fortuna. O velho Auguste tinha a pele escura, era feio e notoriamente rabugento. Mas Tannis era uma beldade.

A bisavó de Tannis era da tribo Cree e se casara com um caçador francês. O filho desta união tornou-se, posteriormente, o pai de Auguste Dumont. Auguste casou-se com uma mulher cuja mãe era uma mestiça francesa, e o pai, um escocês puro-sangue. O resultado dessa atroz mistura tinha sido justificado: Tannis de Flats, em cujas veias parecia correr todo o sangue dos Howards.

Contudo, no final das contas, o que mais predominava nessas mesmas veias era o sangue da raça das planícies e pradarias. Um olho experiente conseguia detectá-lo na esbelta majestade do porte, nas graciosas, porém voluptuosas curvas do corpo ágil, na pequenez e delicadeza das mãos e dos pés, no brilho púrpura da massa lisa e espessa de cabelos preto-azulados e, acima de tudo, nos olhos escuros, amendoados, profundos e aveludados, mas ainda assim ardentes, com um fogo adormecido. A França também foi responsável por algumas características de Tannis. Por seu passo leve, em vez do andar furtivo e arrastado dos mestiços, pelo lábio superior vermelho e arqueado, mas trêmulo, pelo toque de riso em sua voz e pela viva sagacidade de sua língua. E, quanto a seu avô escocês ruivo, este lhe concedeu como legado uma pele um pouco mais branca e corada do que a maioria das mestiças[3].

O velho Auguste tinha muito orgulho de Tannis. Ele a mandara para a escola em Prince Albert por quatro anos, determinado a oferecer o melhor para a filha. Um curso secundário e uma considerável imersão na vida social da cidade, pois o velho Auguste era um homem conciliado por políticos astutos, já que ele controlava cerca de duzentos ou trezentos votos de mestiços, fizeram com que Tannis voltasse para sua casa em Flats com um verniz muito fino, porém bastante enganoso, de cultura e civilização, que encobria as paixões e ideias primitivas de sua natureza.

Carey viu somente a beleza e o verniz. Ele cometeu o erro de achar que Tannis era o que parecia ser: uma jovem bastante instruída e moderna, com quem poderia flertar amigavelmente, exatamente como faria com uma mulher branca, a agradável diversão de uma hora ou uma temporada. Foi um erro, um erro enorme. Tannis sabia tocar um pouco de piano, sabia um pouco menos de gramática e latim e menos ainda de convenção social. E ela não entendia absolutamente

---

3   Mantivemos o texto original da autora. Os termos e as ideias contidos nesta crônica eram comuns na época, mas não refletem a sociedade atual ou a opinião da editora. (N.E.)

nada de flertes. É impossível fazer um indígena compreender o significado de platonismo.

Carey passou a considerar Flats bastante tolerável após o retorno de Tannis. Ele logo adquiriu o hábito de visitar a casa dos Dumont e passar a tarde na sala, conversando com Tannis, cuja residência era incrivelmente bonita para um lugar como Flats, já que Tannis não havia estudado as salas de visita de Prince Albert, fazia quatro anos, em vão ou tocando violino e duetos de piano com ela. Quando a música e a conversa tornavam-se enfadonhas, faziam juntos longos galopes pelas pradarias. Tannis cavalgava com perfeição e controlava seu genioso pônei com tamanha habilidade e graça que Carey chegava a aplaudi-la. Ela era gloriosa a cavalo.

Às vezes, quando se cansava das pradarias, ele e Tannis subiam na canoa de Nitchie Joe e cruzavam o rio, remando até a antiga trilha que levava ao cinturão arborizado do vale de Saskatchewan, em direção ao norte, aos postos comerciais situados na fronteira da civilização. Lá eles passeavam sob enormes pinheiros, brancos com o passar dos séculos, e Carey conversava com Tannis sobre a Inglaterra e citava poesia para ela. Tannis gostava de poesia, pois ela havia estudado na escola e a compreendia bastante bem. Porém, certa vez ela disse a Carey que considerava aquilo uma maneira longa e sinuosa de dizer o que poderia ser dito tão bem quanto em cerca de uma dúzia de palavras simples. Carey riu. Ele gostava de evocar aqueles pequenos discursos dela. Eles soavam muito inteligentes, saindo daqueles lábios arqueados, cheios e vermelhos.

Se você tivesse dito a Carey que ele estava brincando com fogo, ele teria rido de você. Em primeiro lugar, ele não estava nem um pouco apaixonado por Tannis; ele apenas a admirava e gostava dela. Em segundo lugar, nunca lhe ocorreu que Tannis pudesse estar apaixonada por ele. Ora, ele nunca havia tentado fazer amor com ela! E, acima de tudo, ele estava obcecado com o já mencionado e desastroso pensamento de que Tannis era como as mulheres com as quais ele havia se relacionado durante toda a sua vida, tanto na realidade quanto na aparência. Ele não conhecia bem o suficiente as características raciais para compreender a diferença.

Contudo, se Carey achava que seu relacionamento com Tannis era simples amizade, era o único em Flats que pensava assim. Todos os mestiços ou pessoas com um quarto ou qualquer parcela de sangue branco acreditavam que ele pretendia se casar com Tannis. Para eles, não seria surpreendente se isso ocorresse. Eles não sabiam que um primo em segundo grau de Carey era baronete e não teriam entendido o que isso significava, mesmo se alguém explicasse. Eles pensavam que a rica herdeira do velho Auguste, que havia estudado quatro anos em Prince Albert, era um ótimo partido para qualquer um.

O próprio velho Auguste deu de ombros e ficou mais do que satisfeito. Um inglês daria um excelente marido para uma garota mestiça, mesmo se fosse apenas um operador de telégrafo. O jovem Paul Dumont idolatrava Carey, e a mãe meio-escocesa, que poderia ter entendido o que aquilo significava, estava morta. Em toda Flats só havia duas pessoas que desaprovavam a união que todos consideravam consolidada. Um deles era o pequeno sacerdote, o padre Gabriel. Ele gostava de Tannis e de Carey, mas balançava a cabeça, incerto, quando ouvia as fofocas dos barracões e das tendas. As religiões podiam se misturar, mas diferentes sangues... ah, não era certo! Tannis era uma boa menina, e muito bonita, mas não era uma companheira adequada para o belo e puro-sangue inglês. Padre Gabriel desejou fervorosamente que Jerome Carey logo fosse transferido para outro lugar. Ele foi até Prince Albert e tentou efetuar esse arranjo por conta própria, mas não conseguiu. Ele estava do lado errado da política.

O outro descontente era Lazarre Mérimée, um ébrio e preguiçoso mestiço francês, que, a seu modo, estava apaixonado por Tannis. Ele nunca poderia tê-la e sabia disso, pois o velho Auguste e o jovem Paul o teriam enchido de balas se ele se aventurasse a surgir perto da casa como pretendente, mas ele não odiava Carey menos por isso e vivia procurando uma chance de prejudicá-lo. Em todo o mundo, não há um inimigo tão perigoso quanto um mestiço. Um índio de verdade já é perigoso o bastante, mas seu diluído descendente é dez vezes pior.

Quanto a Tannis, ela amava Carey de todo o coração e não se importava com mais nada.

Se Elinor Blair nunca tivesse ido a Prince Albert, não há como saber o que poderia ter acontecido no final das contas. Carey, tão poderoso em proximidade, talvez até acabasse por aprender a amar Tannis e se casar com ela, para sua própria destruição mundana. Mas Elinor foi para Prince Albert, e sua chegada encerrou tudo com Tannis de Flats.

Carey a conheceu numa noite de setembro, quando viajou à cidade para participar de um baile, deixando Paul Dumont no comando do escritório de telégrafo. Elinor acabara de chegar a Prince Albert para visitar Tom, o que ela vinha aguardando ansiosamente havia cinco anos, desde que ele se casara e se mudara de Avonlea para o Oeste. Como eu já disse, ela era muito bonita naquela época, e Carey se apaixonou por ela instantaneamente.

Nas três semanas seguintes, ele foi à cidade nove vezes e visitou os Dumonts apenas uma vez. Não havia mais cavalgadas e passeios com Tannis. Essa negligência não foi intencional da parte dele. Ele simplesmente a esqueceu por completo. Os mestiços imaginaram que era uma briga de namorados, mas Tannis entendeu. Havia outra mulher na cidade.

Seria praticamente impossível colocar no papel um registro adequado de suas emoções naquele momento. Certa noite, quando Carey foi a Prince Albert, ela o seguiu com seu pônei das planícies, cavalgando fora do seu alcance, logo atrás dele, mas mantendo-o à vista. Lazarre, num ataque de ciúme, seguiu Tannis, espionando-a até ela voltar para Flats. Depois disso, observou Carey e Tannis incessantemente, e meses depois contou a Tom tudo o que tinha visto com sua vil e sorrateira vigília.

Tannis seguiu o rastro de Carey até a casa dos Blairs, nos barrancos acima da cidade, e viu quando ele amarrou seu cavalo no portão e entrou. Ela também amarrou seu pônei a um álamo, mais abaixo, e então esgueirou-se furtivamente pelos salgueiros que flanqueavam a casa até chegar às janelas. Através de uma delas, ela pôde ver Carey e Elinor. A moça mestiça agachou-se nas sombras e fitou sua rival. Ela viu o rosto bonito, de cor clara, a macia coroa de cabelos dourados, os olhos azuis e risonhos da mulher a quem Jerome Carey amava, e percebeu claramente que não havia mais esperanças. Ela, Tannis de Flats, nunca poderia competir com a outra. Pelo menos agora ela sabia disso.

Depois de um tempo, ela se afastou suavemente, soltou seu pônei e o açoitou impiedosamente com o chicote pelas ruas da cidade e pela longa e poeirenta trilha do rio. Um homem virou-se e olhou para ela, enquanto ela passava por uma loja bem iluminada em Water Street.

– Essa é Tannis, de Flats – disse ele a seu companheiro. – Ela esteve na cidade no último inverno, frequentando a escola. Uma beldade, mas um pouco ardilosa, como todas as garotas mestiças. Por que diabos ela saiu cavalgando daquele jeito?

Um dia, quinze dias depois, Carey atravessou o rio sozinho, para passear pela trilha norte e sonhar livremente com Elinor. Quando voltou, Tannis estava de pé na canoa, embaixo de um pinheiro, iluminada pelos raios de sol que penetravam primorosamente pela árvore. Ela estava esperando por ele e perguntou, sem rodeios:

– Senhor Carey, por que nunca mais veio me ver?

Carey corou como uma garota. Seu tom e olhar o deixaram bastante desconfortável. Lembrou-se, repreendendo-se internamente, de que devia ter parecido muito negligente com ela e gaguejou alguma coisa sobre ter estado ocupado.

– Ocupado não – disse Tannis, com sua terrível franqueza. – Nada disso. Foi porque está indo a Prince Albert ver uma mulher branca!

Mesmo envergonhado, Carey notou que era a primeira vez que ele ouvia Tannis usar a expressão "mulher branca" ou qualquer outra que indicasse o senso de diferença entre ela e a as pessoas brancas. Ele compreendeu, no mesmo instante, que não se podia brincar com os sentimentos dessa garota, que ela extrairia a verdade dele a qualquer custo. E sentiu-se indescritivelmente tolo.

– Acho que sim – ele respondeu, estupidamente.

– E quanto a mim? – perguntou Tannis.

Foi uma pergunta embaraçosa, especialmente para Carey, que acreditava que Tannis havia compreendido o jogo e jogava para se divertir, como ele.

– Não estou entendendo, Tannis – ele disse, precipitadamente.

– Você me fez amá-lo – disse Tannis.

Essas palavras soam bastante prosaicas no papel. Mas não pareceram prosaicas para Tom, quando Lazarre as repetiu para ele, e pareceram tudo, menos prosaicas para Carey, quando lançadas contra ele por uma mulher trêmula, com toda a paixão de sua ancestralidade. Tannis havia justificado suas críticas à poesia. Ela expressou, impulsivamente, com sua meia dúzia de palavras, desespero, sofrimento e um violento apelo que toda a poesia do mundo jamais conseguiu transmitir.

Elas fizeram Carey sentir-se um canalha. Subitamente, ele percebeu como seria impossível explicar a questão para Tannis e que seria ainda mais tolo se tentasse.

– Sinto muito – ele gaguejou, como um estudante açoitado.

– Não importa – interrompeu Tannis, violentamente. – Que diferença isso faz para mim, uma garota mestiça? Nós, garotas mestiças, nascemos apenas para divertir os homens brancos. É assim que as coisas são, não é? E então, quando se cansam de nós, nos deixam de lado e voltam para as de sua própria raça. Ah, muito bem. Mas eu não vou esquecer; meu pai e meu irmão não vão esquecer. De algum modo, eles vão fazer você se arrepender disso!

Ela virou-se e saiu pisando duro até sua canoa. Ele esperou embaixo dos pinheiros até que ela houvesse atravessado o rio; então ele também foi miseravelmente para casa. Que confusão ele conseguira criar! Pobre Tannis! Como estava linda em sua fúria e tão índia! As marcas raciais sempre aparecem claramente na agonia da emoção, como Tom observou depois.

Sua ameaça não o perturbou. Se o jovem Paul e o velho Auguste fizessem algo desagradável, ele saberia lidar com ambos. O que o preocupava era o pensamento de que ele fizera Tannis sofrer. Com toda a certeza, ele não fora um vilão, mas tinha sido um tolo, e isso é quase tão ruim quanto, em determinadas circunstâncias.

Os Dumonts, no entanto, não o incomodaram. Os quatro anos de Tannis em Prince Albert, afinal, não tinham sido completamente desperdiçados. Ela sabia que as garotas brancas não envolviam seus parentes machos numa vingança quando um homem deixava de visitá-las e ela não tinha mais nada a reclamar, nada que pudesse ser colocado em palavras. Após alguma reflexão, decidiu ficar calada. Até riu quando o velho Auguste perguntou o que havia acontecido entre ela e seu companheiro, e ela disse que tinha se cansado dele. O velho Auguste deu de ombros, resignadamente. Talvez isso não fosse tão ruim assim. Os genros ingleses às vezes se achavam superiores demais.

Carey passou a viajar com frequência à cidade, enquanto Tannis aguardava pacientemente, maquinando inúteis planos de vingança, e Lazarre Mérimée, emburrado, se embriagava e a vida seguia seu rumo em Flats, como de costume, até a última semana de outubro, quando uma grande ventania e tormenta varreram as terras do Norte.

Foi uma noite ruim. Os fios do telégrafo haviam caído entre Flats e Prince Albert, e toda a comunicação com o mundo exterior foi cortada. Os mestiços estavam reunidos na casa de Joe Esquint, fazendo uma festa em homenagem ao aniversário de Joe. Paul Dumont tinha ido, e Carey estava sozinho no escritório, fumando preguiçosamente e sonhando com Elinor.

De repente, mesmo com os respingos de chuva e o assobio do vento, ele ouviu gritos na rua. Correndo até a porta, ele se deparou com a senhora Joe Esquint, que o agarrou, ofegante.

– Senhor Carey, venha rápido! É Lazarre, ele vai matar Paul. Eles estão brigando!

Carey, com um impropério abafado, correu para a rua. Ele temera que algo do tipo pudesse ocorrer e havia aconselhado Paul a não ir, pois aquelas festas quase sempre terminavam em luta livre. Quando irrompeu na cozinha de Joe Esquint, encontrou um círculo de espectadores mudos no aposento e Paul e Lazarre engalfinhados no centro. Carey ficou aliviado ao ver que era apenas uma troca de socos. Ele prontamente separou os combatentes e arrastou Paul para longe, enquanto a senhora Joe Esquint (já que o próprio Joe estava jogado num canto, inconsciente de tanto beber) agarrava Lazarre com seus braços gordos e o segurava.

– Pare com isso – disse Carey severamente.

– Deixe-me pegá-lo – disse Paul. – Ele insultou minha irmã. Disse que você... Deixe-me pegá-lo!

Ele não conseguiu se livrar das mãos de ferro de Carey. Lazarre, com um rosnado de lobo, desvencilhou-se violentamente da senhora Joe e correu para Paul. Carey defendeu-o como pôde e Lazarre chocou-se contra a mesa. A mesa quebrou com um estrondo e a luz se apagou!

Os gritos da senhora Joe seriam capazes de derrubar o telhado. Na confusão que se seguiu, dois tiros de pistola soaram bruscamente. Houve um grito, um gemido, uma queda e ouviu-se alguém correr para a porta. Quando a cunhada da senhora Joe Esquint, Marie, entrou apressada com outra lamparina, a senhora Joe ainda gritava, Paul Dumont estava encostado na parede com o braço ferido, e Carey jazia no chão, com o rosto virado para baixo e sangue escorrendo do corpo.

Marie Esquint era uma mulher de coragem. Ela disse à senhora Joe para calar a boca e virou o corpo de Carey. Ele estava consciente, mas parecia atordoado e não conseguia se levantar. Marie pôs um casaco embaixo da cabeça dele, disse a Paul para se deitar no banco, ordenou que a senhora Joe preparasse uma cama imediatamente e foi buscar o médico. Por sorte, havia um médico em Flats naquela noite, era um homem de Prince Albert que estivera na reserva indígena, cuidando de indígenas doentes, e se abrigara da tempestade na casa do velho Auguste, no caminho de volta.

Marie logo voltou com o médico, o velho Auguste e Tannis. Carey foi carregado e depositado na cama da senhora Esquint. O médico fez um breve exame, enquanto a senhora Joe uivava a plenos pulmões, sentada no chão. Ele, então, balançou a sua cabeça.

– Levou um tiro nas costas – disse, rapidamente.

– Quanto tempo? – perguntou Carey, compreendendo.

– Talvez até de manhã – respondeu o médico. Quando escutou essas palavras, a senhora Joe uivou ainda mais alto, e Tannis se aproximou e ficou ao lado da cama. O médico, sabendo que nada podia fazer por Carey, correu para a cozinha, a fim de cuidar de Paul, que estava com o braço destroçado, e Marie o acompanhou.

Carey olhou de modo estúpido para Tannis.

– Mande alguém chamá-la – disse ele.

Tannis sorriu cruelmente.

– Não há como. Os fios caíram, e não há um homem em Flats capaz de ir até a cidade esta noite – respondeu ela.

– Meu Deus, *preciso* vê-la antes de morrer – exclamou Carey, suplicante. – Onde está padre Gabriel? Ele irá.

– O padre foi à cidade ontem à noite e ainda não voltou – disse Tannis.

Carey gemeu e fechou os olhos. Se o padre Gabriel estava fora, realmente não havia ninguém para ir. O velho Auguste e o médico não podiam deixar Paul, e Carey sabia muito bem que nenhum mestiço de Flats enfrentaria aquela noite, mesmo se não houvesse o medo mortal de se envolver com a lei e justiça, que certamente viria investigar o caso. Ele morreria sem ver Elinor.

Tannis, inescrutável, fitou o rosto pálido sobre os travesseiros sujos da senhora Joe Esquint. Suas feições impassíveis não demonstravam sinal algum de conflito interno. Após um breve momento, ela virou-se e saiu, fechando a porta suavemente, deixando sozinhos o homem ferido e a senhora Joe, cujos uivos agora haviam se transformado em lamúrias. Na sala ao lado, Paul urrava de dor enquanto o médico cuidava do seu braço, mas Tannis não foi vê-lo. Em vez disso, saiu furtivamente e correu pela rua assolada pela tempestade até chegar ao estábulo do velho Auguste. Cinco minutos depois, galopava pela trilha escura ao longo do rio, fustigada pelo vento, a caminho de cidade, para levar Elinor Blair ao leito de morte de seu amado.

Creio que nenhuma mulher jamais fez algo tão altruísta quanto Tannis! Por amor, ela deixou de lado o ciúme e o ódio que clamavam em seu coração. Ela tinha nas mãos não apenas sua vingança, mas também o consolo supremo de ficar ao lado de Carey até o fim, mas jogou ambos fora para que o homem que amava pudesse morrer em paz. Numa mulher branca, a ação teria sido meramente louvável. Em Tannis de Flats, com sua ascendência e suas tradições, era um elevado autossacrifício.

Eram oito horas da noite quando Tannis deixou Flats; duas horas depois, ela puxava as rédeas de seu pônei diante da casa do penhasco. Elinor estava entretendo Tom e sua esposa com as fofocas de Avonlea quando a empregada surgiu à porta.

– Senhora, há uma garota mestiça na varanda e ela pediu para falar com a senhorita Blair.

Elinor saiu, espantada, seguida por Tom. Tannis, com o chicote na mão, estava parada em frente à porta aberta, com a noite tempestuosa atrás dela, a quente luz de rubi da lâmpada do corredor incidindo em seu rosto branco e uma cortina de cabelos ensopados cobrindo a cabeça nua. Ela parecia uma verdadeira selvagem.

– Jerome Carey foi baleado nesta noite, numa briga na casa de Joe Esquint – disse ela. – Ele está morrendo e quer vê-la, e eu vim buscá-la.

Elinor deu um gritinho e se apoiou no ombro do irmão. Tom afirmou lembrar-se de ter soltado uma exclamação de horror. Nunca havia aprovado as atenções de Carey para com Elinor, mas a notícia era ruim o bastante para deixar qualquer um chocado. Ele estava determinado, no entanto, a impedir que Elinor saísse numa noite como aquela e presenciasse uma cena tão terrível, e foi bastante explícito em dizer isso a Tannis.

– Eu atravessei a tempestade – disse Tannis, com desdém. – Ela não pode fazer o mesmo por ele?

O bom e velho sangue da ilha nas veias de Elinor mostrou sua determinação.

– Sim – ela respondeu com firmeza. – Não, Tom, não se oponha. Eu preciso ir. Pegue o meu cavalo e o seu.

Dez minutos depois, os três cavaleiros desciam a galope a estrada do penhasco e tomavam a trilha do rio. Felizmente, o vento estava atrás deles, e o pior da tempestade havia passado. Ainda assim, o percurso era bastante escuro e ermo. Tom cavalgava, praguejando baixinho. Ele não gostava nem um pouco daquilo: Carey morrendo em algum barracão vulgar, cheio de mestiços, a linda e soturna garota que viera como sua mensageira, o trajeto pavoroso, através do vento e da chuva. Tudo soava a um grande melodrama, mesmo para os padrões do Norte, onde as pessoas ainda faziam as coisas de maneira primitiva. Ele desejou sinceramente que Elinor nunca houvesse deixado Avonlea.

Passava da meia-noite quando eles chegaram a Flats. Tannis parecia a única capaz de pensar com sensatez. Foi ela quem disse a Tom onde guardar os cavalos e depois levou Elinor para o aposento onde Carey estava morrendo. O médico estava sentado à cabeceira da cama, e a senhora Joe estava encolhida num canto, fungando para si mesma. Tannis a puxou pelo ombro e a levou, não muito gentilmente, para fora do quarto. O médico compreendeu o que aquilo significava e também saiu. Antes de fechar a porta, Tannis viu Elinor cair de joelhos ao lado da cama e a mão trêmula de Carey ir para a cabeça dela.

Tannis sentou-se no chão, do lado de fora da porta, e embrulhou-se num xale que Marie Esquint deixara cair. Nessa atitude, ela parecia uma verdadeira indígena, e todos que passavam por ali, inclusive o velho Auguste, que a procurava, acharam que ela fosse uma e não a incomodaram. Ficou nessa mesma posição até o sol surgir palidamente sobre as pradarias e Jerome Carey morrer. Ela soube quando isso ocorreu pelo grito de Elinor.

Tannis levantou-se e entrou correndo. Era tarde demais até para um olhar de despedida.

A garota segurou a mão de Carey e virou-se para a chorosa Elinor com fria dignidade.

– Agora vá embora – ela disse. – Você o teve em vida, até o último momento. Ele é meu agora.

– Algumas providências devem ser tomadas – hesitou Elinor.

– Meu pai e meu irmão vão tomar as providências que você mencionou – disse Tannis, com firmeza. – Ele não tinha nenhum parente próximo, não no Canadá, ele me contou. Pode mandar vir um pastor protestante da cidade se quiser; mas ele será enterrado aqui em Flats, e seu túmulo será meu, todo meu! Vá embora!

E Elinor, triste, relutante, mas persuadida por uma vontade e emoção mais fortes do que as dela, saiu devagar, deixando Tannis de Flats sozinha com seu morto.